西方后现代主义小说总论

总主编　陈世丹

俄国后现代主义小说论

刘文霞　著

中国人民大学出版社
·北京·

本成果受到中国人民大学“统筹推进世界一流大学和一流学科建设”经费支持，系陈世丹主持的中国人民大学重大规划项目“西方后现代主义小说总论”（项目批准号:16XNLG01）的最终成果之一，刘文霞负责的子课题项目“俄国后现代主义小说研究”结项成果。

前言

苏联解体距今已将近30年，相对于20世纪90年代苏联刚刚解体后俄罗斯文坛的一片混乱，今天的俄罗斯文坛尘埃落定，文学现状渐渐趋于稳定。回顾过去的这30年，俄罗斯文学经历的诸多变化和21世纪出现的新潮流、新特质等，令人反思。

苏联解体后，社会主义现实主义文学不再唯我独大，俄罗斯文学更加多元化，但文学规模有所缩小。尽管俄罗斯作家获得了更加自由的发展空间和创作环境，但文学丧失了其社会中心地位。尽管作家作品的文学性似乎加强了，但其世界影响力随着索尔仁尼琴等老一代作家的衰老和影响力的减弱而下降。文学传统和新的现象并存，现代性和后现代性交融。地下文学从地下走到地上并合法化，侨民文学从国外回归国内畅销化，各种文学流派异彩纷呈，纷纷登场。由地下文学、侨民文学和“被耽误的文学”等构成的另类文学，与官方文学以及官方许可的文学一道构成了一种混乱场景，传统的严肃文学与从西方舶来的通俗文学并存。其中，以另类文学为主要形式的后现代主义文学在俄罗斯文坛兴盛一时，蔚为壮观，成为苏联解体后新俄罗斯文学最突出的现象之一。

作为一种文学潮流，后现代主义文学在俄罗斯文学史上前后不过30年，犹如昙花一现，但意义重大。俄罗斯后现代主义作家不仅吸收了西方后现代主义文学的艺术经验，更植根于俄罗斯民族文化沃土，对世界文学做出了独特的贡献。它不仅填补了苏联文学突然消亡后俄罗斯本土文学的空白和断裂，诞生了一大批优秀的后现代主义作家，完善了世界后现代主义文学图景，更是世界后现代主义文学在特殊背景下产生的一朵奇葩。因此，俄罗斯后现代主义文学研究意义重大，不仅可以帮助我们对苏联解体后的俄罗斯文学有一个完整的了解，而且对于我们客观评价苏联文学有重要意义。

20世纪60年代末，既拒绝苏联社会主义现实主义文学又排斥其反对派、既不被官方承认又不被读者公开认同的“地下文学”或“先锋主义文学”，以“超越现实意识形态之争的姿态”为俄国后现代主义文学播下了萌芽的种子。西尼亚夫斯基·捷尔茨的《和普希金一起散步》、安德烈·比托夫的《普希金之家》、韦涅季克特·叶罗费耶夫的《从莫斯科到佩图什基》等20世纪60年代末70年代初出现的另类文学作品，都以否定一元意识形态和解构权威为主题，“追求的不是西方那种对现代性的反抗，而是在一元化社会体制中寻求自由的途径，人之解放的可能性，叙述中心是如何通过重组苏联主流文学及其正面批评的材料消解苏联社会主义现实主义诗学……来解构一个个苏联神话”[①]。俄国后现代主义的起源决定了它以“超越社会主义现实主义文学和社会批判文学”为原则，在文学书写中以讽刺性模拟和戏仿社会主义现实主义文学和社会批判文学为主要手段。于是，大量引用俄罗斯文学和苏联文学作品中的经典名句、故事情节、人物形象，甚至作品名称等，成为俄国后现代主义文学的重要现象，这与西方后现代主义文学的互文策略不谋而合。因此，无论在思想和内容，还是在叙事风格方面，俄国后现代主义文学都受到了当时社会文化传统和宗教思想的深刻影响，作家们运用暗示、隐喻、联想、拼贴、跳跃、化入等艺术手段创造出一个特殊的“文化场”。

20世纪80年代，戈尔巴乔夫的全面改革和新思维加速了苏联的解体，为俄国后现代文学的萌芽创造了政治环境。80年代后期，随着苏联社会主义制度大厦的摇摇欲坠，苏联哲学和文化话语迅速转型，苏联文学也开始面临着“死亡”的危机。表面上看，苏联解体和后现代主义在俄国的出现似乎是一个历史巧合。1990年10月31日，维克多·叶罗费耶夫发表了轰动一时的《追悼苏联文学》，宣布苏联文学的灭亡。他认为，苏联文学原本是国家温室里的花朵，一旦温室停止供暖，任何一种形式的苏联文学，无论是官方文学，还是乡村文学和自由派文学，就会立即枯萎。他的这种观点随即引起了学术界和文学界热烈的回应，不少人认为，苏联文学将随着苏联的解体逐渐消失，之后的俄罗斯文学将被后现代文学和其他种类的文学所取代。事实证明，后现代主义文学逐渐成为苏联解体后俄罗斯文学的主流。

20世纪90年代，随着苏联的解体，俄罗斯社会充满了颠覆，原有的价值体系突然崩塌，西方各种潮流一拥而入。在这样的历史语境下，原有的“地下文学”、“先锋主义文学”与“侨民文学”形成一股合流，成为俄罗斯后现代主义文学，并开始在俄罗斯勃兴与繁荣。佩列文、索罗金、萨莎·索科洛夫等成为倍受

① 林精华：“俄国后现代主义文学的基本特征”，《中国俄语教学》2002年第4期，第38-39页。

关注的后现代主义作家，并在20世纪80年代末和90年代享誉俄国和世界文坛。他们涉足于传统文学中讳莫如深的禁区，运用讽喻、戏仿、互文和荒诞的故事情节颠覆传统价值观，消解和解构“同一性”，把具有俄国风味的后现代主义文学作品呈现给世界。

在苏联解体将近30年的时间里，新俄罗斯文学形成了一种“新现象与老传统”“现代派和后现代”“校园化与女性化”并存的局面[①]。这些以解构和颠覆为主要目的的后现代主义文学作品，尽管曾经喧嚣一时，但在经历了巨大的动荡之后，特别是在进入21世纪后，因其世俗化甚至庸俗化特征，俄罗斯后现代主义文学逐渐被一向以严肃文学见长的俄罗斯读者所冷落，一向以颠覆和解构苏联乌托邦神话为主题的俄罗斯后现代主义文学失去了往日的喧哗，渐渐沉寂下来并走入了困境。

在俄罗斯文学渐渐趋向平静和回归文学自身的大背景下，俄国后现代主义文学也需要新的思想丰富其内涵。在自由化和多元化的文化语境中，马卡宁、梅德韦杰夫、弗拉基莫夫等杰出小说家纷纷把注意力转向了文化学、历史学和哲学范畴，用多种创作手法拓宽了文学视野，丰富了创作语言，使俄罗斯文学走向更加多元和稳定。马卡宁把俄国后现代精神、传统宗教精神和反理性传统有机地结合在一起，采用碎片化、荒诞化等后现代主义艺术手段，把后现代主义和现实主义进行有机结合，融为一体，形成一种新的文学体裁——新现实主义。多甫拉托夫、托尔斯泰娅、乌利茨卡娅等杰出作家通过“本真叙事”“女性叙事”等手法，对历史进行反思，试图破解俄罗斯命运的深刻谜底，使俄罗斯文学逐渐回归到现实主义文学道路，产生了新现实主义文学和女性文学。

女作家托尔斯泰娅于2000年出版的后现代主义小说《野猫精》从内部解构了后现代主义的准则，似乎表达了俄罗斯后现代主义的终结。这部小说“不仅表现了后现代主义对世界的认识已经没有新意，同时也表明了其新的、有现实意义的美学形式的图景”[②]。尽管托尔斯泰娅创作了典型的后现代主义小说《痴愚说客》和《野猫精》，用后现代主义创作手法描绘了一幅幅俄罗斯现代人的生存图景，她也被誉为俄国后现代主义文学的代表作家，但她自称是俄罗斯后现代主义文学的“旁观者”。她称后现代主义文学为“奇妙的荒唐的舞台”和“愚蠢的舞台”，同时质问自己：“为什么我们所有的成年人要参与这种游戏呢？”她以一贯旁观者的身份，在《野猫精》中“大大强化了这样一种不无偏执的理念，即社会秩序、人类关系普遍受到了一种莫名其妙的、日益非理性化的威胁。小说

① 刘文飞：“新俄罗斯文学20年”，《人民日报》（国际副刊）2011年12月16日，第23版。
② 张建华：《新时期俄罗斯小说研究（1985—2015）》，北京：高等教育出版社，2016年，第278页。

是人间美好失落后的畅想，灵魂遭遇后的迷茫，是怀疑者的怀疑，寻觅者的寻觅，是在对无序、混乱的现实否定后的一种新的世界结构的期待。”①

与西方其他国家后现代主义文学不同，俄国后现代主义产生的土壤不是现代化，也不是苏联解体的直接结果，作为一种文学现象，它早就以“地下文学”或“先锋主义文学”的形式存在于俄罗斯。正如多洛普所说：“就其内在的先决条件而言，俄国后现代主义不可能是资本主义发展到后期的产物。”②在俄国批评家古力岑（Вя. Курицин）看来，俄国后现代主义文学不是一种思潮，也不是一种流派和美学，而是一种表现于人类生活各个领域的状态和现象，这种现象很早就在俄罗斯文学中存在着……③

追根溯源，俄国后现代主义文学不仅是 19 世纪俄国批评主义文学、20 世纪白银时代文学和苏联社会主义现实主义文学共同构成的俄国文学传统，也是俄国宗教在白银时代文学和苏联主流文学和边缘文学交界处存在的特殊产物，更是特殊背景下苏联社会变革和转型的产物。俄国后现代主义文学追求的不是反抗现代性，而是在一元化意识形态中寻求自由，其目的在于消解苏联社会主义现实主义诗学，解构霸权话语和专制体制。它在俄国文坛上的盛行不仅是苏联解体的结果，也是文化危机和社会转型背景下的特殊文学现象。

俄国后现代主义文学的起源决定了它的艺术特征，这些特征既具有西方后现代主义的共同特点，如戏仿、解构、游戏、荒诞、互文性，也具有俄国本土特色，如革新语言的先锋性，大量使用外来语并人为玷污现代俄语的标准化语言。

和西方后现代主义文学相同的是，俄国后现代主义文学的主要体裁是后现代主义小说。信息的极度泛滥，文化和知识的过度消费化，人类行为和言语方式高度自由化、娱乐化和休闲化等，为作家提供了新的创作理念和书写方式。在俄国后现代主义作家眼里，一切都毫无和谐可言，没有绝对真理。无法表达的痛苦使他们否定一切，扭曲言语，话语表达任性而混乱。在社会规范和标准突然隐退的时代背景下，作家不再以发现真理和追求真理为己任，而是利用一切手段开始自由言说，解构一切，颠覆传统。

维克多·叶罗费耶夫（Виктор Ерофеев, 1947—　）的《追悼苏联文学》一文，对苏联文学 70 余年的历史否定多于肯定，嘲讽多于赞扬，在当时的文坛引起了巨大的轰动，被认为是俄国后现代主义文学的宣言。然而，俄罗斯学术界普遍认为，俄国后现代主义文学早在苏联解体前几十年就以“另类文学”（другая

① 张建华:《新时期俄罗斯文学研究》，北京：高等教育出版社，2016 年，第 279 页。

② Тороп Р. Новая парадима културы и новая парадима описания культуры, Русский аспект. Таргу, 2000. с. 35.

③ Вя. Курицин. *Русский литературный постмодернизма*. СПБ: АЛЕТЕИЯ, 2000. с.9.

литература）和“地下文学”（андерграунд）的形式存在着。就连叶罗费耶夫本人也认为，“另类文学”早在苏联时代就已经出现，只是在苏联解体后显露出了文学的本真面目——不再承载布道、说教和政治宣传的社会功能，而是回归文学的原始特征，并开始怀疑和颠覆俄罗斯文学传统的道德关怀主题——拯救世界、崇高、宗教、智慧等。爱泼斯坦（Mikhail Epstein）则认为，“俄国是后现代主义的家园，后现代主义在俄国不单单是对西方的回应，也是社会主义现实主义艺术观念发展新阶段的表现”[①]，因为无论是共产主义，还是后现代主义，都是俄国同一种理想主义美学的两个阶段——共产主义改造现实的热烈理想和村社制度、俄罗斯弥赛亚及聚合型理念相关，而后现代主义则发掘了更为宽泛的现实，特别是那种概念化、符号化和形象化了的现实。

西方后现代主义是在现代主义的立场上产生的，是新的现代主义对旧的现代主义的反叛。与西方后现代主义不同，俄国本土的后现代主义文学产生于20世纪70年代的地下文学，是对社会主义现实主义的反叛，是为了恢复被人为中断的产生于20年代的俄罗斯现代主义。同时，西方的后现代主义与左翼意识相关联，是与现代主义的对立，而俄罗斯的后现代主义，更多的是与苏联的主流意识形态即左翼意识相对立。更重要的是，西方的后现代主义已经形成了完整的话语体系，其理论和哲学已经超出了美学范畴，产生了著名的后现代主义理论家，如福柯、德里达、利奥塔尔等，他们的理论改变了人类看待世界的态度，改变了人文和社会学科。而俄罗斯后现代主义在30多年的发展过程中，并没有整体性的反思，仅仅是一种在知识分子圈子里形成的学术性语言和概念。

就像俄罗斯文化批评家利波维茨基所说的那样，后现代主义存在着必然的危机。在美国实用主义哲学家理查德·罗蒂看来，后现代主义理论除了“语言和信念之外，真相并不存在。人类应当关注日常生活，而不是通过理论发现什么。”但是，“后现代主义并不意味着虚无主义和相对主义”，它更多的是作为一种思维方式存在于更加广泛的社会生活领域。而一旦后现代主义意识深入到政治、经济、社会、历史等具体的学科中，就更新了文学。早在21世纪初，就有中国学者断言，后现代主义作为一种反对现实的理论，逃脱不了终结的命运，现实主义必将回归。然而，经历了后现代主义发展时期的俄罗斯文学，即使回归，也必然不是原来的现实主义，而是后现实主义。俄罗斯作家在继承现实主义精神实质的同时，又吸纳了现代主义和后现代主义的艺术手段，产生了所谓的后现实主义文学。后现实主义的主要特点是：“观察世界的存在主义意识，主观抒情和自白色彩的加

① Mikhail Epstein. *Russian Postmodernism: New Perspectives on Post-Soviet Culture.* Berghahn Books, 2016, p.34.

强，神秘主义和现实主义的结合以及后现代主义手法的运用等。”[①]

苏联解体颠覆了民众传统的价值观和社会主义意识形态，西方大众文化如潮水般涌入俄罗斯，大量幻想小说、侦探小说、言情甚至色情小说等取代了俄罗斯作家的经典作品，充斥了书店和书摊等阅读市场，文学大众化、通俗化甚至庸俗化。“对于一个以严肃文学见长的国度，通俗文学居然如此甚嚣尘上”[②]，不能不说是一个历史悲剧。作家自由创作，文学市场化，价值观多元化，西方文化的大量侵入，为俄罗斯后现代主义思潮和文学的滋生和发展提供了土壤，使其成为“新俄罗斯文学最为突出的文学现象之一”[③]。

作为西方文化和俄罗斯本土文化融合的产物，后现代主义文学小说成为苏联解体后俄罗斯文坛的重要现象。然而，对于一个以现实主义文学为根本的文学大国，俄罗斯后现代主义文学在历史长河中犹如昙花一现，前后不过30年。作为一种文学历史现象，俄罗斯后现代文学的艺术价值和思想价值如何？它对俄罗斯文学的发展起到了什么样的作用？

社会和文化转型总是能够促使包含生活理念和世界观在内的各种主义此消彼长。19世纪末20世纪初俄罗斯的社会转型不仅影响了世界历史进程，也导致了实证主义哲学的衰颓和现实主义的消疲。与此同时，唯心主义勃兴，象征主义崛起，俄罗斯文学进入现代主义阶段——“白银时代”，完成了俄罗斯历史上第一次哲学话语和文学话语的重要转型。

历史的发展仿佛有了轮回。苏联最后七年的“重建”和解体导致社会文化转型这一历史语境又出现在20世纪和21世纪之交的俄罗斯，“世纪末情绪”再一次笼罩在这片多灾多难的大地上，整个国家都面临着“路标转换”。由于这两次社会转型都发生在世纪末，著名文学评论家和文化学家爱泼斯坦称其为“世纪末的命题”。“世纪末的命题”正如张建华教授所说“本质上是一个危机的命题，是信仰的、价值观的、文化理念的、艺术意识的危机”[④]。苏联解体使俄罗斯全面走向“后苏联”时代或后现代时代。在这个时代，俄罗斯文学家继承了19世纪经典现实主义文学传统，以后现代方式或对现存社会进行解构，或按照自己的方式建构未来的俄罗斯。西方后现代主义作家，如纳博科夫等，为俄罗斯作家提供了空前自由的想象方式和叙事手段。

20世纪末的俄罗斯哲学和文学话语转型有深刻的社会政治原因。戈尔巴乔夫

① 侯玮红：“将西方文论与俄罗斯文学对接”，《外国文学动态研究》2015年第5期，第92页。
② 刘文飞：“新俄罗斯文学20年”，《人民日报》(国际副刊)，2011年12月16日，第23版。
③ 同上。
④ 张建华：《新时期俄罗斯小说研究(1985—2015)》，北京：高等教育出版社，2016年，第7页。

执政期间历时七年的政治文化“重建”经历了对苏维埃社会主义社会的反思、修正和改良到对社会主义制度的彻底否定和颠覆。在“公开性”、“新思维”和“重建”思想的影响下，苏联主流意识形态迅速崩溃，社会和文化发生了急剧转向，整个社会由压抑个性的政治乌托邦变成了可以随意释放欲望、张扬个性、追逐自由的无政府状态。拉斯普京的《失火记》、阿斯塔菲耶夫的《悲伤的侦探故事》和艾特玛托夫的《断头台》打破了苏联文学反映现实生活的禁区，突破了文学题材领域，标志着苏联文学话语转型的开始。

苏联解体前后，俄罗斯文化界人士开始往返于西方国家和俄罗斯，他们不仅把俄罗斯民族传统文化和艺术思想介绍到西方，还通过各种途径，把欧美国家最新的思想理论和文学创作动态传递到俄罗斯。境外文学回归，地下文学悄然生长并形成一股浪潮。这两种长期游离于苏联主流文学之外的另类文学被苏联文坛认可并接受，特别是《莫斯科》杂志刊登纳博科夫的小说《卢仁的防守》，标志着20世纪俄罗斯文学时代的结束。

在新的社会环境下，苏联官方对国外文学理论和文学思想的介绍，对西方文学经典作品的译介，以及侨民文学的回归，大大促进了新思想和新理论在俄罗斯的传播。侨民作家“所坚持的自由、个体、个性、自我的文学理念对新时期文学的发展进程起到了不可忽视的作用”[①]。

从西方引进的外来艺术思想与俄罗斯民族文化传统融合交汇深刻影响了俄罗斯作家的创作思想，扩展了他们的艺术视野和想象空间，产生了所谓的“另类小说”和“先锋文学”，俄罗斯文坛开始呈现“多元化”局面，其中对俄罗斯文坛冲击最大的是俄罗斯后现代派文学。

在俄罗斯社会文化话语转型过程中，充满后现代主义理念的后苏联文化思潮产生。政治自由主义、多元价值观、文化消费主义、大众化的审美标准成为苏联解体后近三十年俄罗斯文化思潮的重要标志。在俄罗斯文学方面，政治自由主义的核心价值更多地表现为作家个人创作的自由。文学不再承担道德说教和意识形态的责任，主题开始与传统价值观分离，作家不再扮演“教师、神父或法官”的角色，开始艺术实验和探索。部分作家也不再把反映和批判现实作为文学创作的使命，不再追求文化和传统，而是以商业利益为核心，向商业化转向，听命于市场需求。然而，这种艺术上过分的自由和文学创作商业化使作家一味追求艺术形式上的创新，导致了文学创作内容的无聊空虚。

1986年，俄罗斯第一部后现代派文学作品以手稿的形式在俄罗斯娱乐杂志

① 张建华:《新时期俄罗斯小说研究（1985—2015）》，北京：高等教育出版社，2016年，第7页。

上发表，这标志着俄罗斯后现代派文学的开始。之后，后现代主义文学迅速崛起，到1990年，它已经成为俄罗斯主流文学。但是，俄罗斯后现代主义文学并不长久，从1970年代到21世纪初，在经历了隐性存在、成为主流和消疲阶段之后，在俄罗斯文坛上逐渐沉寂。2000年，托尔斯泰娅的小说《野猫精》（Кысь）的出版，标志着俄罗斯后现代主义文学的终结。作家在小说中运用隐喻手法，大量复制他人的作品片段，对后现代主义文学进行解构，旨在向读者宣告，后现代主义文学已经终结，不再存在。

尽管俄国后现代主义文学从产生到消亡只有三十多年的时间，但它作为俄罗斯文学史上的重要流派，对俄罗斯文学思想和艺术产生了重要的影响。

任何一种文学潮流的形成都必然有着内因和外因两种形成因素。对于俄国后现代主义文学，俄罗斯评论界褒贬不一，众说纷纭。有人认为，俄国后现代主义文学是西方后现代主义影响的产物。也有人认为，20世纪60年代末，既不被官方承认又不被读者公开认同的“地下文学”或“先锋文学”以“超越现实意识形态之争的姿态”开启了俄国后现代主义文学，因此，它是俄国历史发展的结果。

在爱泼斯坦看来，当代俄罗斯文学可以被看作是典型的恋爱三角，先锋派（the avant-garde）、社会主义现实主义和后现代主义三足鼎立，形成了当代俄罗斯文学的完整图景。同时，后现代主义作家与前辈俄罗斯作家之间的关系就像19世纪父与子之间的斗争关系，在时代大潮的推动下，社会主义现实主义文学已经无法适应后现代社会的发展需要，逐渐消退，成为历史。1993年，亚历山大·索尔任尼琴在纽约被授予美国国家艺术俱乐部荣誉奖章时发表演说，对后现代主义进行了尖锐的批判，并把它与先锋派直接联系起来。他认为俄罗斯后现代主义文学是过去反文化流派的当代变体，它拒绝一切文化传统和价值，过去，这种反文化流派被称作未来主义，如今，这种新版本就是后现代主义。

无独有偶。20世纪60年代的文化领袖瓦西里·阿克夏诺夫（Vasily Aksyonov）在《后期刊的营养失调和薄期刊的模糊空间》（*Dystrophy of the Thick Journals and the Indefinite Space of the Thin Ones*）一文中指出，后现代主义文学是现代主义文学的继续。他的这种说法与索尔任尼琴对后现代主义的看法不谋而合。然而，与索尔任尼琴不同的是，阿克夏诺夫对先锋派持肯定态度。对他来说，先锋派是文学复兴的同义词，作为20世纪60年代俄罗斯文学的一部分，先锋派的目标是“去同质化”，让俄罗斯文学充满活力。

索尔任尼琴和阿克夏诺夫殊途同归，都把当代俄罗斯文学看作是转型时期的文学，后现代文学只是填补转型时期俄国文学的一种不重要的尝试。索尔任尼琴仍然希望俄罗斯文学将回归被先锋派打断的传统，而阿克夏诺夫则希望再现20

世纪 60 年代先锋派文学的嘉年华。

本书的研究对象是俄国后现代小说，更确切地说，应该是俄罗斯后现代主义小说。因为后现代是指一个历史阶段，后现代小说并非都是后现代主义小说。后现代主义小说是指一种文学流派，具有鲜明的创作风格和特点，它以“反讽和戏仿为主要范式”。尽管后现代派小说的某些特征，如元小说，早在 20 世纪 30 到 40 年代已经初露端倪，但以“反讽和戏拟”为主要范式的后现代派小说，作为一种文学思潮和派别，是在 20 世纪 50 年代末至 60 年代初形成的。70 年代初，“后现代派小说”这一概念已经在批评界普遍使用[①]。

本书旨在运用历史唯物主义和辩证唯物主义理论，采用编年史手段，对不同时期的俄国后现代主义小说进行深入系统的梳理和研究，发掘俄国后现代主义小说的思想价值和艺术价值，研究它在盛行 30 年后的历史命运及其深层次的文化原因。本书共分六个部分。总绪论是陈世丹教授对后现代主义核心概念和后现代主义小说的审美特征的深刻阐释。第一章主要以安德烈·比托夫的《普希金之家》、捷尔茨·西尼亚夫斯基的《和普希金一起散步》和韦涅季克特·叶罗费耶夫的《从莫斯科到佩图什基》为研究对象，揭示俄国后现代主义小说在早期对俄罗斯传统文化的颠覆、对苏联一元意识形态的消解和对苏联共产主义理想的解构，同时探讨这些作家创作过程中的后现代主义艺术技巧。众所周知，普希金是俄罗斯传统文化符号，是俄罗斯文学的“太阳”，象征着俄罗斯文化的权威。而普希金之家——苏联科学院文学研究所是苏联最重要的学术殿堂，在苏联人民心目中享有崇高的威望。它“代表的不仅是祖国、俄罗斯、彼得堡，而且是俄罗斯文学、知识分子精神栖身之所”[②]，是权威的象征。无论是比托夫的《普希金之家》，还是西尼亚夫斯基的《和普希金一起散步》，都通过反讽和戏拟的解构方式，把普希金从俄罗斯文化和文学的神坛上拉下来，颠覆了普希金的形象和权威，实质上是对苏联官方文化的解构和颠覆。叶罗费耶夫的《从莫斯科到佩图什基》通过互文、戏仿、游戏、反讽等后现代主义艺术手法，塑造了一个新时期俄罗斯的“圣愚”形象，创造了一个醉酒者的神话，通过表现生命个体的贫穷孤独和悲伤苦难，揭示了人在黑暗、混乱、荒诞的社会现实中的生存状态。

第二章主要以维克多·佩列文和马卡宁为研究对象，探讨俄罗斯后现代主义文学在勃兴时期具有代表性的文学审美特征。这个时期，俄罗斯后现代主义文学异彩纷呈，流派众多，不仅有以“审丑”者和“虚无主义”为核心审美内容的索罗金的“讽社艺术”，还有以佩列文为代表、反映苏联解体后“新俄罗斯人”生

① 赵毅衡：“后现代小说的判别标准”，《外国文学评论》1993 年第 4 期，第 13 页。

② 林精华：“俄国后现代主义的基本特征”，《中国俄语教学》2002 年第 4 期，第 39 页。

活的新一代俄罗斯后现代主义小说家，还有把后现代主义艺术手法和现实主义美学相结合的马卡宁等作家，对俄罗斯传统文化和后现代社会现实中人类的生存状况进行反思。索罗金的小说，以颠覆和解构为目的，将苏联一元意识形态和官方文化“粪土化”、“丑陋化”和“妖魔化”，充满了色情和暴力。他的小说，尽管在短时期内吸引了读者的眼球，迅速走红，但几乎没有任何情节，文字无所顾忌，话题难以启齿，传统文学中讳莫如深的禁区，他也泰然处之。从生态美学的角度和文学的审美功能来说，他“在将阅读由一种精神活动变成一个纯粹的生理过程”，这样的文学注定不能长久。

俄国后现代主义文学不仅包括俄国本土的后现代主义作家及其作品，侨居国外的俄罗斯作家也都以各自的方式和艺术手段表达自己对世界的看法和对人类生存状态的关切。侨居美国 20 年、瑞士 17 年的纳博科夫，完成了从现实主义到现代主义，最后到后现代主义的华丽转变，成为为数不多的双语作家，在西方和俄罗斯都收获了荣誉。他的后现代主义小说创作影响了一代又一代的俄罗斯后现代作家。因此，第三章主要探讨纳博科夫和俄罗斯后现代主义文学之间的关系，探讨他对西尼亚夫斯基－捷尔茨和托尔斯泰娅的影响，同时探究纳博科夫文学创作的虚构性和创造性，探析他的创造性阅读和审美狂喜美学。

除了纳博科夫，多甫拉托夫是另一位享誉域外的俄国后现代主义小说家。第四章主要以他的代表作《手提箱》为研究对象，探讨他如何利用“碎片化记忆”和本真叙事揭示荒诞的真实，如何利用荒诞的小说情节表达俄国侨民的“身份焦虑”。

俄国后现代主义文学从20 世纪 70 年代的“地下文学”和“另类文学”，到20 世纪末迅速蹿红，成为俄罗斯文学的主流，再到 21 世纪最初十年的逐渐消亡，前后不过三十多年。虽然时间不长，但产生了马卡宁、佩列文、索罗金、多甫拉托夫等许多驰名国际的俄罗斯后现代主义作家。他们的作品根植于俄罗斯文化的沃土，吸收了西方后现代主义文学艺术技巧，形成了独具特色的俄罗斯后现代主义文学。

俄国后现代主义文学见证了苏联和俄罗斯的历史发展进程，反映了社会转型给俄罗斯带来的巨大影响，体现了私有化进程中俄罗斯人物质生活和精神状态的变化，是苏联政治和西方文化双重影响的结果，也是人类社会不稳定、不确定、断裂、无序、混乱等状态下人类精神状态的体现，填补了苏联解体后俄罗斯文学的断裂和空白，具有重要意义。

后现代主义与后现代主义小说

后现代主义思潮是20世纪后半叶后现代社会（后工业社会、信息社会、晚期资本主义等）的产物，正式出现在20世纪50年代末到60年代前期，在70年代和80年代形成夺人之势并震慑整个思想界。后现代主义认为，在今天的世界里，各种各样不稳定、不确定、非连续、无序、断裂和突变现象的重要作用越来越为人们所认识并重视。在这种情况下，一种新的看待世界的观念开始深入人们的意识：它反对用单一的、固定不变的逻辑、公式和原则以及普适的规律来说明和统治世界，主张变革和创新，强调开放性和多元性，承认并容忍差异。当今的时代已放弃了制定统一的、普遍适用的模式的努力，新的范畴如开放性、多义性、无把握性、可能性、不可预见性等等，已进入后现代的语言。在后现代，彻底的多元化已成为普遍的基本观念；后现代的多元性是一切知识领域和社会生活各方面的本质。作为与后现代性对应的文化现象，后现代主义文学反对传统，在体裁上解构传统的小说、诗歌和戏剧等形式乃至“叙述”本身，形成多样杂糅的文本结构；摈弃所谓的“终极价值”，认为一切传统意义上的崇高事物和信念都是从话语中派生出来的短暂产物，玩弄语言游戏；崇尚所谓“零度写作”，作家仅仅把话语、语言结构当作自己为所欲为的领地，写作成为一种纯粹的表演、操作，突出的是多元变化的技巧；蓄意打破精英文学与大众文学的界限，以大众的文化消费品形式出现，模糊文学与非文学的界限；惯用矛盾（文本中各种因素互相颠覆）、交替（在文本中，对于同一事物的不同可能性的叙述交替出现）、不连贯性和任意性、极度（有意识的过度使用某种修辞手段以达到嘲弄它的目的）、短路（运用某些手段使对作品的阐释不得不中断）、反体裁（破坏体裁的公认特点和边界）、话语膨胀（把在文学创作中一直处于边缘地位的话语纳入主流）等手段，构成不确定性写作。

一、后现代主义的核心观念

后现代主义是晚期资本主义社会的文化主流。资本主义发展的每一个阶段都有其相应的文化风格，如在市场经济阶段有现实主义，在垄断资本主义阶段有现代主义,而在多国资本主义阶段就有了后现代主义。我们现在从一个不同的视角，即通过弄清楚后现代主义（postmodernism）和后现代性（postmodernity）这两个重要概念进而走近后现代主义。

后现代性是一个世界进程，虽非到处一致，但它是全球性的。后现代性也可被视为一把大伞，涵盖各种各样的现象：艺术中的后现代主义、哲学中的后结构主义、社会话语中的女性主义、研究院中的后殖民和文化研究，同时也有多国资本主义、网络技术、国际恐怖主义、各式各样的分离主义者、种族、民族和宗教运动——这一切都囊括在后现代性这把大伞下面，但并非都通过因果关系被归入后现代性。

现代性的“专制制度”粗暴地破坏了真实历史的复杂性和多样性，无情地取消差异，将所有的“他性”变为沉闷的同一性，经常表现为一种极权主义政治。现代性鼓吹的那些期待都是捉摸不定的事物，通过在人们的眼前挥舞着各种可能的理想，分散人们对政治变革的关注。它们含有专制主义的信仰，认为生活和认知的不确定的方式可以建立在某种确定的、无疑的和单一的原则基础上：理性或历史规律，技术或生产方式，政治乌托邦和普遍的人性。与相对狭隘、特别强调文化和美学特征的现代主义比较而言，后现代性范围广阔、富含更多社会的、历史的和哲学的意义。就真理、理性、进步、普遍解放等宏大叙事而言，由于它们被认为是启蒙运动以来现代思想的基本特征，后现代性意味着现代性的结束。对后现代性来说，真理、理性、进步、普遍解放等期待不仅遭到怀疑，而且被认为从一开始就是危险的幻觉，因为它们使各种各样的历史可能性落入概念的束缚中。

后现代性与现代性背道而驰，它反对依据说，认为人们的生活方式是相对的、不确定的、是由纯粹的文化成规和传统形成的，没有普遍认可的起源或宏伟的目标；大多数所谓的“理论”仅仅陈述这些继承下来的习惯和机制的一种夸张的方式。后现代性的理念认为，人们不能理性地发现他们的活动，不仅因为存在不同的、冲突的、不可测的理性，而且因为人们所能提出的任何理性总是由前理性的力量、信仰、兴趣或欲望的语境构成的，但前理性的力量、信仰、兴趣或欲望本身不可能是理性在人们眼前呈现的主题。对后现代性而言，人类生活中没有任何包含一切的整体性，没有任何统一的理性或固定的中心；仅仅存在着文化或叙述的多样性。这些多样性不能用等级秩序来排列，也不能做好或坏的区分，因此它们必须尊重不以它们自己的行为方式而存在的、不能被破坏的“他性”。知识与文化语境有关。因此，声称认识世界“真面目”只能是一种妄想，因为人们的认识总是片面的和有偏见的解释，而且世界本身不是特别指定的。换句话说，真理不是解释的产物，事实是话语的构成，客观性仅仅是有争议的已经获得权力的解释，而作为主体的人是一种与其正在思考的现实完全一致的虚构或者是一种自我分裂的没有固定品质或本质的存在。

后现代主义可以说是使自己适应于后现代性的一种文化形式。典型的后现代主义艺术作品都具有随意、折中、混合、无中心、不确定、不连贯、拼凑和模仿等特点。它们忠实于后现代性原则，放弃了形而上深度，追求一种仿造的真实，结果它们富于游戏和追求娱乐，但缺乏情感，仅有表面的和暂时的强化。后现代主义怀疑所有的已被公认的真理，因此其形式必然是反讽的，其认识论必然是相对的。它拒绝全部的试图反映稳定现实的努力，因此它必然坚持形式上的经验或在语言学层面上的存在。它知道其虚构缺乏基础和根据，所以它必然炫耀对这一事实的反讽意识，这样它就可以维持一种否定的真实。因为后现代主义担忧与世隔绝的同一性并预防绝对的本源，它强调文本相互指涉的本质或互文性质。后现代主义戏仿和加工的作品本身仅仅是戏仿和加工这一过程而已。它所戏仿事物的一部分是过去的历史。但这一历史不再是产生“现在”的线性的因果链条。是“现在”存在于某种永恒之中，因为大量的素材逃离它们自己的语境，并使自己与当代结合。最后，后现代文化不喜欢区分“高级艺术”与“通俗艺术”固定的分界线或类别。它通过生产仿制品，有意识地生产通俗作品并使自己成为能被人们快乐消费的商品而解构这种分界线。像本雅明的“机械复制”一样，后现代主义试图用更通俗的艺术打破现代主义高级艺术的可怕氛围，怀疑一切所谓特权的或绝对必要的价值等级。在后现代主义文化中，不存在任何好与坏、高级与低级的区分，确实存在的只有差异。因为后现代主义追求超越艺术与普通生活之间的界限，一些人认为后现代主义是激进先锋派的复兴，因为传统的先锋派也曾追求这样一种目标。的确，在广告、时尚、生活方式、购物中心和大众传媒中，美学与技术已经相互渗透，政治也变成一种美学的景观。

后现代主义认为，一个特定的文本、表征和符号有无限多层面解释的可能性。这样一来，字面意思和传统解释就要让位给读者的反应和创造性阐释，文本的意义产生于读者的参与和行动，文本本身没有意义，是读者的参与为文本创造了意义，文本的意义是多元的。后现代主义是20世纪60年代以来在西方出现的具有反西方近现代哲学体系倾向的思潮，在理论上具有反传统倾向的哲学家在现代西方的各个哲学流派中都能找到。当代美国非常活跃的后现代主义者之一大卫·雷·格里芬（David Ray Griffin, 1939—　）[①]认为："如果说'后现代主义'这一词汇在使用时可以从不同方面找到共同之处的话，那就是它指的是一种广泛的情绪，而不是一种共同的教条——一种认为人类可以而且必须超越现代的情绪。"[②]这样一来，不同时期具有这种反传统理论倾向的哲学理论流派都可归于后现代主义，如后结构主义、西方马克思主义等。

在后现代时期，哲学界先后出现不同学者就相类似的人文境况进行解说，其中能够为后现代主义作出大略性表述的哲学文本是法国后现代思想家德里达（Jacques Derrida, 1930—2004）为代表的解构主义[③]。德里达从语言观念的分析入手，反思、解构西方形而上学的传统思维方式。他的反思与解构在西方思想界引起了强烈的震动，成为一种思潮。德里达的解构既是生命的哲学，也是历史的解说。作为生命的哲学，它包括对传统的形而上学思路（逻各斯中心论logocentrism、语音中心论phonocentrism、在场的形而上学philosophy of presence），也包括解构语言观（广义书写writing in general）的分析和批判；作为历史的解说，他把历史的发展归结为结构——解构的循环。德里达认为，结构的内容不限于索绪尔的语言学及其相关的结构主义批评，更主要的是指整个形而上学传统，包括哲学，也包括普通语言学和人们的思维习惯。德里达在其《人文科学话语中的结构、符号与游戏》一文中说："我们很容易说明解构的概念，甚至'结构'这个词本身与形而上学认识论（episteme）一样古老，也就是说，与西方的科学和西方的哲学一样古老，而且它们都深深地根植于普通语言的土壤之中，形而上学认识论在语言的最深处活动着，它把西方的科学和西方的哲学归并到一起，使它们成为自己的组成部分，所有这一切都是通过一个隐喻性的置换来完成的。"[④]德里达的"隐喻性的置换"是指思想现实与语言符号的转换。在解构学说里，语言已不再是普普通通的表达工具，而是与思维血肉相连，语言、传统和认识论三位一体。

---

① 大卫·雷·格里芬（David Ray Griffin, 1939—　），克莱蒙特神学院和克莱蒙特大学研究生院宗教哲学与神学教授（1973—2004），美国过程研究中心主任。他编辑了纽约州立大学31卷建设性后现代主义思想丛书（1987—2004）。他至少写了30部专著，编辑了13本书，发表了250篇文章和章节。

② 大卫·雷·格里芬：《后现代精神》，王成兵译，北京：中央编译出版社，1995年，第20页。

③ 解构主义（deconstruction）：解构，或译为"结构分解"，是后结构主义提出的一种批评方法。是解构主义者德里达提出的一个术语。"解构"概念源于海德格尔《存在与时间》中的"deconstruction"一词，原意为分解、消解、拆解、揭示等，德里达在这个基础上补充了"消除""反积淀""问题化"等含义。他从语言观念的分析入手，对西方形而上学传统思维方式的反思。指对有形而上学稳固性的结构及其中心进行消解，每一次解构都表现为结构的中断、分裂或解体，但是每一次解构的结果又都是产生新的结构。对上帝万能的认识是一次解构；理性将其拆解，同时建立了自己的结构。

④ Jacques Derrida, *Writing and Difference*, trans. Alan Bass, Britain: Routledge and Kegan Paul itd, 1978, p. 278.

德里达在看到现代结构主义对传统思想突破的同时，也看到它与后者的内在联系，并由此引发出对科学、对历史的思考。因此，德里达把结构主义的内涵延展成为整个西方文化传统。首先，现代结构主义对客观事物穷其现象，寻求隐含的规则或“语法”（rules or grammar），从而建立科学体系的企图和做法与传统是一致的，知识切入点和侧重面各有所不同，因此所得看法才不同而已。其次，从认知方法上看，现代结构主义与传统思维有本质上的联系：19 世纪末和 20 世纪初西方语言哲学中理性的逻辑思维占主导地位的时代，索绪尔的语言学削弱了理性的绝对独立性和权威性；它使人类认识了自己的局限，即主体受制于自己所生存的语言结构、文化结构。但是他并未如自己所希望的那样斩断与传统形而上学的关联，甚至在不自觉中仍受它的羁绊，因为索绪尔的符号学依然囿于语音中心主义的传统。①

在西方传统的形而上学思维中，人们自觉或不自觉地追根求源，于是事物、现象的所谓本质或本体便成为思考的中心，围绕这一中心人们建立一个个完整的理论体系。每一种认识、每一种学说都从某一中心出发，展开之后，又回到这里。于是，这个中心便成为一个固定的起源，一个衡量或评价一切是非的准则，一个统治一切的权威。现代的种种本体论与传统神学在方法论上有惊人的相似之处。这两种学说都坚持一个最高的存在，不管它叫作上帝还是理性，它都是那个固定的本源，一切事物都从这里起源，也在这里归宿；它是那个绝对的权威，主宰着世界上的万事万物。海德格尔称现代的种种本体论为本体神论，意即这种思维还没有走出逻各斯（logos）②时代。另一方面，这些概念的相继问世说明世界上并没有永恒的存在，否则便没有它们的生存。其中，第一个概念就总是包含着深邃复杂的思想。人类就是这样追求一个永恒的中心，又不知不觉地粉碎了一个又一个自己决定了的永恒的中心。前人建立的学说后人修正，甚至今天的我打破昨天的我。因此，德里达说：“……结构概念的全部历史，就必须被认为是一系列中心对中心的置换，仿佛是一条有逐次确定的中心串联而成的链环。中心依次有规律地取得不同的形式和称谓。形而上学的历史，与整个西方历史一样，成为由这些隐喻和换喻构成的历史。”③

解构主义设定相对主义，反对统一道德，反对主体中心主义，反对男性中心主义，反对人类中心主义，主张承认差异，尊重他者和主体的多元化；从个人的、

① 参见白艳霞，“解构”，《后现代主义辞典》，王治河主编，北京：中央编译出版社，2005 年，第 352-353 页。

② “逻各斯”出自古希腊语，为 λογος（logos）的音译，它有内在规律与本质的意义，也有外在对规律与本质的言语表达的意义，类似于汉语的“道”，即所谓：道可道。即规律和本质可以言说。

③ 白艳霞，“解构”，《后现代主义辞典》，第 354 页。

情境的、文化的、政治的、甚至性的角度，设定有许多真理的可能性，即真理的多元化。后现代主义反对连贯的、权威的、确定的解释（包括对《圣经》或其他信仰的解释）。个人的经验、背景、意愿和喜好在知识、生活、文化和性等方面占有优先地位。现代主义是战后社会的处境：人类以刻苦自强精神来重建文明，建立自工业革命以来最大的社会发展运动，当中又结合美国的清教精神和冷战时期的美苏二元对立的政治方式，而后现代主义衍生的文化信念则是反对主流方案、反对单一的以理性为中心、反对二元对立，更反对功能主义和实用主义为主的文化生活。相反，对于现代主义之前的旧式社会生活方式，人们却充满了怀念之情。建筑师对都市文明和乡间生活的反思，引发我们对现代工业社会和资本主义对人类正面和负面影响的思考。当然由于我们已经没有办法脱离现代生活方式的制约，而各种现代主义所带来的恶果并不足以完全否定现代文明的生活。思想家和艺术家就以各自的方式，解开我们对现代文明生活的迷思，法国的解构主义为当下人类这种情结提供了最深刻的解说，为解开迷思提供了方法论基础和实际的演练。

解构主义是后现代主义立论的根据和批判的武器。德里达基于对语言学结构主义的批判而提出的"解构主义"理论的核心，是基于对结构本身的反感，认为符号本身已能够反映真实，对于单独个体的研究比对于整体结构的研究更重要。在海德格尔看来，西方哲学的历史即是形而上学的历史，它的原型是将"存在"定为"在场"。德里达借助于海德格尔的概念，将此称作"在场的形而上学"。"在场的形而上学"意味着在万物背后都有一个根本原则，一个中心语词，一个支配性的力，一个潜在的神或上帝，这种终极的、真理的、第一性的东西构成了一系列的逻各斯，所有的人和物都拜倒在逻各斯门下，遵循逻各斯的运转逻辑，而逻各斯则是永恒不变，它近似于"神的法律"，背离逻各斯就意味着走向谬误。

而德里达及其他解构主义者攻击的主要目标恰好是这种称之为逻各斯中心主义[①]的思想传统。简言之，解构主义和解构主义者就是要打破现有的单元化的秩序。当然这种秩序并不仅仅指社会秩序，除了包括既有的社会道德秩序、婚姻秩序、伦理道德规范之外，还包括个人意识上的秩序，比如创作习惯、接受习惯、思维习惯和人的内心较抽象的文化底蕴积淀形成的无意识的民族性格。解构主义

① 逻各斯中心主义是西方形而上学的一个别称，这是德里达继承海德格尔的思路对西方哲学的一个总的裁决。顾名思义，逻各斯中心主义就是一种以逻各斯为中心的结构。逻各斯观念渗透到西方文化的两大源头——希腊文化和犹太基督教文化，对西方文化的影响可以说是深入骨髓的。因此，德里达指出西方文化是逻各斯中心主义的。德里达说逻各斯中心主义的另一个名称叫"语音中心主义"，因为在希腊传统的斯多亚学派看来，逻各斯分内在和外在，也就是有智慧和语言的区别，语言直接传达智慧和真理；在犹太－基督教传统看来，上帝是以言辞创造了世界，上帝的言辞就是世界万物的起源，正如《旧约》所说，上帝说要有光，于是就有了光。

就是打破传统的、现有的秩序，然后再创造更为合理的秩序。

解构主义解构文本、意义、表征和符号。男性传统的解释被女权主义者和被边缘化了的解释者解构。解构主义批评权力和信仰的系统，认为政治党派联盟是基于短期利益，而非长期忠诚；信仰的好坏基于对信仰的个人体验。在西方，后现代主义与无政治信仰相联系。后现代主义的反“元解释”和“文本意义”也为其本身带来了巨大的力量。由于后现代主义的无中心意识和多元价值取向，由此产生的一个直接的后果就是评判价值的标准不甚清楚或全然模糊，从而使人们的思想不再拘泥于社会理想、人生意义、国家前途、传统道德等等，人的思想得到彻底的解放，使人对于自我有了更深刻的了解。同时，后现代主义对真理、进步等价值的否定，导致了价值相对主义、怀疑主义和价值虚无主义的产生，从而使人们认识到价值的相对性和多元性。

后现代主义正是以解构主义作为自己立论和批判的武器，认为在今天的世界里，各种各样不稳定、不确定、非连续、无序、断裂和突变现象的重要作用越来越为人们所认识并重视。在这种情况下，一种新的看待世界的观念开始深入人们的意识：它反对用单一的、固定不变的逻辑、公式和原则以及普适的规律来说明和统治世界，主张变革和创新，强调开放性和多元性，承认并容忍差异。当今的时代已放弃了制定统一的、普遍适用的模式的努力，新的范畴如开放性、多义性、无把握性、可能性、不可预见性等等，已进入后现代的语言。在后现代，彻底的多元化已成为普遍的基本观念；后现代的多元性是一切知识领域和社会生活各方面的本质。这种多元性原则的直接结论是：反对任何统一化的企图；后现代思维积极维护事物的多样性和丰富性，坚决反对任何试图将自己的选择强加于别人，使异己的事物屈服于自己意志的霸权野心；它尊重并承认各种关于社会构想、生活方式以及文化形态的选择。后现代的“基本内容在20世纪上半期作为科学和艺术的宗旨便已经存在，只不过当初它们大多停留在一种主张、宣言或构想之上，或仅仅是某一领域的特殊现象，而今天它已开始全面而深入地成为我们的生活现实”①。在这种时间意义上，“后现代主义似可理解为现代主义的继续和发展”②。但是，在一些问题上现代主义和后现代主义的主张是完全不同的，例如：现代主义主张创造／总体化、综合、在场、中心、文类／边界、主从关系、叙事／正史、类型、偏执狂、本源／原因、超验、确定性、超越性等，而后现代主义则反其道而行之，主张反创造／解结构、对立、缺席、分散、本文／本文间性、平行关系、反叙事／野史、变化、精神分裂症、差异／痕迹、反讽、不确定性、内在性等。

① 沃·威尔什：“我们的后现代的现代，”《后现代主义》，北京：社会科学文献出版社，1999年，第48页。
② 同上。

“后现代主义与现代主义存在着根本的分歧：它反对任何一体化的梦想，否定普遍适用的、万古不变的原则、公式和规律，放弃一切统一化的模式。在这个意义上，后现代思维又是对现代主义的批判和超越。”①

后现代主义是同自启蒙运动以来的现代化运动全然不同的一股社会思潮。后现代主义思潮的出现“标志着一种标新立异的学术范式的诞生。更确切地说，一场崭新的全然不同的文化运动正以席卷一切的气势改变着我们对于周围世界的原有经验和解释。从其最为极端的阐述来看，后现代主义是革命性的；它深入到社会科学之构成要素的核心，并从根本上摧毁了那个核心。从其比较温和的声明来看，后现代主义提倡实质性的重新界定和革新。后现代主义想要在现代范式之外确立自身,不是根据自身的标准来评判现代性,而是从根本上揭示它和解构它。”②后现代主义者抛弃了关于现代性的各种“权威”、“中心”、“基础”和“本质”,“消解了所有法典的合法性”③。现代主义的哲学基础是追求一种在场的形而上学、追求一种永恒不变的真理和终极价值的本体论和认识论。而后现代主义“既反对人具有先天的镜式本质，又反对世界具有同一性、一致性、整体性和中心性的话语,既反对在不同学科之间进行等级划分,又反对对于某一个第一学科的寻求”④。后现代主义取消了现代性所确立的此岸与彼岸、短暂与永恒、中心与边缘、深刻与表面、现象与本质、主体与客体等等之间的对立和差距，实际上取消了基础、中心、本质、本体这一知识维度。它要冲破现代性所营造的条理分明、井然有序的世界，使整个世界进入多元的、表面化的、短暂的、散乱的、无政府主义的、模棱两可的、不确定的维度之中。

二、后现代主义小说的审美特征

以破坏、消解和颠覆为根本任务的后现代主义文学是对传统文学的超越、抛弃和否定，建立了一种新的文学范式。“作为后工业大众社会的艺术，它摧毁了现代艺术的形而上常规，打破了它封闭的、自满自足的美学形式，主张思维方式、表现方法、艺术体裁和语言游戏的彻底多元化。”⑤后现代主义文学所表现的世界

① 沃·威尔什:“我们的后现代的现代,”《后现代主义》，北京：社会科学文献出版社，1999年，第48页。

② Pauline Marie Rosenau, *Post-Modernism and the Social Science*. Princeton, 1992. 转引自张国清:《中心与边缘》，北京：中国社会科学出版社，1998年，第44页。

③ Ihab Hassan, *The Postmodern Turn: Essays in Postmodern Theory and Culture*, Columbus, Ohio: The Ohio State University Press, 1987, p. 169.

④ 张国清:《中心与边缘》，北京：中国社会科学出版社，1998年，第45页。

⑤ 弗利德里希·基特勒:《后现代艺术存在》。章国锋:“从‘现代’到‘后现代’”,《从现代主义到后现代主义》，柳鸣九主编，北京：中国社会科学出版社，1994年，第13页。

“不再是统一的，明晰的，而是破碎的、混乱的、无法认识的。因此，要表现这个世界，便不能像过去那样使用表征性的手段，而只能采取无客体关联、非表征、单纯能指的话语。”[①]后现代主义文学不仅颠覆了传统文学的内部形态和结构，而且对文学形式和叙述本身进行反思、解构和颠覆。以后现代主义小说为例，它不再像传统小说那样讲故事，不展开情节，也不塑造人物，形成了元小说这一奇特的小说形式；它打破传统小说的叙述常规，模糊它与各种体裁的分野，反体裁成为后现代主义创作的主导模式；后现代主义小说家否定先验的、客观的意义，认为意义仅产生于人造的语言符号的差异，因此后现代主义小说仅仅是无意义的符号组合，是能指的延续，表现为不确定的内在性，语言游戏的意义靠读者的解读来实现；后现代主义小说追求的是大众化，而不是高雅，因此，一些后现代主义小说表现出明显的通俗化倾向，成为读者大众的文学。

在后现代主义小说中，语言指涉自身，成为小说世界中的主体，因为后现代主义作家们认为语言是一个自给自足的系统，并且竭力强调语言界定世界和构建现实的功能。对后现代主义者来说，世界是由碎片构成的，但碎片的总和却不能构成一个整体，碎片并不朝着一个整体或中心聚集，所以叙事不再围绕一个中心进行，而是走向零散。既然符号不是能指与所指的紧密结合，那么符号就不能在字面上代表其所意指的事物并产生出在场的所指：关于某事物的符号当然将会意指该事物的不在场（但只会推迟其所指涉之物），而能指在不断地移动，就是不能到达所指。文学不关注社会生活而只关注语言本身，写作成为一种不及物行为：与古典主义为一个明确的目的而写一个题材不同，写作本身成为一种目的，一种热情。人们努力发展一种中性的和非情感的写作，达到某种“零度写作”，这种“零度写作”不关心作家的社会和政治使命，目的是要实现一种纯粹的写作。

后现代主义小说“摧毁了现代主义艺术的形而上常规，打破了它封闭的、自满自足的美学形式，主张思维方式、表现方法、艺术体裁和语言游戏的彻底多元化。”[②]后现代主义认为，“现实是用语言造就的，用虚假的语言造就了虚假的现实。传统小说（包括现实主义和现代主义小说）的叙述方式便是虚假现实的造就者之一：它虚构出一个虚假的故事去‘反映’本身就是虚假的现实，因而把读者引入双重虚假之中。小说的任务是揭穿这种欺骗，把现实的虚假和虚构故事的虚假展现在读者面前，从而促使他们去思考。”[③]后现代主义元小说（或称超小说）是对

① 沃尔夫冈·威尔什：《我们的后现代的现代》，魏因海姆，北京：商务印书馆，1988年，第67页。《从现代主义到后现代主义》，第15页。

② 弗里德里希·基特勒：《后现代艺术存在》，《从现代主义到后现代主义》，柳鸣九主编，北京：中国社会科学出版社，1994年，第13页。

③ 章国锋：“从‘现代’到‘后现代’”，《从现代主义到后现代主义》，第16-17页。

小说这一形式和叙述本身的反思、解构和颠覆。它虽保留了小说的外表和轮廓，但它一边“叙述”故事，一边告诉读者这篇故事是如何虚构的，是一种关于小说的小说。它推翻了“纯小说”的概念，打破了传统小说的叙述常规（线性叙事、因果逻辑），模糊了它与各种文学体裁的分野，大量采用其他文学体裁的表现技巧，时间跨越过去、现在和未来，人物的名字和身份都是不确定的。在后现代主义小说这里，没有什么客观的、先验的意义，所谓的意义只产生于人造的语言符号的差异，即符号的排列组合所产生的效果。因此，虚构文本的写作仅仅是一种语言游戏。任何文本都是开放的、未完成的，它依存于别的文本（与它们的区别和联系），特别依赖于读者的解读，是读者的解读使这种符号组合获得了某种意义。后现代主义小说超越纯文学与大众文学、高雅文学与通俗文学的界限，把作为“有教养的知识分子的特权”的文学了变成“读者大众的文学”，[①] 表现出一种通俗化倾向。另外，在后现代主义小说中，现代主义小说的艺术技巧，如意识流的内心独白、象征主义、自由联想、时空错位等虽未被全盘抛弃，但已退居次要地位，表现出后现代主义的解构趋势和重构趋势、后现代主义不确定性写作原则、元小说、反体裁、语言游戏、通俗化倾向、戏仿、拼贴、蒙太奇、黑色幽默、迷宫等审美特征。

1．后现代主义的解构趋势

美国文艺理论家伊哈布·哈桑（Ihab Hassan）在他的《后现代转折》（*The Postmodern Turn*）一书中，将后现代主义文艺特征归纳为 11 个方面。其中前 5 个方面是后现代主义的解构（deconstructive）趋势，后 6 个方面是后现代主义的重构（reconstructive）趋势。[②] 解构趋势包括一系列否定、颠覆既定模式秩序的特征，在这方面后现代主义表征为：不确定性、零散性、非原则化、无我性与无深度性、卑琐性与不可表现性。

不确定性（Indeterminacy）

在哈桑看来，不确定性是后现代主义根本特征之一，这一范畴具有多重衍生性含义，比如模糊性、间断性、异端、多元论、散漫性、反叛、曲解、变形。仅变形一项就包括至今诸多自我解构术语，如反创造、分解、解构、去中心、移置、

① 莱斯利·菲德勒：《越过界限，填平鸿沟》。转引自章国锋：“从‘现代’到‘后现代’”，《从现代主义到后现代主义》，柳鸣九主编，北京：中国社会科学出版社，1994 年，第 16-17 页。

② Ihab Hassan, *The Postmodern Turn: Essays in Postmodern Theory and Culture,* Columbus, Ohio: The Ohio State University Press, 1987, p.168.

差异、断裂性、不连续、消失、消解定义、解神话、零散性、解合法化、反讽、断裂、无声等。正是不确定性揭示出后现代精神品格。这是一种对一切秩序和构成的消解，它永远处在一种动荡的否定和怀疑之中。这种强大的自我毁灭运动“影响着政治实体、认识实体以及个体精神——西方的整个话语王国”。① 仅在文学中，我们所有的关于作者、读者、阅读、写作、本文、流派、批评理论以及文学自身的思想突然间都遭到质疑。美国后现代主义小说家巴塞尔姆这样宣称：“我的歌中之歌是不确定原则。” ② 他在《白雪公主》的人物形象塑造上体现了这种不确定性：在后现代，有王子血统的保罗因惧怕责任与义务，拒绝解救期待他的白雪公主；七个小矮人不再以关爱白雪公主为己任，而是盼望回到没有白雪公主的日子；白雪公主厌倦了与七个小矮人在一起的生活，想要使自己的爱欲焕然一新。

零散性或片段性（Fragmentation）

哈桑认为：“后现代主义者只是拆解；所有他假装信赖的东西只是片段。他的最大耻辱是‘整体化’——无论什么样的综合，不论它是社会知识的还是诗学的，都是耻辱。所以，他偏爱蒙太奇、拼贴、信手拈来或切碎的文学材料，喜欢并列结构而不喜欢附属结构，喜欢换喻而不喜欢暗喻，喜欢精神分裂症而不喜欢偏执狂。” ③ 在后现代主义者看来，世界是由片段构成的，但是片段之和构成不了一个整体。诸片段也没有向某个整体或中心聚集。为此，后现代主义者不以追求有序性、完备性、整体性、全面性、完满性为目标，而是持存于、满足于各种片段性、零散性、边缘性、分裂性、孤立性之中。巴塞尔姆不再依靠常规性的小说手法，即惯常的冲突、发展和线性情节，而是为读者呈现出丰富多彩的零碎片段，创造一种拼贴效果。他认为，“片段是我信赖的唯一形式”，④ 而片段的实质是支离破碎，因此，他的小说《白雪公主》是拼贴小说、装配艺术、碎片组合而成的文本。这些零碎片段取自民间故事、电影、报纸、广告和学术刊物，取自学术和文学中的陈词滥调。如对具体文学体裁和惯用手法的戏仿，关于历史、社会学和心理学的伪学问的题外话，对弗洛伊德和存在主义模式的戏谑描述，以及空洞的具

① Ihab Hassan, *The Postmodern Turn: Essays in Postmodern Theory and Culture,* Columbus, Ohio: The Ohio State University Press, 1987, p. 92.

② 奥哈拉，“唐纳德·巴塞尔姆：小说的艺术”，《巴黎评论》80 期（1981 年夏季号），第 200 页。《白雪公主》，第 10 页。

③ Hassan, op. cit., p. 168.

④ 兰斯·奥尔森，“杂七杂八：或介绍唐纳德·巴塞尔姆的几点按语”，唐纳德·巴塞尔姆：《白雪公主》，周荣胜、王柏华译，哈尔滨：哈尔滨出版社，1994 年，第 11 页。

体诗。小说中，事件发展过程不断被题外话、单子、目录和无来由的鸡毛蒜皮所打断。每一个简短的异质同构的片段都独立成段或章。段与段之间经常完全缺乏过渡，事件发展的时间秩序被打乱。

非原则化（Decanonization）

非原则化也意指非中心化、非权威化、非合法化。后现代主义者使社会主要准则“非合法化”，消解或颠覆权威，废除元叙事。从宗教信仰、科学理性到自我创造能力，他们摧毁了所有神圣的事物。从“上帝之死”到“作者之死”和“父亲之死”，从对权威的嘲笑到对学校全部课程的修正，后现代主义者取消了知识的神秘性和神圣性，消解了权力语言、欲望语言和欺诈语言的结构。[①]他们偏好边缘性的细节性的事物，推崇语言游戏，颠覆任何严肃的正经的东西。在他们那里，人的活动不再是一种围绕一定的主题、中心、原则或秩序而进行的活动，而成了一种随意性的游戏性的没有终极目标的活动。法国著名哲学家让－弗朗索瓦·利奥塔德（Jean-Francois Lyotard）指出，既定的社会规范和意识形态“非合法化”，消解元叙事（metanarrative）和堂皇叙事（grand narrative），而偏好保留了语言游戏异质性的“小型叙事”（*petit recit*）。[②]换言之,那种以单一的标准去裁定所有差异进而统一所有的话语的“元叙事”已被瓦解,自由解放和追求真理的“两大合法性神话”或两套“堂皇叙事”已消逝。[③]后现代的特殊透视角度是“解合法化”（delegitimation）和对“元话语”（metadiscourse）的质疑。在后现代境况下，元话语那套合法性设置已然过时，堂皇叙事的社会语境——英雄圣贤、拯救解放、伟大胜利、壮丽远景等，都因社会背景的变故而散入叙事语言的迷雾中，人们不再相信政治和历史的言论，或历史上的伟大“推动者”和伟大的“主题”，取而代之的是“小型叙事”。英雄时代（英雄、救赎、远景）已经过去，后现代是一个“凡人”的世界，是一个只重过程而不重结果的时代。在这个时代，百科全书式的学术网络已经分化为繁杂细微的学科，各种不同学术范式之间的界限消失，于是后现代“大道”展示出来：科学只能玩着自己的语言游戏，传统社会范式在

① Ihab Hassan, *The Postmodern Turn: Essays in Postmodern Theory and Culture,* Columbus, Ohio: The Ohio State University Press, 1987, p.169.

② 让－弗朗索瓦·利奥塔德:《后现代状况：知识的报告》(Jean-Francois Lyotard,1924–1998. *The Postmodern Condition: A Report on Knowledge,* trans. by Geoff Bennington and Brian Massumi, “Foreword” by Fredric Jameson, Manchester, England: Manchester University Press,1984)。王岳川:《后现代主义文化研究》，北京：北京大学出版社，1996 年，第 258-259 页。

③ 同上，第 185-189 页。

语言游戏的“播撒”（dissemination）[①]下，濒临瓦解；任何人都无法用科学来判定其他语言游戏的合法性，科学自己也无法使自己合法化。在巴塞尔姆的《白雪公主》中，关于后现代白雪公主的故事不时地被毫不相关的陈述所打断：如关于文学或历史的听起来颇有学问的评价的陈词滥调：“直到 19 世纪，俄国才产生出可称得上世界文化遗产的一部分的文学”；一幅后现代世界令人忧虑的惨景：“一切都在崩溃，好多事情正在发生。道琼斯指数还在下跌。百姓还是破衣烂衫。”因此，总统哀叹道：“难道没有一件事会对头吗？”巴塞尔姆就是运用语言游戏异质性的小型叙事消解了传统的元叙事。

无我性，无深度性（Selflessness, Depthlessness）

美国当代重要的马克思主义批评家弗·杰姆逊（Fredric Jameson）对后现代主义无我性和无深度性特征作了深刻阐述。[②]“无我性”指的是后现代主义文学中主体的消失。主体作为现代哲学的元话语，标志着人的中心地位和为万物立法的特权。然而，在后现代主义中，主体丧失了中心地位，已经零散化，而没有一个自我的存在了。“我”这一概念，也仅仅成为语言所构成的影像。语言及其社会性赋予人一个“自我”的概念，这一概念只是像镜子提供给人一个映像而已。另一方面，后现代人在紧张的工作后，体力消耗得干干净净，人完全垮了，这是一种非我的“耗尽（burnout）”状态。这时，那种现代主义多余人的焦虑没有了立身之地，剩下的是后现代式的自我身心肢解式的零散化。在这种后现代主义的“耗尽”里，人体验的不是完整的世界和自我，相反，体验的是一个变了形的外部世界和一个类似“吸毒”一般幻游者的“非我”。人没有了自己的存在，成了一个已经非中心化了的主体，无法感知自己与现实的切实联系，无法将此刻和历史乃至未来相依存，无法使自己统一起来。这是一个没有中心的自我，一个没有任何身分的自我。

随着主体的丧失，随着支配观点的意识的丧失，失去行为统一性或人物统一性的小说变成了“无情节”的小说，一种感知的麻木。主体零散成碎片以后，以

---

① 德里达，《播撒》，英译本“译者前言”（Jacques Derrida,1930—2004, *Dissemination*, Chicago: Chicago University Press, 1981, p. 32）。《后现代主义文化研究》，第 93 页。在法国哲学家德里达看来，播撒是一切文字固有的功能。这种功能并不表示任何中心指向意义而排斥一切潜在的在场 / 不在场。正因为文字的分延所造成的区分和延搁，使意义的传达不可能是直线传递的，不可能像在场形而上学那样由中心向四周散开，而是像撒种子一样，将不断分延的意义“这里播撒一点，那里播撒一点”，不断地以向四面八方散布所获得的凌乱性和不完整性来反抗中心本源，并拒绝形成任何新的中心地带。

② 弗·杰姆逊（Fredric Jameson, 1934—　），《后现代主义与文化理论》，西安：陕西师范大学出版社，1987 年。王岳川：《后现代主义文化研究》，北京：北京大学出版社，1996 年，第 240-241。

人为中心的视点被打破，主观感性被消弭，主体意向性自身被悬搁，世界已不是人与物的世界，而是物与物的世界，人的能动性和创造性消失了，剩下的只是纯客观的表现物，没有一星半点的情感、情思、也没有任何表现的热情。在巴塞尔姆的《白雪公主》中，人成为没有身分的自我，失去行为的统一性，表现出一种感知的麻木。在发现白雪公主在森林里徘徊以前，七个侏儒过着平静的生活。白雪公主的出现给他们的生活增添了混乱和苦恼，使他们成为复杂的小市民，整日茫然不知所措。显然，在这主体零散成碎片的、物与物的世界里，爱已经死了。小说中的白雪公主已不再是童话中那个令人疼爱的白雪公主，侏儒也不再是童话中那七个无私、善良，以照顾、保护白雪公主为己任的小矮人了。整部小说没有情节，只是如前文所说的不能整合的零碎的片段；也没有人的精神与个性，因为，正如米歇尔·福柯（Michel Foucault）所认为的那样，"'主体'让位于系统或结构，主观性被客观性所取代，'人'消亡了"[①]。

"无深度性"指作品审美意义深度的消失。后现代主义作品不再提供任何现代主义经典作品所具有的意义。现代主义大师如普鲁斯特、里尔克或乔伊斯的作品要求读者深入其意义深渊之中，通过不断地阐释和发掘，获得审美的意义。而后现代主义却拒绝解释。作品的意义不需要寻找，书的意义就是书的一部分，没有所谓隐藏在语言背后的所谓深层意义。作品不可解释，只能体验。它提供给人们的只是在时间上分离的阅读经验，无法在解释的意义上进行分析，书的意义在不断阅读的陶醉中。小说《白雪公主》中，白雪公主读着《不顺从》，决心不再继续和七个侏儒男人的群居生活，企盼着把"统治物质世界"的男人弄到手，自然不再热烈而激动地爱那七个侏儒。丹感到被抛弃了，他抱怨比尔的领导才能已经丧失殆尽。对于情感危机引起的精神紧张，比尔劝告他的伙伴们释放这种紧张，将叹息发出，将呻吟哼出，"让悲痛的指尖落在额头"。他主张将"痛苦不堪"的情感表达出来，人就能得到解脱。比尔的思想行为表明，后现代人已经不再为生活的荒诞和精神的危机感到焦虑，他们是在对环境的接受中变得麻木不仁。这里，存在主义关于真实性与非真实性，异化与非异化的二项对立的深度模式被削平。

卑琐性，不可表现性（The Unpresentable, Unrepresentable）

后现代主义者"反对现实，反对偶像崇拜"，反对或躲避崇高。他们追求卑琐、低级、虚无、死寂的题材，喜欢表现人性中卑微的方面。哈桑指出："后现代文学总是寻找边缘，接受'枯竭'，以有声的沉默瓦解自己。它变得有限了，因为

① 米歇尔·福柯，《知识考古学》（Michel Foucault, *The Archaeology of Knowledge,* trans., A. M. Sheridan Smith, New York: Pantheon, 1972）。《后现代主义文化研究》，第153页。

它同自己的表现形式和一切崇高的东西相较量……。”[1]在艺术创作中，后现代主义艺术家们反复关注的是人性中丑恶的、动物性的、原始的、野性的、龌龊的、软弱的、渺小的方面。这一切最终难以跳出卑劣、低俗与自甘堕落的结局。在后现代主义作品中，人已经无可挽回地走向了式微。在《白雪公主》中，在这个没有“英雄”的后现代，保罗的父亲虽是一个最具君王风范的男人和人物，但他的风度和优雅不过体现在五十五岁时还往鞋里喷科隆香水，他最大的雄心是时不时扑倒清理卧房的临时女仆；“有更高尚的雄心”的保罗惧怕责任与义务，最终也未能完成自己的王子使命。霍果欲得到白雪公主，因没有王室血统，遭到白雪公主拒绝，便考虑如何把有王侯之身的保罗“一次了结，永远了结”地干掉。这些形象代表着人类卑微和邪恶的一面。在艺术创作上，作者运用小型叙事，戏仿所有名作家用过的文体和方法，蓄意制造支离破碎的语言，刻画“失望”“失败”，展示“卑琐”，同时以“穷尽”为题材和技巧来创作出别出心裁的作品，目的只在于延续写作活动。无论是从内容上看还是从形式上看，后现代主义都表现出当代的写作危机和它自身的不可表现性。

2．后现代主义的重构趋势

后现代主义小说在颠覆传统小说的内部形态和结构，对小说这一形式和叙述本身进行反思、颠覆和解构的同时，也形成了自己的“重构”趋势。重构趋势表现为以下几个特征：反讽、种类混杂、狂欢、行动与参与、构成主义、内在性。

反讽（Irony）

哈桑认为反讽亦可称为“透视”。关于反讽，哈桑说：“在基本原则或范式缺席的情况下，我们转向游戏、相互作用、对话、会话、寓言、自我反省——总之，转向反讽。这种反讽具有不确定性、多义性（或多重性）；它渴望明晰，解神秘化的明晰，缺席的纯洁光亮。”[2]哈桑所谓的“反讽”已不复是传统美学意义上的反讽，其内容已被置换，仅剩下一个名目的空壳罢了。哈桑认为反讽亦可称为“透视”，这是一种泯灭了基本原则和范式后的无方向，一种离开了制约的彻底“自由”，一种没有重量的、不可承受的轻飘。在这种失重状态中，人无目的地不断地游戏或对话。反讽依据不同的历史时期可分为三种模式：中介反讽（前现代）、转折反讽（现代）、中断反讽（后现代）。作为后现代的中断反讽指明这样一

① Ihab Hassan, *The Postmodern Turn: Essays in Postmodern Theory and Culture,* Columbus, Ohio: The Ohio State University Press, 1987, p.169.

② Ibid, p.170.

种境况——多重性、散漫性、或然性、荒诞性。[①] 反讽或透视表现了真理终于断然躲避心灵，只给心灵留下一种富于讽刺意味的自我意识增殖或过剩。

小说《白雪公主》中，白雪公主、七个侏儒与保罗评论保罗绘画作品的谈话和白雪公主与七个侏儒评论保罗人格的谈话构成对后现代艺术和艺术家的多重性反讽。保罗的新作品被认为是“一个肮脏的了不起的平庸之作”，然而“有趣”。保罗也沾沾自喜地自我评价说，那是他“最拙劣的东西之一”。他们都极有兴致地欣赏保罗绘画的拙劣，仿佛拙劣给人们以美的享受。保罗独自坚守一种形象——硬边绘画派成员之一，并对“自己和自己的形象充满信心”，只因为他创作出“崇高的拙劣”。创作出具有“崇高的拙劣”的“糊墙纸”的保罗被认为是“一个人格相当完整的人”，“一位出色的人物”，白雪公主甚至这样评价他：“在我们这个国家，我们能拥有他，算是运气。”作者对白雪公主反抗陈词滥调的情绪进行了散漫性反讽。作者先是在小说一开始提到，为抵制陈词滥调，白雪公主写了“一首四页长的了不起的污秽诗篇”；接着，作者再次提到她这首现代“自由诗”，其“伟大的主题”是不合逻辑的“包扎和受伤”。对此白雪公主解释说：“一个自我的隐喻，给自己披上铠甲，以抵御他者的盯视。”在小说近尾声时，为避免陈词滥调，白雪公主用谷类早餐粥上面的油膜来形容自己的腹部，称自己的身体为美味什锦。可是，正如她写的那首污秽诗一样，她的反抗只不过制造了另一些语言垃圾。在《白雪公主》中，读者亦可见到这类或然性反讽。如作者借克莱姆之口，玩笑般地提出一个“重新分配金钱”的办法：“让富人更加快活。新的情人。新的情人会使他们兴奋起来，在某种意义上‘富有’起来。……我们必须通过一项法律，凡是金钱过剩的人，他们的婚姻明天就解散。我们要解放所在这些可怜的有钱人，让他们出去玩，报酬是他们的钱。然后，我们拿着钱——”而事实上，美国社会里众多因有了新情人而解体的富有家庭中，到底能有多少人真的感觉是幸福的？荒诞性反讽更是随处可见。例如，“很难破除村里的女孩所固守的观念，她们认为，在墙边贴着石头发抖的男孩终有一天会成为教皇。他一点儿不挨饿，他家一点儿也不穷。”其实是她们对贫穷男孩的可怜状无动于衷，缺乏理解和同情心。再如，这位显赫的、有王室血统的、坚强的、博学的“保罗坐在他的浴缸里”，不知道历史需要他下一步干什么，但大家知道的是他有时会到城里办一些修道士的事情。“修道士”这一本应“超凡脱俗”的形象与将营救白雪公主的儿女情长的保罗很不相称。

① Ihab Hassan, *The Postmodern Turn: Essays in Postmodern Theory and Culture,* Columbus, Ohio: The Ohio State University Press, 1987, p.170.

种类混杂（Hybridization）

种类混杂，或“大杂烩”，是一种专事拼凑、仿作的“副文学（paraliterature）”。“题材的陈腐与剽窃，拙劣的模仿与东拼西凑，通俗与低级下流使艺术表现的边界成为无边的边界。高级文化与低级文化混为一缸，在这多元的现时，所有文体辩证地出现在一种现在与非现在、同一与差异的交织之中。”[①]后现代小说占有了其他体裁（诗、散文、哲学本文等）领域，却独独丧失了自己的领地。它不再讲故事，不再叙述，它已退化成一种语言的断片的随意组合。小说彻底对传统美学加以反叛，不仅割裂了与时代的联系，而且也拒绝了它的读者大众。

在《白雪公主》中，当比尔发现自己“被一个坐在黑色旅行车里的修女跟踪了”时，他顿时神经紧张，胡思乱想，不知所措，最后劝慰自己想想从收音机听到的各种信息。紧接着的下一个章节却是一首从形式到内容都显得荒诞不经的诗。插在小说中间的 15 个问题的“问卷”是对问卷自身的语言形式的一种快活的戏仿，同时也取笑我们可能用来“解释”《白雪公主》的批评工具。小说中还多次出现用巨大的大写黑体字书写的关于文学、历史、心理学等陈词滥调构成的独立章节，它们与小说情节毫无关系，看上去学术研究味十足，语气庄重，实际上滑稽可笑。整本书不像是一部小说，更像是一个持续的片段的集合，这些片段以“拼贴”的手法，围绕着白雪公主童话松松散散地组织起来。另外，与其他后现代主义小说家利用几何图形来表现事物以获得一种直观效果一样，巴塞尔姆也在《白雪公主》中用竖排的 6 个小圆形来表示白雪公主身体一侧的 6 个美人痣。作者似乎以为，当代语言已不足以有效表现现实生活中的事物。《白雪公主》表明，后现代主义小说成为“一种最终不了了之的措施的堆积，一种涉入其他思想领域而缺乏统一性的大杂烩”[②]。

狂欢（Carnivalization）

哈桑借用苏联著名文艺理论家巴赫金（Mikhail Bakhtin）创造的“狂欢”一语来表现后现代的反传统的、颠覆的、包孕着苏生的要素。正如巴赫金所说：在狂欢节那“真正的时间庆典、生成变化与苏生的庆典里，人类在彻底解放的迷狂中，在对日常理性的反叛中，在诸多滑稽模仿诗文和谐摹作品中，在无数次的蒙羞、亵渎、喜剧性的加冕和罢免中，发现了它们的特殊逻辑——第二次生

① Ihab Hassan, *The Postmodern Turn: Essays in Postmodern Theory and Culture,* Columbus, Ohio: The Ohio State University Press, 1987, p.170.

② Charles Newman, *The Post-Modern Aura, The Act of Fiction in an Age of Inflation*, Evanston: Northwestern University Press, 1985, p.117.

命”[①]。以“狂欢”一词指涉后现代性，其旨不在于非理性的狂热，因为那是现代主义的品格。“狂欢”在这里所指涉的似乎是一种“一符多音”的荒诞气质，一种语言的离心力所游离出来的支离破碎感，一种法国结构主义精神分析学家拉康意义上的精神分裂症，是无意识，是“他者”在说话，或美国文论家杰姆逊所说的“吸毒”的感觉。[②]在后现代主义语言观看来，存在主义的人说语言，语言是人存在的家，人是语言的中心的看法业已失效。在后现代，并非我们控制语言或我们说语言，相反，我们被语言所控制，不是“我”在说话，而是话在说“我”，说话的主体是“他者”，而不是“我”。换言之，说话的主体并非把握着语言，语言是一个独立的体系，“我”只是语言体系的一部分，是语言说“我”，而非“我”说语言。《白雪公主》中经常出现没有标点符号的人物独白，其语言支离破碎，语言的主体是“他者”，表达出白雪公主对与七个侏儒男人一起生活的厌倦，对真正英雄出现的渴望和对新生活的向往。

行动与参与（Performance and Participation）

哈桑认为，后现代作品的不确定性诱使读者参与创作；鸿沟必须填平。后现代艺术是一种行动和参与的艺术。后现代本文不论是语言性本文还是非语言性本文都要求参与和行动。艺术不再是静观的对象，而是一种行动的艺术。它要求被书写、修正、回答、演出。后现代艺术以参与和行动为旗帜，它在僭越自己的种属和突破藩篱的同时，宣布了其面对时间、死亡，观众和其他因素时的多变质素。没有一成不变的本文，本文即行动。艺术本文存在于每次不可重复的参与之中，存在于每次“行动”所产生的新的意义之中。[③]

从形式上看，《白雪公主》呈零散、任意、平面、取消意义、取消深度状，似乎是完全无目的的语言游戏，因为读者不能从作品形式上找到走向意义深度的向导。然而，这种游戏只是假象，是无目的的目的性，而目的性是要求读者参与才能完成的。在释义期待上，应该说小说还是有深度的，歧解为后现代小说的必然的解读方式。正如查尔斯·詹克斯在论后现代绘画时所言：“后现代寓言令人费解，因为一方面你不知道正在讲述的故事到底是什么，另一方面也不知道该故事到底在跟什么神话作对照。所以，对这两者你不是感到清晰，而是觉得模糊。

① Charles Newman, *The Post-Modern Aura, The Act of Fiction in an Age of Inflation*, Evanston: Northwestern University Press, 1985, p. 171.

② 王岳川：《后现代主义文化研究》，北京：北京大学出版社，1996 年，第 260 页。

③ Ihab Hassan, *The Postmodern Turn: Essays in Postmodern Theory and Culture,* Columbus, Ohio: The Ohio State University Press, 1987, pp. 171-172.

然而，毫无疑问，你可以尝试着去揭示意义，而意义部分地取决于观者。”[①]《白雪公主》是一个后现代寓言，只要读者将它与原格林童话中的《白雪公主》稍加对照，就会越过它自身的无深度表层，得到这样一个新的意义，即它揭示了这样一个主题：在后现代世界中，爱、同情和完满性都已消失，道德甚至逻辑也同样不存在，无论人怎样努力，他只能一无所获，得到的只是失败，彻底的失败，而任务依然摆在我们的面前，好像我们生命的意义、未能实现的目标成了目标。所以，在小说结尾处，升天的主人公“去寻找一个新的信条”，而新的行为结局也只能是失望和失败。

构成主义（Constructionism）

构成主义是一个很复杂的概念。哈桑认为：“因为后现代主义极端强调特殊性、比喻性、非现实性——在尼采看来，‘人们所能想到的必定是一种虚构’——它‘构成’了后康德的，的确也是后尼采的，‘虚构’意义上的现实。科学家们似乎比许多人文主义者——西方最后的现实主义者们，更自由自在地创造启发性的虚构。……这种有效的虚构表现出对自然与文化认识的越来越大的影响，是明显存在于科学与技术、社会关系与高科技中的我称之为‘新灵知主义’（the new gnosticism）的一个方面。”[②]无论对构成主义还有何种其他解释，哈桑似乎强调后现代主义文艺表现出对科学技术的崇拜，将科技作为创作灵感的激发物，这种“新灵知主义”在当代艺术中相当普遍。科学与艺术、社会关系与高科技日益紧密结合，艺术家崇尚技术，不再像左派激进主义那样对科技发展深恶痛绝。后现代艺术家运用科技的一切成果为自己提供新的艺术创作素材，努力应用现代科技成果制成作品，或利用电脑进行创作。[③]

《白雪公主》将科技作为创作灵感的激发物和用科技成果作为新的艺术创作素材的构成因素。例如，白雪公主没有现代科技设施的淋浴间很不满意，她抱怨：“为什么淋浴间里不像商用飞机一样放点空中电影？为什么不能在《月光奏鸣曲》中，透过美妙的雾，观看伊格内斯·帕岱莱夫基呢？那是一部电影。”再如，作者对科技新成果——电动废纸篓的颇为赞赏的描述：“我们在考虑毁灭美学家那会儿，我们脑子里就想着这个电动废纸篓。先是肢解，然后是电动废纸篓。世界上有电动废纸篓真是令人振奋。”

① 休·卡明，“查尔斯·詹克斯访问记”，《艺术与设计：后先锋派：八十年代的绘画》3卷7／8期（1987年），第47页。唐纳德·巴塞尔姆：《白雪公主》，周荣胜、王柏华译，哈尔滨：哈尔滨出版社，1994年，第5-6页。

② Ihab Hassan, *The Postmodern Turn: Essays in Postmodern Theory and Culture,* Columbus, Ohio: The Ohio State University Press, 1987, p. 172.

③ 王岳川：《后现代主义文化研究》，北京：北京大学出版社，1996年，第261页。

内在性（Immanence）

在哈桑看来，不确定性是后现代主义的第一个重要特征，而内在性则是后现代主义的第二个本质规定。内在性是与不确定性相联系的，它们既不是辩证的，也不完全对立，亦未引向整合，它们既相互矛盾，又相互作用，代表盛行于后现代主义中的一种“多样杂糅”或“多元对话”的活动。不确定性主要代表中心消失和本体消失的结果，而内在性则代表使人类心灵适应所有现实本身的倾向（这当然也由于中心的消失而成为可能）。哈桑认为，内在性意指一种后现代个体借助各种话语或符号而实现自我扩充、自我增长、自我繁衍的努力：“活生生的语言和杜撰的语言，重新构造了宇宙——从类星体到夸克，从有文化的无意识到宇宙空间中的黑洞——将宇宙重构成为语言所创造的符号，将自然转变为文化，又将文化转化为一种内在的符号系统。”[①] 在后现代缺少本质和本体论中心的情况下，人类可以通过一种语言来创造自己及其世界。也就是说，按照后结构主义的观点，脱离客体世界。内在性意味着后现代主义不再具有超越性（transcendence），它不再对精神、价值、终极关怀、真理、美善之类超越价值感兴趣，相反，它是对主体的内缩，是对环境、对现实、对创造的内在适应。后现代主义在琐碎的环境中沉醉于形而下的愉悦之中。小说《白雪公主》表现了后现代世界中人没有了自我的存在，主体丧失了中心地位的状况，因而也表现了后现代主义零散性与无我性特征。当我们把目光转向小说中语言的角色这一中心问题时，我们发现，小说的真正主人公是语言。《白雪公主》似乎是要向读者揭示语言的现时状况，以及当代作者传达某些有意义的东西给读者的种种可能，这个内容比任何其他内容都重要得多。它用元虚构的方式来处理自身的构成问题，经常在向前推进的同时进行自我分析——表现出小说自我指涉的特性。小说中有许多关于语言的题外话，包括《白雪公主》自身的语言，小说不仅从内容上也从形式上表现了当代的写作困境。这是因为语言符号不再具有指涉的功能，不再指向任何事物，只是自我指涉，与现实没有任何关系。一些短短的段落经常由各种风格的大杂烩组合而成，大幅度地变换在具体的文学戏仿（对司汤达、兰波、莎士比亚、劳伦·哈特、巴勒斯、亨利·詹姆斯的戏仿）、流行俚语、学术陈词滥调和广告词之间。被戏仿的文体总是与手边的论题完全不合拍。“巴塞尔姆的小说证明，尽管小说可能无法超越其垃圾式的、过于熟悉的材料所造成的局限，但它能以元虚构的方式把这种低下

① Ihab Hassan, *The Postmodern Turn: Essays in Postmodern Theory and Culture,* Columbus, Ohio: The Ohio State University Press, 1987, p. 172.

的状况吸收到它的织体之中，从而来适应这种状况。”①

3．后现代主义不确定性写作原则

英国后现代主义文论家戴维·洛奇（David Lodge）在其《现代主义、反现代主义和后现代主义》一书中认为，后现代主义是现代主义和反现代主义在新的语境中达到新的综合所产生的“另一种艺术”。它具有现代主义的先锋性、否定性和颠覆性，批判传统的写实再现的现实主义。但它却反对现代主义的贵族化倾向与学院派作风，打破高级文化与大众文化的界限，并抨击现代主义的“主体性”，宣布主体死亡，而走向毫无激情的冷漠的纯客观艺术。在这点上，可以认为，后现代主义以“否定”意义而超越和扬弃了现代主义；另一方面，后现代主义又同样反对现代主义的典型观，以及理性主义的再现模仿和人与世界的意义模式，攻击其对确定性的追求，宣布“不确定性”是自己的本质特征。②正是不确定性揭示出后现代主义的精神品格。反对本文意义、反对解释是后现代主义的重要倾向。洛奇指出，后现代主义本文抵制阅读，“因为它不想落入某种易于辨认的模式或节奏，于是便在阅读程序上效法了世界对于解释的抵制”③。洛奇认为，现代主义的等级秩序原则已经失效。后现代主义奉行无等级秩序和非中心原则，这就意味着对后现代本文的发送者来说，在创作本文的过程中，必须拒绝对语言或其他元素作有意识的选择，一切都是无选择的偶然行为，甚至是一种自动写作。同样，对于准备按照后现代主义的方式来阅读本文的接受者来说，无等级秩序原则就意味着避免形成一种作者和读者首尾一致的解释，一种对创造意义和对“原意”追求的企图。因而，避免作出解释是后现代作家对读者的要求。对读者而言，他可以采用任何手段去译解本文，但这与作者和文本毫不相干。据此，后现代主义文学理论认为，后现代主义的文本具有不同于现代主义精心编撰的严谨结构，它的创作和接受的唯一原则是不确定性。不确定性决定一篇文本如何被人阅读。作品（文本）的意义取决于解释这一作品的方式，而不是取决于一系列固定不变的规则。去寻找意义是既无可能又无必要，阅读行为和写作行为的“不确定性”本身即“意义”。

---

① 拉里·麦克弗里，“垃圾美学：巴塞尔姆的《白雪公主》”，唐纳德·巴塞尔姆:《白雪公主》，周荣胜、王柏华译，哈尔滨：哈尔滨出版社，1994 年，第 370，337 页。

② 戴维·洛奇:《现代主义、反现代主义和后现代主义》，利尔科尔大学出版社，1981 年。王岳川:《后现代主义文化研究》，第 284-285 页。

③ David Lodge, *The Modes of Modern Writing: Metaphor, Metonymy, and the Typology of Modern Literature*, London: Arnold, 1977, p. 224.

洛奇认为，“后现代主义在扩张自己疆界的同时，并没有消弭整合现代主义和反现代主义之间的张力，反而内化了这种冲突张力，从而使其自身内部走极端的情景每每发生，……某种两极摆动的‘钟摆’在后现代写作方式中开始了‘极端表现’式的摆动。”[①]这种两极摆动具体体现为后现代文学写作的不确定性：悖论式的矛盾、并置、非连续性、随意性、比喻的过度引申和虚构与事实的短路。

悖论式的矛盾

后现代主义小说形象的不确定性使得每一句话都没有固定的标准，后一句话推翻前一句话，后一个行动否定前一个行动，形成一种不可名状的自我消解形态。巴塞尔姆的短篇小说《辛伯达》（*Sindbad*, 1987）[②]是对《一千零一夜》中“水手辛伯达”的重写。从表面叙述上看，小说中有两个主人公，一个是具有丰富的浪漫主义航海历险经历的水手辛伯达，另一个是八十年代美国大学教师“我”。“我”生活贫困，衣着寒酸，被白天上课的学生看不起，但“我”充满浪漫激情的诗一般的语言还是打动了学生们。根据前文，水手辛伯达在他第八次航海船失事后向传来华尔兹音乐的树林走去。这里，人们难以分清讲话的是水手辛伯达还是大学教师“我”，或者水手辛伯达与“我”是同一个人？形象的不确定性使读者感到文本与现实世界一样模糊不清，无法分辨。

另外语言的自相矛盾表现出一切都在不定之中。小说《罗伯特·肯尼迪从溺水中被救起》（*Robert Kennedy Saved from Drowning*, 1968）[③]如此描述罗伯特·肯尼迪的性格：“他对同事既不鲁莽也不过分友善，或者说他既鲁莽又友善。”后现代主义小说又像是虚构又像是事实，如《罗伯特·肯尼迪从溺水中被救起》所描写的事件似乎实际都在生活中发生过，每一个片段都像一份写实报告，而巴塞尔姆本人却说：“除了肯尼迪敌意地评论一位几何图形派画家的作品这一点以外，什么都不是实际发生过的事。在肯尼迪走进那家美术馆并作出这个评论那天，我也在场，其余部分可以说是编造出来的。”[④]

并置

后现代主义作家在写作时，并不给出一种结局，相反，往往将多种可能性结局组合并置起来，每一个结局指示一个层面，若干个结局组成若干个层面，既是这样，又是那样，既可作如是解，也可作如彼解。并置的依据是：事物的中心不

① 王岳川：《后现代主义文化研究》，北京：北京大学出版社，1996 年，第 328 页。

② 唐纳德·巴塞尔姆：《白雪公主》，周荣胜、王柏华译，哈尔滨：哈尔滨出版社，1994 年，第 291-298 页。

③ 同上，第 165-176 页。

④ 杰罗姆·克林科维兹：“巴塞尔姆访问记”，《白雪公主》，第 329 页。

复存在，事物没有什么必然性，一切皆为偶然性，一切都有可能。同一性的哲学秩序消散了，那么，只能将数学式无限多的可能的“秩序或非秩序”强加于人的经验之上，使人真正明了自己处身的世界没有什么历史理性和必然性的法则，有的只是可能性。巴塞尔姆的短篇小说《解释》（1970）是以四个中空的方格引发的问答展开的。小说大体上可分为三个部分，每一部分都由指出若干层面的若干个结局构成。每一部分都试图以机器为中心，只给出一个结局，但谈话却总是游离开去，将许多可能性结局并置起来，涉及后现代生活的许多层面：文学、艺术、性爱、树木、书籍、叙述的方式、旅游、人类处境、足球赛等等，任何事物都可能成为人们关注的对象。这是因为，在后现代，事物的中心消失了，同一性的哲学秩序消散了，历史理性和必然性也不复存在，剩下的只是可能性。所以，作为后现代这一时代产物的小说，亦以多结局的并置来指示多层面的后现代生活现实就是再自然不过了。

非连续性

后现代主义作家怀疑任何一种连续性，认为现代主义的那种意义的连贯、人物行动的连贯、情节的连贯是一种“封闭体”（closed form）写作，必须打破，以形成一种充满错位式的“开放体”（opened form）写作，即竭力打破它的连续性，使现实时间与历史时间随意颠倒，使现实空间不断分割切断。因此，后现代小说和戏剧经常将互不衔接的章节与片段编排在一起，并在编排形式上强调各个片段的独立性。在体现非连续性叙述方面，小说《辛伯达》颇具典型性。作品由十四个片段拼贴而成。从时间上看，作品表现了两个人物，一个是过去在第八次航海幸免于难的水手辛伯达，另一个是现在的80年代的大学教师“我”。小说用电影中的蒙太奇（montage）手法使两个不同历史时期的片段像镜头一样交替闪回。作者随意颠倒时间顺序，不断分割现实空间。片段与片段互不衔接，读者随着它们忽而跳到过去，忽而跳回现在，令人眼花缭乱。这些片段各自相对独立，意义、人物行动和情节都不连贯。这种“中断”式的非连续性所造成的荒诞不经感，给人以世界本就是如此构成的启示。

随意性

与现实主义大师们苦心经营，十年磨一剑地精心结撰宏伟画卷不同，也与现代主义大师们精心构思以注入有深度的思想相异，后现代主义作家们突出随意性，强调“拼凑”的艺术手法。在他们看来，这个世界的秩序是人为设定的，那么，人也可以还给世界一个“非秩序”。一切事物都四散了，但又密切相关，一切风格都创造殆尽，诗人的地盘被作古的大师们盘踞着而无法施展再创造的风格，因此，后现代主义作家们就以非创造来诋毁创造，把拼凑当作创造力匮乏的一种不得已的创造。巴塞尔姆的短篇小说《罗伯特·肯尼迪从溺水中被救起》就是这种“拼凑”的产物，作者随意拼凑出24个短小的片段，每个片段以小标题开始。这24个片段从不同侧面表现一位杰出政治家的思想、品格、工作、能力；对国家和人民的责任感；像普通人一样多愁善感；善于理解民众，但也有让人不理解的时候；富于同情心；对哲学感兴趣等等。然而，这些片段将情节变成了破碎的玻璃花瓶，满地晶亮，合不成形。既然它们都与主人公K.有关，作者就以非秩序的状态将它们随意拼凑起来。因此，这些片段的安排恰似“活页小说”，读者阅读时，可像洗牌一样，将它们随便拼凑组合，从哪一段、哪一页读起都可以。这种小说的创造性就体现在它的意义是无穷无尽的，因为它的组合是无穷无尽的。

比喻的过度引申和虚构与事实的短路

许多后现代主义小说家将比喻一再引申而形成一个膨胀出来的新故事，并就此脱离原来的语境。诸如在小说中引用报刊、报道、数据等等，向小说里塞入形形色色的繁杂材料，使读者的头脑呈现一种繁杂无序的状态，而失去对文本意义整体把握的可能性。作者通过文本的不可解释暗示出世界这一大文本同样的不可解释。虚构与事实的短路是指作家自捣艺术圣殿，将艺术还原为生活。《印第安人反叛》（*The Indian Uprising*, 1968）① 是巴塞尔姆最著名的一个短篇小说，极为费解，争议最大，原因就在于小说中比喻的过度引申和虚构与事实的短路。首先，我们来看看作者是怎样将比喻一再引申而脱离原来的语境，讲述许许多多与印第安人反叛毫无关联的事情，使读者的头脑呈现一种繁杂无序状态，因而难以把握文本的意义整体。小说开始表现了一种战时的紧张、恐怖、混乱气氛：反叛的科曼切人向城市猛烈进攻，市民们在大街上筑造工事，拉上了冒着火星的铁丝网。人们试着去理解这种混乱。“苹果、书和密纹唱片”这种三个词语连在一起的形式在文中比比皆是，作者用这种强迫性的三连词形式的动机似乎是给混乱的经验强行施与一种貌似整合的形式，然而，这无济于事，因为文本自身出现了混乱。随着“我”的思绪离开了战斗，“我”与西尔维亚谈起了如何弹奏法国作曲家埃尔·福莱的《玩偶》……。这些离题的叙述使读者的兴趣自然离开了印第安人的反叛。可见，这个短篇由印第安人反叛引申膨胀出多个主题，内容繁杂，叙述散乱，使读者难以从整体上把握小说文本的意义，难以解释作品到底要说明什么。

① 唐纳德·巴塞尔姆:《白雪公主》，周荣胜、王柏华译，哈尔滨：哈尔滨出版社，1994年，第177-186页。

小说同时表现了虚构与事实的短路。小说第 23 节开始的几句话是印第安人反叛这一虚构故事的继续："我们给被俘的科曼切人的睾丸接上一根电线……我们合上开关，他便开口了，他说他的名字叫古斯塔夫·阿亨巴赫。"给印第安人俘虏睾丸接电线的审讯方法是荒诞的。但紧接着的就不是虚构的故事了：

你永远不能用同一种方法触摸一个女孩，不止一次、两次、或更多次……在瑞典，我们没搞出什么更出色的玩意儿……指挥倾泻垃圾的官员通过广播告诉人们垃圾已开始运走。

这显然是作者在东拉西扯地谈生活中与女孩交往的经验和去瑞典的旅行经历。虚构在这里与事实（即实际生活）发生了短路。接下来的第 24 节与虚构的印第安人反叛的故事更是风马牛不相及，很像是作者写给生活中的朋友简的一封简短的言辞恳切而又幽默的信。最后一句话"一串串的语言向四面八方延伸开去将这个世界缠绕成一个奔流不止、粗鄙不堪的整体"，似乎是对后现代主义文学作用的一个最中肯的诠释。这里，生活本身成了"艺术"，艺术消解了，成了非艺术。

后现代主义的颠覆性使它努力消除了高级艺术和通俗艺术这一社会价值结构的最后二元形式。巴塞尔姆以不确定性的写作原则"再造了小说之屋，改变了房间的结构，建造门，打开门，使在他之前似乎难以梦想的东西成为可能。在其顶峰时期，其作品是一个奇迹，趣味盎然，令人敬畏、充满睿智、造型美丽。"[①]其堪称后现代主义的典范作品，从一出现就一直被人们仿效。美国当代著名小说家杰罗姆·查林就坦率地承认："他教过我们所有的人怎样写作。"[②]

4．元小说

后现代主义的元小说（metafiction）对小说这一形式和叙述本身进行反思、解构和颠覆，在形式上和语言上都导致了传统小说及其叙述方式的解体，在宣告传统叙事无效——非合法化的同时，确定了自己的合法化方式。在元小说创作中，作家采用一种所谓的超语言，那不是描述非语言的事件、情形或物体的语言，而是描写"另一种语言"的语言。在后现代，语言被看作是一种独立的、自给自足的体系。它本身可以产生意义。它与现实世界的关系是复杂的、不确定的，又受到惯例制约的。元小说作家在作品中探讨这一语言系统与小说外部世界之间的关

① 约纳森·鲍姆巴赫："叙说巴塞尔姆"，唐纳德·巴塞尔姆：《白雪公主》，周荣胜、王柏华译，哈尔滨：哈尔滨出版社，1994 年，第 382-383 页。

② 杰罗姆·查林："叙说巴塞尔姆"，唐纳德·巴塞尔姆：《白雪公主》，第 400 页。

系，使作品不断展示它有意识采用的文学语言和惯用手法，清楚地、明确地显示出其人工制品的特征，揭示了当代社会中的危机感、异化感以及压迫感与不再适应表现现代经验的传统文学形式之间的脱节。从而，元小说把陈旧的惯用手段的消极价值转化为潜在的建设性社会批评的基础。元小说往往建立在一个根本的、持续的对立原则之上：在构筑小说幻象的同时又揭露这种幻象，使读者意识到它远不是现实生活的摹本，而只是作家编撰的故事。元小说向我们展示文学作品是如何“构筑”想象的世界的，以此来帮助我们理解我们每天生活于其中的现实是同样“构筑”的，是同样“写下”的。元小说可以用最通俗的语言定义为：在创作小说的同时又对小说创作本身进行评述。这两种过程在形式上紧密结合，从而打破了“创作”与“批评”的明显界限，使它们合并为“阐释”和“分解”的概念。[①]元小说是“关于小说的小说”，还可细分为“谈这篇小说如何成为小说的小说”、“关于先前小说的小说”和“类文本元小说”。[②]

谈这篇小说如何成为小说的小说　这类元小说自我揭示虚构、自我戏仿，把小说艺术操作的痕迹有意暴露在读者面前，自我点穿了叙述世界的虚构性、伪造性。小说的基本立足点就不可能再是模仿外部世界或内心世界而制造逼真性。如在美国后现代主义小说家约翰·巴思（John Barth）的短篇小说《扉页》的开始，“我”为小说写到四分之三仍“缺乏激情，抽象，职业化，不连贯”，有了“冲突，纠葛，没有高潮”而懊恼。作者在考虑如何收尾，可是思考怎么也越不过“我们生活的故事”。作者决定，既然我们这些“靠耍笔杆子为生”的人都像“积习难改的编谎家”，那就“换个常见名词”，“接着编吧”。这就一语道破了传统叙述世界的虚构性、伪造性。虽然构思总是被打断，但作者认为“正是这些打断才使故事走得更远。小说以一个未说完而且没有句号的句子结束，这意味着讨论可以继续下去，小说既然“每个故事都是用红墨水写成的，即以实化虚”，“凭空捏造事实罢了”，[③]那就不怕结尾是开放的。

关于先前小说的小说　这类小说是把前人的著作作为戏仿的对象，也可称为“前文本元小说”。在以创新为作品最大价值的后现代，作家们想方设法不落窠臼，努力找到摆脱文学传统影响的办法，那就是站在这影响中击败这影响。于是一些后现代主义小说家们回归叙述的源头，以后现代意识重写旧故事，从而创造出别

① 余宝发：“超小说”，《文艺新学科新方法手册》，林骧华等主编，上海：上海文艺出版社，1987 年，第455-456 页。.

② 赵毅恒：“后现代派小说的判别标准”，《外国文学研究》，中国人民大学书报资料中心，1994 年第 1 期，第 11-12 页。

③ 约翰·巴思：《扉页》，侯毅凌译，《外国文学》，1997 年第 2 期，第 5-9 页。

具一格的新故事。唐纳德·巴塞尔姆（Donald Barthelme）的长篇小说《白雪公主》（1967）[①]是对家喻户晓的德国格林童话《白雪公主》的戏仿。巴塞尔姆以对保罗这一反英雄形象的塑造而宣告堂皇叙事的无效。巴塞尔姆不再依靠常规性的小说手法——冲突、发展和线性情节，而是为读者呈现出丰富多彩的零碎片段，创造一种拼贴效果，意在表明：后现代社会的变化使任何神话中心都无法维持下去，神话因素只能追踪至某种程度，然后就会遇到相应的替代物。

类文本元小说　在人文科学这个大概念之下，后现代主义使高雅的严肃文学与大众的通俗文学之间的对立、小说与非小说之间的对立、文学与哲学之间的对立、文学与其他艺术门类之间的对立统统消解了。后现代主义把一切事物都界定为文本，从文本与文本的关系中、从文本的上下文中去探讨文本的意义。[②]因此，人类的许多“真理体系”，如历史、宗教、意识形态、伦理价值等等，都可被视为一种“叙述方式”，即把散乱的符号表意行为用一种自圆其说的因果逻辑统合起来，组织起来。因此，从本质上说，它们无非也是与小说相似的虚构。而在这些价值体系控制下的生活方式，也就是虚构的产物。用这种观点来描写生活的小说也就成了关于小说的小说，具体地可称之为“类文本元小说”或“寓言式元小说”。巴思的短篇小说《夜海之旅》以奇妙的构思和独白的形式，讲述了一个精子游动的神秘旅程，这个旅程是极富象征性的，表现的是“作者”在叙述的过程中逐渐产生了自我意识，最后悟到了一个真理：“载着我漂浮过这恐怖之海的，只是一个单纯的希望……理性并不存在，只有无谓的爱，无谓的死。”[③]这是一个对后现代人类社会生存状况的哲学思考。

5. 反体裁

后现代主义作家是勇于颠覆旧秩序、以从事消解游戏为业的一代人，他们消解自由解放之类命题的同一性，代之以一种多元性的无中心的离心结构。他们切断与传统的前辈作家对自己的影响，走一条文学范式彻底创新的道路。于是，与前辈的“严肃小说”相对立，后现代主义小说家被逼进既不同于“严肃小说”又不同于“消遣小说”的胡同，“一方面，竭力摆脱其影响，另一方面却努力把从一个普通但劣等的公分母中产生的分化作为一种不断发展的谋略。……为了讽刺消遣小说或古典小说，他们有意创造一种其特征不是建立在它摧毁过的某种残骸之上，而是建立在反对其消遣小说的程式化成功之上的截然相反的作品。……反

① 唐纳德·巴塞尔姆:《白雪公主》，周荣胜、王柏华译，哈尔滨：哈尔滨出版社，1994年。

② 张国清:《中心与边缘》，北京：中国社会科学出版社，1998年，第46页。.

③ 巴思:《夜海之旅》，鲁余译，《外国文学》，1997年第2期，第10-15页。

体裁已成为我们时代主导的模式……。”[①]小说写作成为一次大胆的冒险，其边界不复存在，只要写作即可命名为“小说”。这样，小说势必侵占其他体裁的领域，表现为“种类混杂”，“在这多元的现时，所有文体辩证地出现在一种现在与非现在、同一与差异的交织之中”[②]。如巴塞尔姆的小说《玻璃山》（18）形式奇特，由从1到100这样的数字编号顺序排列的词组、句子和段落构成。该小说是对一篇斯堪的纳维亚故事《玻璃山上的公主》的反写。巴塞尔姆小说的主人公虽然也追求公主，在一只鹰的帮助下爬上了山顶，他却把公主拎起来，头朝下扔下玻璃山，扔给他的相识，“可以放心地让他们去处理她”。小说突然以这句密码似的文字作结：“100。就是许多鹰看上去也不足为信，一点也不，一刻也不。”巴塞尔姆用当代城市为背景重写传统故事，扰乱了传统故事的真假值。他不再用古典情节来显示某些持久的人类价值与关怀的存在，而是辱没古典情节，以展示在处理后现代状况时传统叙述是怎样的无能。巴塞尔姆的主人公一边在追寻他的目标，一边却又在拆毁它，最后一无所获。这里不存在荣誉和尊严。巴塞尔姆不仅在内容上削弱了传统的价值观念，而且在形式上打破了小说的写作惯例，使其小说呈现为从1到100的语言碎片的集合。这种反体裁的写作产生两种结果：首先，作家突出的是技巧而不是内容，突出的是外表而不是深度，突出的是人为性而不是可信性，从而贬低了传统叙述所关心的如性格化与“模仿”幻觉之类的东西，也打碎了通常的阅读结构。其次，这些带编号的词组、句子和段落表明，成为惯例的传统文体已变得如此乏味，如此空洞，如此轻而易举地就可以复制，在某种程度上，可以用数字来写。小说最后一句密语般的结语意在暗指：传统的信条与结构没有能力处理当代经验。巴塞尔姆的《玻璃山》成为一篇拆毁“公主”所象征的超验所指的寓言。

6．语言游戏（Language Play）与读者解读

在后现代世界里，思想家、文论家们的构思活动基本都是在语言层面上，他们的语言表述只是一种纯粹受语言自身逻辑左右的语言建构，与实际的存在、客观的社会现实并不是一回事。在后现代主义作家们看来，一切都不确定，世界上本来就不存在什么先验的、客观的意义，只能寄情于写作本身。写作不过是作者“内省的符号化过程，亦即指示自身的一种信息”，[③]指望在写作本身的探索过程

① Charles Newman, *The Postmodern Aura, The Act of Fiction in an Age of Inflation*, Northwestern University Press, 1985, pp. 87-88.

② Ihab Hassan, *The Postmodern Turn: Essays in Postmodern Theory and Culture*, Columbus, Ohio: The Ohio State University Press, 1987, p. 170.

③ 特伦斯·霍克斯:《结构主义和符号学》，上海：上海译文出版社，1987年，第145页。

中逐渐建立起自身的意义。价值来源于虚构；意义产生于语言符号的差异，即符号的排列组合所产生的效果。因此，写作（特别上虚构文本的写作）仅仅是一种语言游戏。在每种不同性质的“话语”中，都可以用说明其性质和用法的随意游戏规则去设定语言游戏，但是，这些游戏规则本身不能给自己提供合法性，它们只能是游戏者之间的契约式产物；规则是游戏得以运用的关键，任何变化都将改变游戏的本质；每种“话语”的发言，都如同游戏一样，具有对抗竞争的意味，因此具有一种不断推陈出新的特征。[①]后现代主义作家不是运用语言作为工具来表现自己的思想，表达自己的情感或表现自己的想象的人，而是“一个思考语言的人,一个思想家兼语言家（换言之,既不完全是思想家,又不完全是语言家）”[②]。当代写作已经使自身从表达意义的维度中挣脱出来，而只指涉自身。写作犹如游戏，在不断超越自身的规则和违反其界限中展示自身。

按照后现代语言哲学（话语理论）的一个重要观点，语言符号日益失去其表征能力，即再也不能切中意义本身；我们说和写的话语，包括写作本身，都迷失在无穷无尽的能指的链中。这意味着，任何后现代文本都没有统一的意义核心。文本的意义不是来自作者对文本的创造，而是来自读者对文本的解释。任何人都可以对文本作出自己的解释。后现代的读者以一种批判性和创造性的姿态，通过主观地建构意义，探索文本的言外之意或弦外之音，最终重新书写了原文本。后现代作者在写作过程中，首先，主体经历着自身的解构与重构过程；其次，在潜意识层面上渴求着读者的理解与帮助，渴求与读者建立一种对话式的机制。文学作品是一个生产与再生产的过程，读者由消费者变为参与这一生产与再生产过程的生产者。作品的意义并非由作者所决定，而是通过读者重现文本的生产过程、参与这一过程来创造出作品的意义。后现代主义小说的阅读方式注重审美的快感而非审美的愉悦，注重在文本的能指的无限运动中发掘出无限多元的意义，强调象征思维、强调行动与参与、直接体验与顿悟，致力于潜意识活动对于理性思维、形象思维的突破。[③]在后现代，阅读活动不再是一种把握作者原初意图的活动，而转换成寻译本文逻辑，追踪语言自身价值的本文拆解和重新组合的活动，从而发现意义的多重性和本文意义无限多样的解释。

纳博科夫的小说《微暗的火》整个文本可被视为后现代主义语言游戏的范例。这个文学大文本由两个次文本构成：一个是希德诗的文学文本，另一个是金保特包括前言、注释和索引的批评文本。这两个文本极其直观地、夸张地体现了法国

① 王岳川:《后现代主义文化研究》，北京：北京大学出版社，1996 年，第 181 页。

② 罗兰・巴尔特:《文本之快感》，巴黎：色伊，1973 年，第 81 页。

③ 巴尔特:《语言的噪声》，巴黎：色伊，1984 年，第 67 页。

解构主义哲学家雅克·德里达（Jacques Derrida）所宣称的在结构概念历史上发生的“重大事件”:“它的外在形式是一种断裂又是一种重叠”。[①]德里达认为，在结构构成中“根本没有中心，中心不能看作是一个正在出席者的形式，中心没有天然的所在处，它不是一个固定的地方而是一种功能，一种无处（nonlieu），在这无处中，符号替换进行着无穷尽的游戏。……正是在中心或起源缺席的情况下，一切都变为言语的时刻……一切都变为系统，在这系统中那中心的所指（the signified），那起源的或先验的所指，从来不绝对地出现在一个由差异构成的系统之外。这先验的所指的缺席就使表意的领域及表意的游戏无限制地扩展了。”[②]德里达的理论认为，符号并非是能指（the signifier）与所指的紧密结合，符号不能在字面上代表其所意指的东西，产生出作为在场的所指：一个关于某种东西的符号势必意味着那种东西的不在场（而只是推迟所指的在场）。德里达将法语动词“to differ”（区分）和“to defer”（延搁）合并为“differance”（分延），表明符号总是“区分”和“延搁”的双重运动。“分延是一种在在场和不在场两相对立基点上所无法设想的结构和运动。分延是各因素相互关联的区分、踪迹和分离体系的游戏。”[③]文字的分延使意义的传达不可能是直线传递的，不可能像在形而上学那样由中心向四周散开，而是像撒种子一样“这里播撒（dissemination）一点，那里播撒一点，”[④]不断地以向四面八方散布所获得的凌乱性和不完整性来反抗中心本源，并拒绝形成任何新的中心地带。所指被延搁所造成的符号残缺不全，使其永远成为指涉其他符号的一组踪迹（trace）。踪迹指向分延，它永远延搁意义。踪迹使得文本意义的寻求活动成为文本自我离心解构的运动，文本总是指向文本自身之外的文本群体，总是在意义的分延中和踪迹的暗示中走向不确定性。德里达视这种意义自身解构的运动机制为替补（supplement）。替补既是一种增补，又是一种替代，它由存在的虚空而起，又是存在不完善的证明，它的根本指向是彻底否定存在的根源和形而上学绝对真理的神话。德里达用分延、播撒、踪迹、替补等概念，宣告了本源的不复存在，文本的永不完整性。对“原”文的阅读是一种误读，是以新的不完整性取代文本原有的不完整性，因为替补成为另一种根本上不完整的文本。综上所述，在德里达看来，作者并不创造意义，因为作品没有所谓的原意，意义也不是作品现存的，必须无止境地在文本之外去寻求。每篇文

① 雅克·德里达:“人文科学语言中的结构、符号及游戏”，刘自强译，《二十世纪文学评论》，戴维·洛奇编，葛林等译，上海：上海译文出版社，1993 年，第 534-535 页。

② 同上，第 537-538 页。

③ Jacques Derrida, *Position*, Chicago: Chicago University Press, 1981, p. 27.

④ Jacques Derrida, *Dissemination*, Chicago: Chicago University Press, 1981, p. 32.

本必须置于更多的文本之中才具有意义。①

在小说《微暗的火》中，金保特的注释从一开始就是“无限地寻求踪迹的阅读”，主要是寻求他自己赞布拉故事的“踪迹”。希德全诗的主题是死亡，并以连雀之死开始。但金保特并不去解释诗人为什么说他是撞死在窗玻璃上的鸟的“影子”，只是从字面上描写一下死鸟的形象，就迫不及待地转去介绍自己是希德的邻居和自己对鸟类的兴趣，经常和希德讨论赞布拉国王可爱的查尔斯。金保特对希德诗的阅读表明，符号只是所指东西的替代品，必然意味着所指东西的不存在。符号与所指既相异又相斥，符号是“区分”和“延搁”的双重运动。因此，符号并不是单纯的有声意象与单纯的概念或意义的完美结合，符号不可能有单纯的含义。“这一方面意味着文学文本和它的意义之间总有差距，评注和诠释正是文本本身具有本体不足而产生的。这同时意味着文本不可能有终极的意义：在诠释过程中，文本所指成分被一层层地展示，而每一层次又转化成一个新的能指即表意系统，因而阐释过程严格说是一个永无穷尽的过程。”②这样，解释就摆脱了企图找出本来的终极意义的幻想，说明文学并不表示存在的真理，文本是符号的游戏，并邀请读者参加这样的游戏。

7．通俗化倾向

后现代主义宣布：“我们不需要天才，也不想成为天才，我们不需要现代主义者所具有的个人风格，我们不承认什么乌托邦性质，我们追求的是大众化，而不是高雅。我们的目标是给人以愉悦……。”③在后现代，文化已经完全大众化，高雅文化和通俗文化，纯文学与俗文学的界限基本消失。“后现代主义填平了批评家和读者之间的鸿沟，更为重要的是，它弥合了艺术家与读者的裂痕，或者说，取消了内行和外行的界限。”④相当一部分后现代主义小说体现了这种“通俗化”倾向。它们情节离奇、怪诞、曲折、可读性较强。但这些作品大多并非取材于生活现实，即使取材于某个历史事件，也是用非现实的表现手法，因此，完全是幻想和虚构的产物。美国后现代主义小说家罗伯特·库弗（Robert Coover）1977

① 王岳川：《后现代主义文化研究》，北京：北京大学出版社，1996年，第90-103页。

② 雅克·德里达：“人文科学语言中的结构、符号及游戏”，刘自强译，《二十世纪文学评论》，戴维·洛奇编，葛林等译，上海：上海译文出版社，1993年，第534页。

③ 弗雷德里克·詹姆逊：《后现代主义与文化理论》，唐小兵译，北京：北京大学出版社，1997年，第165页。

④ 弗里德里希·基特勒：《后现代艺术存在》。转引自《从现代主义到后现代主义》，柳鸣九主编，北京：中国社会科学出版社，1994年，第19页。

年发表的长篇小说《公众的怒火》(*The Public Burning*)[①]虽取材于50年代美国罗森堡夫妇被无辜处死的政治丑闻，并选择当时的副总统尼克松作为核心叙述人，但作者运用非现实手法，使事物神话化，将真实和虚构有机地交织在一起，亦庄亦谐，挥洒自如，既有对政治事件的严肃的叙述，又有对虚构场景的粗俗的描写。作为冷战牺牲品的令人同情的悲剧人物罗森堡夫妇、与此案件有关的事情、人物、日期都是真实的，朝鲜战争、华盛顿政界阴谋以及当时的雅俗文化都得到了生动的再现。而“山姆大叔”则是一个神话般虚构的人物，他是美国的化身，是野蛮、粗俗、邪恶和投机的混合物。在与幽灵斗争的冷战时期，他教条，过分依赖僵化的体制，未能应付不断变化的现实，使罗森堡夫妇成为国家机器发疯时毁灭的牺牲品。山姆大叔玩这个游戏的目的就是要“把大家拢到一块，创造一个秩序”，制造一种虚构的历史现实。小说叙事形式的创新更是丰富多彩：有机智、流畅、幽默、诙谐的散文叙述，有滑稽的、不伦不类的自由诗，有似一锤定音的评论，如“美国是世界的笑话”，有突然出现的表示强调的黑体字，有从报刊上摘录下来的时事评论，为了加强视觉效果，作者将《时代》评论文字排成菱形，有戏剧性的对话和二幕歌剧。小说的艺术性与消遣性、语言的精巧和易于理解融为一体，既能引起读者对历史的严肃思考，又给读者提供阅读上的愉悦。审美层次较高的读者和文化水平较低的读者都可以欣赏这部小说，可谓雅俗共赏。

8. 戏仿（Parody）

戏仿是互文叙事手法之一，它是对原有文学进行转换，要么以漫画的形式反映原文，要么挪用原文。无论对原文是转换还是扭曲，戏仿都表现出与原文之间的直接关系。戏仿是一种“最具意图性和分析性的文学手法之一。这种手法通过具有破坏性的模仿，着力突出其模仿对象的弱点、矫饰和自我意识的缺乏。所谓‘模仿对象’可以是一部作品，也可以是某些作家的共同风格”。[②]戏仿是后现代主义小说家的一个常用技巧。他们在作品中对历史事件和人物，对日常生活中的某些现象，对古典文学名著中的题材、内容、形式和风格进行夸张的、扭曲变形的、嘲弄的模仿，使其变得荒唐和滑稽可笑，从而达到对传统、对历史和现实的价值和意义以及过去的文学范式进行批判、讽刺和否定的目的。巴塞尔姆的《歌德谈话录》[③]是对历史上真实的《歌德谈话录》[④]的戏仿。原书篇帙浩繁、内容庞

---

① 罗伯特·库弗:《公众的怒火》，潘小松译，南京：译林出版社，1997年。

② 王先霈、王又平:《文学批评术语词典》。上海：上海文艺出版社，1999年，第212页。

③ 唐纳德·巴塞尔姆:《白雪公主》，周荣胜、王柏华译，哈尔滨:哈尔滨出版社，1994年，第299-302页。

④ 爱克曼辑录:《歌德谈话录》，朱光潜译，北京：人民文学出版社，1978年。

杂。这部流传甚广的作品以日记的形式详细记录了 1823 年 6 月 10 日至 1832 年 3 月 22 日歌德去世之前他的一些言论与活动，是他的崇拜者、青年诗人兼秘书爱克曼辑录的。歌德谈论的范围以文艺、美学、哲学和当时欧洲一般文化动态为主，略微涉及政治、宗教、自然科学和日常琐事。巴塞尔姆也用短短的七篇日记的形式写成了这部小说。原著中的伟大导师在巴塞尔姆的小说里变成了一个不折不扣的“庸俗的市民”（恩格斯语），如他认为：“音乐……是历史冰箱里面的冰冻木薯淀粉……”。当青年诗人把他的最后一句论断纠正为“不……毋宁说他们是概念进程之有篷大马车上多余的行李”时，歌德表现出的不是文学师长应给予后辈的宽容、理解和鼓励，而是浅薄粗鲁的家长式武断批评：“‘爱克尔曼，’歌德说，‘住嘴。’”巴塞尔姆的这篇小说表现了后现代主义对权威的嘲笑、修正或颠覆，对元叙事的废除，对知识神秘性和神圣性的取消，对权力语言、欲望语言和欺诈语言结构的消解。

9．拼贴（Collage）

拼贴是一些后现代主义小说家模仿约翰·多斯·帕索斯（John Dos Passos）的新闻短片方法，将其他文本，如文学作品中的片段、日常生活中的俗语、报刊文摘、新闻等组合在一起，使似乎毫不相干的片段构成相互关联的统一体，从而打破传统小说凝固的形式结构，给读者的审美习惯造成强烈的震撼，产生常规叙述方式无法达到的效果。在后现代主义小说中，零散、片段的材料就是一切，它们永远不会给出某种意义组合或最终“解决”，只能在永久的现时的阅读经验中给人一种移动组合的感觉。这种彻底的零碎意象堆积反对任何形式的组合。巴塞尔姆的小说《白雪公主》整本书像是片段的一个持续的集合，这些片段以拼贴的手法，围绕着白雪公主童话松松散散地组织起来。

10．蒙太奇（Montage）

蒙太奇不同于拼贴，它不是偶然拼凑的无意识的大杂烩，而是后现代主义小说中有意识的组合。但它又与拼贴一样，表现的都是后现代的一种“非连续性”的时间观。杰姆逊认为，后现代时间特点是一种“精神分裂症”，或如法国结构主义精神分析学家、哲学家雅克·拉康（Jacques Lacan）所说的“符号链条的断裂”。因为在精神分裂症者的头脑中，句法和时间的组织完全消失了，只剩下纯粹的指符，亦即在后现代人的头脑中只有纯粹的、孤立的现在，过去和未来的时间观念已消散殆尽，只剩下永久的现在。[①]蒙太奇这种手法将一些在内容和形式上并无联系、处于不同时空层次的画面和场景衔接起来，或将不同文体、不同风格特征的语句和内容重新排列组织，采取预述、追述、插入、叠化、特写、静景与动景对比等手段，来增强对读者感官的刺激，取得强烈的艺术效果。巴塞尔姆的短篇小说《辛伯达》[②]使现实时间与历史时间随意颠倒，使现实时间不断被分割切断，形成了一种充满错位式的开放体写作。从时间上看，小说表现了两个人物，一个是过去在第八次航海幸免于难的水手辛伯达，另一个是现在的80年代大学教师“我”。小说用电影中的蒙太奇技法使两个不同时期的片段像镜头一样交替闪回（小标题后为笔者概述）：

经历：过去。辛伯达不是一个谨慎的人，他从不吸取教训，八次航海，每次都是死里逃生；辛伯达是一个无所畏惧的人，被认为是一个“冒险家”。

教学：现在。水手辛伯达与大学教师“我”合为一体——听过华尔兹，见过剑杖和耀眼炫目的漂积海草的辛伯达终于带着宽慰的心情把学生们吸引到了他关于浪漫派诗人的讲解中。

小说文本中片段与片段之间互不衔接，各自相对独立，意义、人物行动和情节都不连贯，读者随着它们忽而跳到过去，忽而跳回现在。这种“中断”式的非连续性所造成的荒诞不经感，给人以世界本就是如此构成的启示。

11. 黑色幽默

黑色幽默虽受存在主义哲学影响极深，把世界视为荒诞不经，不可理喻，悲观至极后，只是付之一笑，但不主张存在主义的解救之道——“参与”“选择”，或呐喊抗议，或奋力抗争，或哀鸣悲叹，因为那只能把荒谬弄得更加混乱，更加难以忍受。对黑色幽默小说家们来说，生存的荒谬只能忍受，因为它是世界不可改变的一部分。他们冷漠地把荒诞视为世界本质性闹剧之一部分。他们不再作以使命责任或悲天悯人之类价值替换价值的努力，而是用语言继续进行生存不按理出牌的游戏。黑色幽默的写作特点一般表现为：滑稽、甚至怪诞地处理内在的悲剧题材；单维性格、荒原背景；松散、往往脱节、不讲时间的叙事结构；事实与虚构混淆不清，表现了现实的不可靠性；讲求技巧、讲求形式设计；对令人绝望、异想天开、蛮横残暴的事件冷眼旁观；嘲弄性的诘问语气，常有无意于惩恶扬善

① 杰姆逊：《现实主义、现代主义与后现代主义》。转引自《后现代主义文化研究》，第239页。
② 巴塞尔姆：《白雪公主》，周荣胜、王柏华译，哈尔滨：哈尔滨出版社，1994年，第291-298页。

的笑声，而这一特点的根源则是作家对传统哲学和科学的怀疑。[1]如冯内古特的小说《囚鸟》（*Jailbird*,1979）[2]中的主人公瓦尔特·斯代布克，1975年因不自觉地卷入尼克松“水门事件”而被捕。这是一个对环境无可奈何，无法保护自己的可笑可悲的小人物，虽历尽折磨，任人摆布，却又悠哉游哉，乐意把牢底坐穿，常常在心头默诵一首“莎莉放屁”的荒诞不经的歌，然后击掌三下来聊以自慰。“日子还是过下去，是啊——不过一个傻子却很快就要同他的自尊心分手了，也许到世界末日也不会碰头。”主人公在当代荒诞的社会中无能为力，悲观绝望，只好以自嘲寻求一点精神解脱。

12. 迷宫（Labyrinth）

迷宫是指作者在小说中营造的错综复杂、乱人眼目且又不给予出路的结构。它不像侦探小说虽扑朔迷离但总会柳暗花明。统治这种迷宫的是无序，是缺席，有象无意，有泉无鱼。托马斯·品钦（Thomas Pynchon）作品中一个反复出现的主题是西方世界在本质上的混乱和解体。他用隐喻式的手法把热力学和信息论中的一个重要概念“熵”（entropy）引入文学创作中。在物理学的热力学中，在一个与外界没有物质和能量交换的封闭的热力系统中，分子的运动将越来越混乱，最终达到混乱的极点，形成温度相同的热平衡状态。在他的作品中，品钦把这一观点作为一个隐喻，把自己所处的世界看作是一个封闭系统，指出西方社会内在的混乱、腐败和最终不可避免要死亡的命运。品钦小说的迷宫结构所表现的正是这种永远无法解决的混乱。在小说《拍卖第四十九批》[3]中，作为遗产执行人之一的奥狄芭·马斯太太为履行义务，先去南加利福尼亚“熟悉”死者的遗产。她发现，无人知晓皮尔斯·尹维拉雷蒂究竟有多少遗产，仅在圣纳西索市，他的财产就不可计数。在调查核实皮尔斯“产业”的过程中，奥狄芭发现越来越多的线索表明，存在着一个被称作特里斯特罗的地下无政府组织，它试图通过一个名为WASTE并以一个弱音邮递喇叭为秘密通邮标志和传递方式的邮政系统，来破坏和颠覆美国官方邮政系统，从而实现自己的“无声的特里斯特罗王国”。她还发现，几乎所有的线索又都与尹维拉雷蒂的产业有关。这些无限增多的线索虽然给人以越来越多的暗示，但它们从不产生任何结论。奥狄芭对信息的感觉增大了她周围的熵或混乱。她逐渐感觉到处都有WASTE符号和与特里斯特罗有联系的事

① 陆凡、蒲隆：“库尔特·冯尼格简论”，《美国当代小说家论》，钱满素编，北京：中国社会科学出版社，1987年，第432-433页。

② 库尔特·冯纳格特：《囚鸟》，董乐山译，桂林：漓江出版社，1987年。

③ 托马斯·品钦：《拍卖第四十九批》，林疑今译，上海：上海译文出版社，1989年。

物。这种混乱远远强过她通过有关特里斯特罗的确定信息所创造的秩序。感觉在努力地制造混乱，熵在不断增长，直到最后她分辨不清现实与幻想。在小说的结尾，没有传统阅读所期待的明晰和真实，而只有混乱、模糊、复杂的迷宫般的世界本身。

第一章

普希金被拉下神坛：俄国早期的后现代主义文学

20 世纪 60 年代末 70 年代初，俄国后现代主义文学思潮开始萌生，这与当时的苏联社会变革有很大的关系。20 世纪 50 年代，赫鲁晓夫执政时期的“解冻”使美苏关系暂时得到缓和。随着文化交流的开展，西方文化或公开或隐秘地进入苏联，开阔了苏联作家和公众的文化视野，特别是包括纳博科夫在内的美国后现代主义文学作品，让苏联作家意识到了创新艺术手段的可能。到了 60 年代勃列日涅夫执政时期，僵化的意识形态和单一的政治模式成为催生后现代主义文学的刺激性因素，一些从白银时代文化吸纳了现代主义思想的文学青年，率先成为解构苏联主流文学的先锋派。

叶罗费耶夫的《从莫斯科到佩图什基》（1969 年）、西尼亚夫斯基的《和普希金一起散步》和安德烈·比托夫的《普希金之家》被视作最早的俄罗斯后现代主义文学作品。《从莫斯科到佩图什基》通过主人公碎片化的想象，让形形色色的文化现象和传统在作品中汇聚碰撞，借此让读者发现文化机制转换给社会生活带来的无常和荒诞。《和普希金一起散步》运用隐喻、反讽等艺术手段，通过解构普希金在俄罗斯人民心目中的权威和颠覆他在俄罗斯文学史上崇高无上的地位，表达作者对苏联主流意识形态的不满，进而引发了一场如何看待俄罗斯文化传统的论战。《普希金之家》则通过描述不同时代苏联知识分子的种种心态，反映了 60 年代后期后现代主义产生的社会背景。

以上三部作品从内容到形式既完全不同于苏联社会主义现实主义文学，也不同于传统的俄罗斯现实主义批判文学。在内容方面，这些作品中的历史和现实都无序混乱，怪谬荒诞，并且视荒诞为永恒。艺术上运用暗示、隐喻、拼贴等手段，创造出一个特殊的文化场，有意偏离苏联社会主义现实主义文学的主流，以“地下文学”或“另类文学”的形式，开启了俄国后现代主义文学的潮流。

一、解构经典：安德烈·比托夫的《普希金之家》

1.“地下文学”的代表

安德烈·比托夫（Андре́й Гео́ргиевич Би́тов, 1937—　）是俄罗斯后现代主义文学的奠基者之一。他的《普希金之家》（1964—1971）与韦涅季克特·叶罗费耶夫的《从莫斯科到佩图什基》（1969—1970）和安德烈·西尼亚夫斯基的《和普希金一起散步》（1966—1968）是俄罗斯后现代主义文学早期的经典之作，被称为俄罗斯后现代主义小说的三大开山之作。在《普希金之家》这部小说中，比托夫把19世纪以普希金为代表的俄罗斯文学经验置于后现代主义语境中，并以后现代主义观念为参照，对俄罗斯现实主义经典文学的主旨、人物、情节和叙事进行故意的低俗化解构，对俄罗斯文学特有的经典文化概念进行游戏化处理，如“当代英雄”“假面舞会”“决斗”“群魔”“复活”等等，通过摧毁和颠覆崇高化、圣洁化的俄罗斯文化神话，呈现和解释俄罗斯当代社会的复杂现象。

安德烈·比托夫1937年5月27日出生于列宁格勒，父亲是建筑师，母亲是法律工作者。尽管出生在知识分子之家，但他的一生跌宕起伏，经历了多种磨难。比托夫对彼得堡的记忆与苏联卫国战争时期的大围困密切相关。1941年冬天，德国法西斯军队对彼得堡进行狂轰乱炸，并实施围困，千千万万的彼得堡居民因饥饿而丧命，死尸遍地，城市里没有温度，没有生机，一片荒凉，这给幼小的比托夫留下了永久性的精神创伤。后来他和家人被疏散到乌拉尔和塔什干，直到1944年才重返彼得堡。卫国战争期间的这些经历和记忆为比托夫创作《普希金之家》提供了真实的素材。

1954年，比托夫毕业于彼得堡第213中学，这是彼得堡第一家用英文讲授部分课程的学校。比托夫喜欢各种体育运动，特别是登山运动。1955年，出于对大山的热爱，比托夫报考了列宁格勒矿山学院。1956年加入该校文学社，诗人格列布·谢苗诺夫和小说家米哈伊尔·斯洛尼姆斯基都曾经是他的指导老师。他的文学生涯从此开始，小说创作成了他的终身事业。1965—1967年，比托夫在莫斯科的高级编剧进修班学习，1973—1974年，他在苏联科学院世界文学研究所研究生班学习。1978年，他开始了在莫斯科和彼得堡之间的双城生活。1960年，他开始发表作品，在辑刊《年轻的列宁格勒》（Молодой Ленинград）

上发表了三部短篇小说。1963 年，他的第一部短篇小说集《大气球》（Большой шар）在苏联作家出版社出版。此后，他每年都有新作问世，并且每部作品都会引起读者关注。

比托夫是一位多产作家，除了代表作《普希金之家》，还出版了《一个人的日子》（Дни человека, 1976）、《飞翔的玛那霍夫》（Улетающий Монахов, 1990）、《猴子的等待》（Ожидание обезьян, 1993）、《兔子的减法》（Вычитание зайца, 1993）、《医生的葬礼》（Похороны Доктора, 1999）、《对称的老师》（Преподаватель симметрии, 2008）等 30 余部中长篇小说。此外，比托夫还创作了其他文学体裁的作品，如诗集《雨后的星期四》（В четверг после дождя, 1997）和《树》（Дерево, 1998）等、电影剧本《小小逃亡者》（Маленький беглец, 1966）和《就在周四》（В четверг и больше никогда, 1977）、政论文集《我们在陌生的国度醒来》（Мы проснулись в незнакомой стране, 1991）等。

早在 1967 年，《度夏胜地》（Дачная местность）出版后，比托夫就已经成为当代最著名的作家。但他一生跌宕起伏，经历了多次磨难。1956 年，苏联两次出兵镇压布达佩斯大学生和平游行而引发的骚乱，列宁格勒矿业学院文学社的成员也以集体焚烧书籍的方式表示对当局行为的不满，比托夫因此被校方开除。后来，他又到部队服役两年，之后又恢复了学籍，完成了学业。1965 年，他的第一部小说集《大气球》出版，但他因作品中“主人公过于卑贱甚至迷茫”而受到指责。20 世纪 70 年代，由于持不同政见，他的部分作品没有通过苏联书刊检察机关的审查，因而无法面世。1978 年，他花费了多年时间创作的《普希金之家》在美国出版，这让比托夫在苏联的生活更加雪上加霜。1979 年，因“非法”出版《大都会》丛刊，苏联官方禁止他在苏联发表作品，直到 1986 年才被解禁。

戈尔巴乔夫执政之后，比托夫的命运似乎迎来了春天。他开始频频到国外参加各种学术活动，如讲学、参加研讨会等，并到美国埃里温大学教授俄罗斯文学。1988 年，他创办国际笔会俄罗斯笔会中心，并于 1991 年开始担任中心主席。此外，他还积极参加各种社会活动。1992 年和 1997 年，比托夫凭借小说《飞翔的玛那霍夫》和《疯子》（Оглашенные, 1995）两次获得俄罗斯联邦国家奖。此外，他还获得各种其他荣誉称号，如法国文学艺术功勋奖（1993 年）、皇村艺术奖（1999）、亚美尼亚莫夫谢斯·霍列纳齐奖（1999）等。2018 年，他又被授予俄罗斯联邦友谊勋章。

比托夫从 1964 年开始创作《普希金之家》，于 1971 年完成初稿。1973 年，该作品以“地下出版物”的形式在读者中间流传，1978 年，小说在美国 Ardis 出版社出版后，立即引起轰动，比托夫被美国读者称为“俄罗斯的乔伊斯”。但在苏联，《普希金之家》被认为是一部反苏作品，比托夫本人因此被禁止发表作品。苏联解体前夕，在文学回归大潮的影响下，苏联官方大型文学杂志《新世界》于 1987 年在第 10~12 期连载了这部俄罗斯后现代主义经典小说。1989 年，该作品单行本出版。1999 年，小说最终版面世。从完成初稿到终稿完成修订，时隔 28 年之久，期间作者也进行了不断的修改。这种具有“外在性”的修订，使作者有机会把更加深刻的内涵赋予小说的艺术世界。

1964 年，俄罗斯著名诗人、诺贝尔文学奖获得者布罗茨基因创作爱情、孤独和离别主题的诗歌，被指控为“社会寄生虫”和“利用黄色诗歌和反苏作品毒害青年”而被判服苦役五年。这次事件对比托夫产生了很大的影响，他长期处于负面情绪的影响之中。在创作《普希金之家》之初，比托夫还没有从“布罗茨基案件”的负面情绪中走出来。谈及《普希金之家》的创作动因时，比托夫回应道:“这是否与审判布罗茨基有关联？或许是潜意识的？我不得而知。但当时已经感觉到一个时代即将结束,感受到了某种临界点。”[①] 由此可见,这部被奉为“俄罗斯后现代主义小说开山之作”的作品，的确是一部“划时代的书”，因为它本身就标志着俄罗斯现实主义和现代主义文学时代的结束，标志着后现代主义文学时代的开始。

那么，作为俄罗斯后现代主义小说的开山之作,《普希金之家》究竟在多大程度上具备了后现代主义小说的特征？又在多大程度上保留了俄罗斯文学的特点？这些都是我们必须深入探讨的问题。

《普希金之家》于 1987 年在苏联出版，作品一问世就受到了苏联广大读者的好评，并获得了国内外的各种文学奖项，如法国 1990 年度最佳图书奖、圣彼得堡的安德烈·别雷文学奖等。

小说刻画了奥多耶夫采夫一家三代知识分子的形象和他们各自在不同时期的命运与生存状态。主人公廖瓦出身于知识分子家庭，他的祖父是个语文学家，是一个学术流派的开创者和奠基人，性格倔强，在斯大林执政时期受到迫害，惨遭流放。主人公的父亲是典型的苏联知识分子，担任大学老师，是语文教研室主任，但他虚伪自私，背叛了婚姻和家庭。廖瓦虽然出身名门，在学术道路上几乎没有任何遇到任何障碍和波折，但他性格懦弱，没有主见，他所理解的世界完全吻合他人灌输给他的思想，一旦遇到陌生的事物和问题，他便很快陷入恐慌，是个性

① M. Epstein, A. Genis, S. Vladiv-Glover. *Russian Postmodernism*. New York: Bergham Books, 2016. p.246.

逐渐消亡的苏联知识分子的形象。

小说开头不仅具有侦探小说谋杀案描述的常见情景特点，还兼具戏剧特色。普希金之家是一个文化权威机构，所在大楼的一个房间里一片狼藉，风雨从破损的窗户呼啸而入，地上躺着一具尸体，死者手里握着一把老式手枪。对于这桩离奇的谋杀案，作者承诺将在后文叙述，并提醒读者，这是一部“博物馆”式的小说，要想理解小说内容，就必须找到各部分之间的相互联系，强调文本的“内在依赖性”和“意旨再生性”。这样，小说不仅使用了传统小说的“悬念”手法，还邀请读者参与小说意义的再创造。

廖瓦与家人之间的关系构成小说第一部的主要内容。廖瓦对母亲十分依恋，但对父亲感到生疏。他甚至对父亲没有好感，特别是“一卢布事件”使他和父亲产生了更深的隔阂，还怀疑自己不是父亲所生。后来，父亲对母亲和婚姻的背叛更让廖瓦视父亲为陌路，甚至把邻居米佳大叔想象成自己的亲生父亲。廖瓦对米佳大叔旧式贵族的遗风十分欣赏，在他眼里，米佳大叔穿戴考究，性格直率，言辞犀利，对事物的看法和分析十分透彻；米佳大叔经历丰富，不仅参加过第一次世界大战、国内战争和卫国战争，还在劳改营被关押了10年。廖瓦对祖父的认识开始于大学时代。祖父是一位语言学家，是学术界的权威，因政见不同在30年代遭受迫害并被流放。父亲为了当上教研室主任，在学术界获得了一定地位，不惜与自己的父亲断绝关系，大肆攻击老奥多耶夫采夫的学术观点。流放期满后，老奥多耶夫采夫从流放地回到彼得堡，他不愿意看见自己的儿子，只想见见孙子。廖瓦怀着激动的心情去市郊看望从未谋面的祖父。然而，出乎意料的是，祖父虽然天赋异禀、睿智幽默，却言辞粗鲁。廖瓦为了讨好祖父而责备了父亲，这使祖父大为恼火，将廖瓦轰赶出去，因为正如父亲当年背叛了祖父一样，廖瓦也背叛了自己的父亲。此后不久，祖父死于返回流放地的途中。第一部的附篇是祖父年轻时写下的札记和米佳大叔的两篇小小说。

小说第二部《当代英雄》的故事情节与第一部同时展开，着重描述廖瓦与社会成员之间的关系，即他与法伊娜、阿尔宾娜和柳芭莎三名女性之间的关系，以及同学米季沙季耶夫对他的奇怪影响。第三部《穷骑士》是前两部在情节上的延续，颇具元小说特点，是作者对俄罗斯历史和现实的艺术审视。

1905年在彼得堡成立的普希金之家，从一座纪念馆和普希金研究机构到成为苏联全国文学研究中心——苏联科学院俄国文学研究所的别称，足以证明普希金在俄国文学和文化中的地位，也足以证明普希金之家在苏联时期全国文学研究工作中的指导作用和权威性。作家通过后现代主义艺术手法，一方面通过颠覆普希金作为文化经典形象和在俄罗斯人民心中的地位，一方面颠覆普希金之家作为苏联官方的权威性反映后现代社会真实，解构苏联官方意识形态。

小说《普希金之家》通过刻画奥多耶夫采夫一家祖孙三代知识分子在不同历史时代的不同命运和生存状态，对俄罗斯历史和文化进行艺术审视。小说主人公廖瓦·奥多耶夫采夫出身于学者家庭，出身和成长环境良好，没有经历过任何挫折和坎坷，但他属于典型的消亡中的知识分子。他所理解的世界，远远不是真实的世界。他从小就失去了发现外部世界并进行独立思考的能力，一旦遇到未知世界，就会陷入恐慌和痛苦之中。

看到父亲书房里书桌上堆放着的书本和纸张，廖瓦下决心"要像父亲那样，但要比父亲更有作为……"[①]正是在这样的家庭环境熏陶之下，廖瓦接受了正统的俄罗斯文化熏陶。他阅读的第一本书是屠格涅夫的《父与子》，他读完了普希金所有的作品，并且在学校为纪念普希金诞辰150周年而举办的报告会上作了发言。他从小就崇拜科学，立志要做一名学者。对于父亲，他没有好感，更不把他作为亲生父亲对待，而是倾向于认同邻居——一个参加过三次战争的"老战士"作为自己精神上的"父亲"；对于祖父，他感到陌生。因此，他既不想像父亲那样，当一名语文学者，也不想像祖父那样，当一名"人文学者"，而是梦想"做一名生物学家，……这门学科在他看来更为'纯洁'一些……"。这种背离家庭传统的想法似乎与廖瓦跟家庭之间的关系相对应：他不认为自己是父亲的亲生儿子，而是怀疑自己与米佳大叔有血缘关系。这种预示在小说后面的情节中得到回应，米佳大叔曾经在生物研究所工作过。而这种回应不仅使廖瓦精神上与米佳大叔走得更近，也进一步疏离了他和父亲之间的关系。对于《普希金之家》中廖瓦·奥多耶夫采夫的盲从性，比托夫在俄罗斯文化记者科切科特娃对他的一次访谈中则进行了扩大化的解释。他认为，如果对自己的真实感觉加以掩饰，那么每个人都是盲从者。在访谈结束之时，科切科特娃将问题引向当下，比托夫的回应则落脚于影响世界的方式上。他认为，自己最看重的影响方式是语言，比如不列颠帝国衰落了，而英语却占据了整个世界。

此外，比托夫在小说中保留了一些带有划掉标记的句子，好像不小心把这些句子从草稿上誊写到文章中。小说中还保留了比托夫本人对标注进行的修改以及书写错误的句子，好像是排字工人的排版错误。小说原文中作者故意把比托夫的名字写错，作者采取这种方法，干涉读者的阅读，使读者仿佛置身在小说创作过程中，经历着正在发生的事情，这样消除了作者与读者的界限，文学作品和生活

① 安德烈·比托夫：《普希金之家》，王加兴、胡学星、刘洪波译。北京：北京大学出版社，2016年，第3-4页。

的界限同时也被打破。

诗人、文学家、文学作品评论家尤里·卡拉布奇耶夫斯基认为比托夫开创了一个新的研究领域。在他看来，比托夫是个极聪明的人，罕见的聪明，而在文学领域，聪明的人比有才华的人少。因此，即使在读他的不那么成功的作品时，你都会感觉自己是在同聪明人打交道。这使作者感到一种毫无察觉的满足。

2.《普希金之家》的后现代主义艺术特征

（1）互文性

互文性（Intertextuality，也称“文本间性”或“互文本性”），是由法国女权主义理论批评家、符号学家和语言学教授朱丽娅·克里斯蒂娃（Julia Kristeva, 1941—　）在其《符号学》一书中提出的。她认为，任何作品的文本都像许多行文的镶嵌品那样构成的，任何文本都是其他文本的吸收和转化。也就是说，任何文本都是其他文本的镜子，都是对其他文本的吸收与转化，它们相互参照，彼此牵连，形成一个潜力无限的开放网络，以此构成文本过去、现在、将来的巨大开放体系和文学符号学的演变过程。

作为西方后现代主义文学作品的重要特征，互文性既继承了结构主义的优点，又吸取了后结构主义和解构主义的反中心主义传统，强调文本的独立性和不确定性。作为文本理论，互文性理论注重将外在的影响和力量文本化，无论是政治和历史语境还是社会和心理语境，一切语境都变成了互文本，这样，文本性代替了文学，互文性取代了传统，自主自足的文学观念也随之被打破。同时，互文性理论将解构主义、新历史主义和后现代主义文学批评的合理因素都纳入其自身体系之内，从而使自身在理论上的阐释具有了多种可能。

比托夫的《普希金之家》也以互文性为主要特征。它的互文性不仅表现在人物形象和文本内容对俄罗斯文学经典作品的镜像互映上，其文本结构也显现出显著的互文特征。从普希金的《青铜骑士》到莱蒙托夫的《当代英雄》，从车尔尼雪夫斯基的《怎么办？》到屠格涅夫的《父与子》，再从陀思妥耶夫斯基的《穷人》、《群魔》和索洛古勃的《卑鄙的小鬼》一直到卡夫卡的《城堡》、萨特的《墙》、纳博科夫的《斩首之邀》等，都在《普希金之家》中得到辉映、吸收和转化。小说中的每一个人物、人物的每一句话和每一个行为、甚至每一个词汇都能使读者联想到俄罗斯文学和西方文学经典作品，整个文本形成了一个交织密集的互文本。

首先，比托夫笔下的主人公廖瓦·奥多耶夫斯基本身就是一个“被复制出来的、从镜子里面反射出来的人物”[1]。这是一个“非英雄”（анти-герой）形象，既有贵族基因（作者借小说人物米季沙基耶夫之口提示读者，廖瓦是奥多耶夫斯基公爵的后人，祖父又是沙俄时代某一理论的创始人），又有俄罗斯文学传统中“多余人”的特征。但在现实生活中，他不过是一个普通的文学工作者，他的智慧和能力既非能够像祖父那样，成为雄踞理论界一方的“当代英雄”，其品格也不及参加过三次战争的邻居——米佳大叔高尚，反而还继承了父亲身上的缺点（父亲为了名誉和地位不惜出卖亲情，廖瓦为了讨得具有话语权的祖父的欢心，不惜诋毁父亲）。这样，廖瓦的形象更加复杂，人物形象更加饱满，他成了一个“既非英雄，又非坏蛋”的现代“小人物”。

在故事的开头，廖瓦的生活状态如缓缓流淌的涅瓦河水，平淡无奇。“生活并没有什么惊涛骇浪——基本上过得顺顺当当。说得形象一点儿，他的生命线像流水似的从一位圣人的双手里，透过指缝，从容地滑了出来。既没有无节制的匆忙，也没有遇到过断处和结扣，它，这条线，处于平稳的，稍微拉紧的状态之中，只是间或也有些弛垂。”[2]这种“不急不缓”的平淡生活，很容易让读者联想到俄罗斯文学中的经典人物奥勃洛莫夫。然而，与奥勃洛莫夫不同的是，贵族出身的奥勃洛莫夫无所事事，既不关心生活琐事，也无远大目标，而廖瓦的家庭出身虽然优裕，但与奥多耶夫采夫家族的关系，与其说是这个家族的后裔，不如说只是个同姓者而已。只是因为1931年大清洗运动期间，祖父作为苏联著名语言学家被流放，才使廖瓦身上多了些许光环而滑向了“西伯利亚矿井的深处”。再者，廖瓦是有理想的，他的理想是成为像祖父那样的著名学者。尽管他借助前辈的光环小有名气，但从他与三个女人的交往以及与同学米季沙季耶夫的关系来看，他没有主见，处处受人摆布，又和奥勃洛莫夫相似，是个名副其实的“多余人”。

小说第一章《父与子》显然是对屠格涅夫同名小说的戏仿，揭示了三代人之间的复杂关系和历史发展规律：思想保守的老一辈必将退出历史舞台，社会进步需要依靠有朝气的年轻一代。廖瓦的身上似乎还有屠格涅夫的《父与子》中巴扎洛夫的影子，他梦想成为生物学家的理想和巴扎洛夫决心从事医学研究的梦想相同。然而，具有讽刺意味的是，在盛行个人崇拜的时代，廖瓦的父亲非常谨慎，他在家里从来不谈政治，“既不批评，也不赞扬……”在这样一个特殊的时代，既不鲜明也不突出的父亲的形象，在廖瓦心中并没有留下多少印痕。他辨别不出父亲脸上的表情是善良还是聪明，只记得他的脸一直处在黑暗之中。父亲从来不

① Богданова В. *Роман А. Битова Пушкинский Дом*. С П Б : 2002. с .39.

② 安德烈·比托夫:《普希金之家》，王加兴、胡学星、刘洪波译，北京:北京大学出版社，2016年，第1页。

大声说话，甚至和妈妈说话时也是“窃窃私语”。令人压抑的时代环境、沉闷的家庭氛围造就了廖瓦及其父亲的平面化性格，这和屠格涅夫作品中的父与子富有个性的形象形成鲜明的对比。得知父亲的“丑事”后，廖瓦决定与父亲决裂，但他唯一的行动是彻底认为自己和父亲在相貌和性格上都没有相似之处，这又印证了廖瓦和奥勃洛莫夫的“多余人”特征。

小说第二部《当代英雄》以廖瓦与三个女人法伊娜、阿尔宾娜和柳芭莎的情感纠葛以及跟同学米季沙季耶夫的交往为主要内容，揭示了人性中的善恶交织，印证了“人人心中有上帝，人人心中有魔鬼”的真谛。这与莱蒙托夫的《当代英雄》无论是在故事内容方面还是人物形象塑造方面都形成一种互文镜像。无论是廖瓦，还是毕巧林，主人公内在的精神世界始终呈现出善良与邪恶、宽容与狭隘、宁静平和与骚动不安的矛盾和斗争。

在莱蒙托夫笔下，主人公毕巧林与三位女性，即贝拉小姐、黑海小城塔曼的走私犯女儿、梅丽公爵小姐的感情纠葛，以及他与叙事主人公马克西姆·马克西梅奇令人唏嘘感叹的友谊，都反映了19世纪俄国贵族知识分子空怀满腔热血却因阶级性的软弱而无所作为，在现实面前不断寻求突围又不断退缩的典型特点。他们不满现实，渴望有所作为，但又无力超越阶级局限性和性格缺陷，因而变得痛苦消沉，愤世嫉俗，蔑视一切生活道德规范，成为俄国文学史上所谓的“多余的人”，成为19世纪前半期俄罗斯民族精神的一个有力的写照。

在比托夫的《普希金之家》中，米季沙季耶夫可以说是专制和权力的象征。他似乎有一种神奇的魔力，无时无刻不影响着廖瓦的生活和选择。他们之间的友谊是一种控制与反控制的关系，在他无形的影响下，廖瓦反抗的力量都消失于无形之中。如果说普希金的《叶甫盖尼·奥涅金》和莱蒙托夫的《当代英雄》揭示了19世纪俄国社会的时代精神图景的话，那么，比托夫的《普希金之家》则是20世纪后期苏联社会人们精神生态状况的一面镜子。

小说的第三章《穷骑士》实际上是对普希金《青铜骑士》和陀思妥耶夫斯基《穷人》的互文，其中隐含着作者特别的用意。众所周知，普希金的“青铜骑士”歌颂的是彼得大帝和他的丰功伟绩。但在比托夫看来，所谓的“青铜骑士”，就是和廖瓦一样的一群人，他们生活在“青铜时代”的混沌之中，意识形态受到绝对控制，文化高压政策导致人人自危。在这样的专制体制下，没有人能够有独立的思想，也没有人能够自由创作。相对于以普希金和陀思妥耶夫斯基为代表的俄罗斯文学“黄金时代”和以勃洛克为代表的“白银时代”，苏联文学只能沦落为俄罗斯文学史上的“青铜时代”，因为所有人都在崇拜普希金和勃洛克的同时，对自己所处的时代却不知所措。在他们眼中，“文化被破坏，只剩下各种纪念碑”。俄罗斯文化之深邃，足以让后人认为它是一个斯芬克斯之谜，而普希金则是俄罗斯文化中的斯芬克斯。作者认为，俄罗斯文学想要振兴，就必须如凤凰涅槃，在思想上重生，在“真正的意义上找寻，而非简单地重新发音……”①。

此外，《普希金之家》的互文性还体现在第三部廖瓦和米季沙季耶夫的决斗中。该场面与纳博科夫《洛丽塔》中亨伯特与奎尔蒂的打斗场面形成另一种镜像。无论是亨伯特，还是廖瓦，实际上都是在与自己决斗。米季沙季耶夫和法伊娜之间到底发生了什么？这成为笼罩在廖瓦心头的一道阴影，这阴影越来越浓重，最后变成一种嫉妒心，“将他的生活全部燃烧成灰”。在经过长时间的争吵之后，他和米季沙季耶夫之间的打斗与亨伯特与奎尔蒂之间的打斗同样滑稽可笑。

“他们长时间地，他们认真而努力地打斗——从旁观者的角度看很不美观，还笨手笨脚的。这是一桩自觉自愿的、有点儿枯燥的、不甚熟练的和不紧不慢的工作——廖瓦是这么觉得的——他什么也感觉不到，只有轻轻的一团东西梗在里面，孩子在嚎啕大哭之后安静下来时胸口梗着的那一团——这个没有分量的球在廖瓦那身体和衣服构成的外壳上来回滚动，在米季沙季耶夫揪扯和揉搓他脸皮的旧布时，廖瓦也把自己空洞的拳头挥向同样的无感，某种棉花和旧布……”（293）

在《洛丽塔》中，与自身相互形成一种镜像的亨伯特和奎尔蒂之间的打斗同样滑稽、无力。“我们抱成一团，在地板上到处乱滚，好像两个无依无靠的大孩子。”②同样是男人对男人的妒忌和愤怒，亨伯特决心杀死奎尔蒂，可满腔的怒火在射击的一刹那变成了儿童玩具手枪软弱无力般的射击游戏。

“我用我的伙计对着他穿了一只拖鞋的脚，使劲儿扣动扳机，咔嗒一声。他看看他的脚，又看看手枪，又看看他的脚。我又十分吃力地试了一次。随着一声微弱的幼稚可笑的声响，子弹射了出去，钻进了厚厚的粉红色的地毯。我相当惊骇地觉得子弹只是慢慢地钻了进去，可能还会再钻出来。”③

更有趣的是，在故事的结尾，比托夫对廖瓦被米季沙季耶夫枪击前后的情景描写，几乎和《斩首之邀》中纳博科夫对辛辛那提斯被行刑前后的场面描写一脉

① 安德烈·比托夫:《普希金之家》，王加兴、胡学星、刘洪波译，北京：北京大学出版社，2016年，第349页。

② 纳博科夫:《洛丽塔》，主万译，上海：上海译文出版社，2005年12月，第481页。

③ 同上，第477页。

相承，形成了互文镜像。小说结尾，米季沙季耶夫扣动了手枪扳机，枪响之后，“(房间里)轻微地散发出硫黄的味道。……廖瓦一动不动地躺着，脸朝下，像倒下去时那样。”第二天，在普希金之家三层的大厅里，地上一片狼藉。碎玻璃中间倒着一个柜子，柜子旁边散落的纸页上，躺着一具尸体。尸体脸色苍白，乱蓬蓬的头发，太阳穴上有干结的血迹，模样着实吓人。从前后情节来看，廖瓦似乎是死了。然而，那尸体似乎被附上了魔力。“一阵抽搐和战栗在那具毫无生机的尸体上掠过，发出了一个类似牛哞哞叫的声音。尸体放开了手中的手枪，吃力地把右手从自己的身子底下解放出来，然后两只手撑地，企图抬起身子。但是——轰然倒地，带着呻吟。”过了一会儿，他“突然猛地翻了个身坐了起来……(当他意识到发生过的一切时)，他跳起身来，接着呻吟着抱住了脑袋。”[①]整个情景几乎和《斩首之邀》的主人公辛辛那提被行刑之后又站起来离开刑场的情景描写一模一样，原本令人恐惧的死亡变成了一种游戏，行刑变成了一种邀请，不仅故事的真实性受到冲击，而且在意义上得到补充。

总之，《普希金之家》与《斩首之邀》之间的互文，不是简单的影响与被影响的关系，小说意义的外延和解释也在意指符号难解难分、盘根错节的互文过程中恒新恒异、漫无边际地无限延伸下去。一方面《斩首之邀》中辛辛那提斯被斩首和廖瓦被枪杀在空间上形成一种共时态联系，另一方面，《普希金之家》作为此时的文本与《斩首之邀》作为彼时的文本在意义上又形成一种时间上的历时关系。

不仅如此，比托夫的《普希金之家》在结构上还戏仿了纳博科夫的《微暗的火》。《微暗的火》由前言、主人公谢德创作的999行诗歌、作为编辑的金伯特对诗歌的编辑和注释构成，乍看起来像是一部学术专著。而《普希金之家》除了具备学术性著作的特点之外，还蕴含着戏剧因素。除了序幕《怎么办？》和篇末的注释，小说主体部分由三部分构成：《父与子》《当代英雄》《穷骑士》，每一部又由若干章节构成，最后以附篇结束。由此可以看出，《普希金之家》除了在结构形式上与《微暗的火》形成互文之外，还对俄罗斯经典文学作品进行了戏仿，与之产生更复杂的互文关系。小说这种突出的互文性特点使文本的语义元素在与构成文本的历史记忆的其他文本之间，建立了一套复杂的联结关系，强调文本的断裂性和不确定性，使小说主题意义更加多元和复杂化。

(2)元小说特点

20世纪50年代，美国文坛盛行一种说法，认为美国小说进入了死胡同。美

① 安德烈·比托夫：《普希金之家》，王加兴、胡学星、刘洪波译，北京：北京大学出版社，201 年，第305-30 7 页。

国著名文学理论家约瑟·加塞特（Jose Gasset）郑重预言："如果它还没有不可挽救地枯竭，它肯定已经进入了它的最后阶段。"[①] 以纳博科夫、托马斯·品钦和约翰·巴思等为代表的美国后现代主义小说家，通过艺术创新挑战小说的传统观念，更新了小说的形式。特别是纳博科夫的《微暗的火》，通过对谢德的诗歌和金波特的注释，演绎了故事中的故事，从形式上颠覆了美国小说传统，完成了他作为小说家从现代主义到后现代主义的转变。

元小说是后现代主义小说家常用的艺术手法之一，是有关小说创作的小说。通俗地讲，元小说是"在创作小说的同时又对小说创作本身进行评述。这两种过程在形式上紧密结合，从而打破了'创作'和'批评'的明显界限，使它们合并为'阐释'和'分解'的概念"[②]。比托夫的《普希金之家》不仅在结构上具有元小说的特点，对小说的基本结构加以审视，而且探索存在于小说外部的虚构世界的条件。

小说的结构共分五分部分："怎么办？"（序幕）、第一部"父与子"、第二部"当代英雄"、第三部"穷骑士"和注释。除了序幕和注释，每一部的最后一章附篇也是作者对创作过程的思考和描述。如在序幕中，作者写道："身处'普希金之家'的拱顶下，我们在这部小说中乐于坚守备受尊崇的所谓博物馆传统，并不担心重复和雷同，反而求之不得，对这种内在依赖性，我们高兴还来不及呢。因为它，可以这么说吧，'很搭'，可以用来解释被我们在这里用作题材和素材的那些现象，具体而言，即现实中完全不存在的现象。"[③]

作者明确表示，这部作品所用的体裁和素材全部来自于传统的俄罗斯文学作品，属于"博物馆文学"，不是作家的生活体验。这一方面提醒读者，这部小说与俄罗斯文学作品有着千丝万缕的互文关系，对后者进行了大量的戏仿和讽喻，另一方面，作家似乎有意撇清自己的创作与俄罗斯官方文学的关系，反而达到了引导读者思考苏联社会体制存在的弊端。这种"此地无银三百两"、故意暴露作者意图的做法在第一部"父与子"的附篇中得到印证。"职业作家是可以找到防卫措施的……关于自己他已说得太多了，过分地泄露，暴露了自己，以至于好像都削弱了有关人的一些信息的意外性，而这种意外性正是文学的特征所在。"[④]

此外，对于在创作中如何处理廖瓦和法伊娜、阿尔宾娜、柳芭莎、米季沙季

① Jose Ortega Y. Gasset. *The Dehumanization of Art and Other Writings on Art, and Culture*, New York: Doubleday, 1956, p.56.

② 陈世丹：《美国后现代主义小说详解》，天津：南开大学出版社，2010 年，第 305-306 页。

③ 安德烈·比托夫：《普希金之家》，王加兴、胡学星、刘洪波译，北京：北京大学出版社，2016 年，第 4 页。

④ 同上，第 105 页。

耶夫之间的关系，作者在“说法与版本”中给出了不同的选择，甚至用六种几何图形和猜字游戏表达作家创作可以选择的可能性。正如作家所说：

“现在我就这么摆弄这些角色，安排它们，一切都这样不同寻常地进行着，我怎么也无法打开一种局面，也就是说怎么也实现不了那种我了解并一开始就喜欢的那种转折，为此达到这种转折，我做了所有这一切，希望开头的两三页就能摆好这几个角色……”（198）

作家创作过程中遭遇的困境、体验到的快乐和突然柳暗花明时的欣喜等，都在附篇的说法和版本中得到描述和体现。“上帝保佑，如果叙事能这样展开，这是我真诚渴望的，是我所期望的，那么情节就不再是范畴的情节，而是某个凝结物的情节，哪怕是廖瓦的情节也成，我都会开心地让他为了这种情节而死去……可千万别让作者愁闷而死啊！……第三部分，第三部分啊！上帝啊，赐予力量来完成已开启的这一切吧……”（200）

在小说第三部《穷骑士》的附篇中，作者以《阿喀琉斯与龟》为题探讨了作者作为后被作家与先辈作家之间的关系。阿喀琉斯是古希腊神话中战无不胜、攻无不克的英雄，年轻气盛，锐气逼人。但与已经存在了几万年，经历了沧海桑田的乌龟相比，他还需要历练。作家引用古希腊神话故事比喻后辈作家与先辈作家之间的关系：可以无限接近，但永远无法超越。这种“影响的焦虑”在他引用陀思妥耶夫斯基《群魔》中的一段话中得到印证，他如此描述自己作为后辈作家面对俄国文学前辈时的焦虑：“他如此煎熬，面对不可避免的意图以及由于自己的犹豫不决而战战兢兢。”（332）

在笔者看来，最让比托夫感到焦虑的是陀思妥耶夫斯基和纳博科夫。众所周知，无论是在俄罗斯作家还是西方作家中，陀思妥耶夫斯基的文学成就都是一座无法攀越的巨峰。《罪与罚》的主人公拉斯柯尔尼科夫的人物形象塑造和故事结构的巧妙，都使读者感受到“创造者厚颜无耻的冷笑”。对于小说主人公的命运，比托夫无所适从，不知道如何安排小说的结尾，“主人公们何去何从也让作者挂怀起来……”陀思妥耶夫斯基在《罪与罚》中对拉斯柯尔尼科夫命运的合理和巧妙处理，既使自己登上了世界文学的巅峰，也使拉斯柯尔尼科夫在世界文学人物的画廊中永垂不朽。这给后来的文学家们造成了巨大的压力，比托夫更是如此，因此，作者写道：“我们在这里体验到一种对主人公的负疚感。”

按照叙事学理论，在现代主义和后现代主义小说中，“故事”在不同程度上失去了独立性，而话语形式的重要性得到增强。故事是“指按照实际时间和因果关系排列的事件”，而话语“是指对素材的艺术加工”[①]。更简单些说，话语是包括作品结构在内的叙事手段。作家可以利用语言的模糊性，采用“消解叙述”（denarration），颠覆故事与话语之间的区分，从而使故事的因果关系和时间关系变得含混不清，故事的各个因素之间缺乏关联。这样，读者要想获得完整的故事情节，需要按照小说中故事发生的实际时间和逻辑关系重新组合，不断拼贴。

比托夫的消解叙述不仅仅限于局部，有些地方的消解叙述涉及的范围更广。如作者在小说的第一章《父与子》中用现实主义小说的传统叙事描述米佳大叔的身世。他多次参加战争，战后孑然一人，过着孤苦伶仃的生活，廖瓦一直把他当作自己家“不可或缺的人物，因为他总是孤身一人”，没有家室，没有亲人。而在米佳大叔的葬礼上，“迟到的那个女人就是他的妹妹。她是从约什卡尔奥拉赶来的，是位退休教师。有人甚至似乎想起来，好像狄更斯大叔有一次曾经说过，他有个妹妹……他们甚至还一个劲儿地争论起来，他到底有没有说过这话。”然而，她到底是不是米佳大叔的妹妹呢？作家的叙事很不确定。与米佳大叔的性格不同，“她怯懦，腼腆……属于另一个种类。就像向导犬的妹妹竟是达克萨狗一样。既不像奶奶，也不像米佳大叔的妈妈，既不像巴什基尔人，也不像楚瓦什人。”类似不确定的叙事比比皆是，这样的消解叙事在整部作品中颠覆了故事与话语的区分，因为读者阅读完小说之后得出的结论只能是：叙事者告诉我们的与真正发生的事情相去甚远。在后现代主义小说中，时序的颠倒错乱是惯有现象，尽管读者通过延时阅读可以辨认时序，但内容和形式是不可以区分的，不同的形式必然产生不同的内容，不同的形式可以表达出大致相同的内容。

不仅如此，小说结构也是内容的重要组成部分。《普希金之家》的结构显然是对纳博科夫的《微暗的火》的戏仿，两者有异曲同工之妙。但是，如果说《微暗的火》的故事情节需要读者联系不同章节进行创造性阅读的话，那么，《普希金之家》则不需要读者在阅读中费太大周折，但也需要读者的思路在来回奔跑中拼贴出小说完整的故事情节。比托夫在小说的每一部结束后都会辟专章描述他创作的心路历程和采取的叙事手法，最后的注释部分为了帮助读者加深对小说内容的理解。因此，作为先锋派小说的肇始之作，《普希金之家》显然采用了元小说叙事的手法。

值得一提的是最后的注释部分。比托夫在注释部分一开始就说明了这一部分的写作目的：“试图将注释写成戏仿之作”，并且将“按照一种与学术毫不沾边的

① 申丹、王丽亚：《西方叙事学：经典与后经典》，北京：北京大学出版社，2010年，第34页。

原则建构起来的……对一些非专业性的，普普通通的事物作一份注释。”同时作者说明，尽管文本本身很讲究逻辑，但在挑选注释对象时似乎很任性，但“一旦你接连再读一边，画面感就会油然而出，叙事性也随之而来，而且似乎突然有了逻辑”①。从表面上看，即使没有注释部分，小说的结构和故事情节仍然是完整的。作者添加了注释后，小说的内容和意义变得更加丰满。比如，作者用孩子们常常念叨的苏联卫国战争英雄、飞行员加斯捷洛的姓氏来形容风的迅疾，同时使英雄的名字长存不朽。加斯捷洛在苏联卫国战争爆发后的第五天，驾驶中弹的飞机冲向德军技术装备纵队，与敌人同归于尽。又如，作者对“松紧球”玩具、“北方牌”香烟、“宽大的茧绸裤”、“莫斯科服装”和“列宁格勒服装”、“伏尔加”牌汽车、“女资本家”小炉子、“百夫 -2”万能胶等生活必需品作注释说明，反映了特殊时期的苏联经济发展状况。为了描述 20 世纪苏联发生的重大事件和社会变迁，作者对“涅斯捷罗夫筋斗”“革命门洞”“传奇巡洋舰”“苏联香槟”店等特殊时代的专有名词加以注释。为了体现苏联文化在不同时代因政治环境变换而发生的变化，作者选择了《健康》《青春》《十月》《新世界》等苏联杂志和保尔·柯察金和帕夫利克·莫洛佐夫、维特亚金、费奥多罗夫等文化名人作为注释的对象，也使这些注释的对象有了隐喻意义：或讽刺，或赞美。这样，小说主人公的心理行为、言语行为和文化行为更加生动形象，读者也有了更加广阔的想象空间。

大量的语言游戏和隐喻、象征等手法，要求读者不仅需要具备渊博的历史学知识，还需要一定的文学鉴赏水平才能进行深度阅读。例如，在《普希金之家》正文的第二页，作者写道：“廖瓦受胎于一个‘不幸的’时代……”，这个句子中类似“不幸的”词语到底有什么含义？作者在注释中写道：“类似的引号能有什么意味呢？作者滴出了什么样的浑浊毒液呢？……作者提请注意的是（哪怕是从表面上稍加关注一下），他不是从主人公的受胎开始叙述的，而是向前推 20 年，他将 11 月的相对恒风往 1917 年的线路上驱赶。”②关注俄国历史的人都知道，20 世纪前后的俄罗斯风云激荡，发生了许多重大历史事件。以 1917 年为端点，向前推 20 年，即 1897 年，发生了俄国历史上具有重要意义的大事件，如全俄人口普查、俄国占领中国旅顺等。更重要的是，列宁在这一年发表了《俄国社会民主主义者的任务》。在作者看来，这是俄国社会主义革命的纲领性文件，标志着俄国社会主义革命的开始。到了 1917 年，俄国社会主义革命取得了真正的胜利。而向后推 20 年，即 1937 年，斯大林一道命令，肃反清洗运动开始。虽然大清洗

① 安德烈·比托夫：《普希金之家》，王加兴、胡学星、刘洪波译，北京：北京大学出版社，2016 年，第 350 页。
② 同上，第 354 页。

运动仅持续一年，但造成的伤亡在苏联历史上史无前例。157 万人被判刑，69 万人被枪决，70 万人被监禁，到 1953 年斯大林逝世，约有 1 000 万人被送进了古拉格群岛，其中 17 万苏军惨重伤亡。对于廖瓦个人来说，他的不幸在于他的祖父，这位著名的语言学家在大清洗运动中受到牵连，被关进了集中营。在作者看来，这种高压政策改变了人性，迫使主人公廖瓦背叛了自己的父亲，而父亲背叛了祖父。

有趣的是，作者注释部分明确指出，在创作该小说时，受到了普鲁斯特、陀思妥耶夫斯基和纳博科夫的重要影响。众所周知，普鲁斯特是著名的意识流小说家，而陀思妥耶夫斯基是著名的心理现实主义大师。他们对比托夫的影响主要表现在人物心理描写方面。至于纳博科夫对比托夫的影响，主要体现在故事情节和小说结构方面。

比托夫坦言，自己受陀思妥耶夫斯基的影响最深刻，也最深远，因为生活本身就是对陀思妥耶夫斯基的“模仿”。作者亲身经历的追悼亡灵酒宴，场景和《罪与罚》中马尔梅多夫的追悼亡灵酒宴如出一辙。这也许是巧合，但作者坦承无论如何都摆脱不了陀思妥耶夫斯基的影响。对于 20 世纪 60—70 年代声誉如日中天的纳博科夫，作者根本无意摆脱。作为艺术先锋，纳博科夫在创作艺术上的成就，深深吸引着比托夫等苏联的“另类”作家。然而，等到比托夫开始阅读纳博科夫的《天赋》(*Gift*) 时，《普希金之家》已经创作了四分之三。但无论如何，《天赋》和《斩首之邀》为比托夫提供了灵感，他不仅视纳博科夫为俄罗斯作家，还视他为自己的文学前辈。

综上所述，《普希金之家》不仅运用戏仿和互文手段，与俄罗斯文学经典作品产生镜像性之外，还运用元小说叙事手法，在结构上与《微暗的火》异曲同工，使小说具有明显的后现代特征，极大地丰富了苏联文学，使俄罗斯文学进入了新的时期。

然而，值得一提的是，《普希金之家》在进行艺术探索的同时，仍然保留了现实主义小说的元素，比如，情节构思完整、按照时间顺序的连贯性进行叙述、全知全能的叙事视角、人物的言行举止及其身份之间存在着某种程度上合理的因果关系等等。

二、西尼亚夫斯基和《和普希金一起散步》

在西方和俄罗斯人眼里，西尼亚夫斯基（Андре́й Дона́тович Синя́вский, 1925—1997）是一个苏联持不同政见者，是俄国侨民中西方派的重要人物。他在政治上崇尚西方所谓的民主和自由，不接受苏维埃制度，对苏联书刊检查制度更是深恶痛绝。他在艺术上崇尚西方所谓的“纯艺术”，提倡作家自由写作，提倡多元化文艺，采用不同流派，不同创作手法，创作内容和作品体裁的丰富性和多样性取代社会主义现实主义文艺的一元化；他反对社会功利主义，对社会主义现实主义，甚至一般的现实主义都采取否定态度，而是同情和支持苏维埃时代被批判和冷落的一切。另外，长期以来，他的名字一直和俄罗斯后现代主义联系在一起，被誉为俄罗斯后现代主义文学的奠基者，他的随笔体长篇小说《和普希金一起散步》也被认为是俄罗斯后现代主义文学的经典作品。

1971 年，西尼亚夫斯基被特赦，两年后他获准出国，开始了政治流亡生涯。1973 年，西尼亚夫斯基到巴黎定居后不久，被聘为巴黎大学的教授。他和其他俄侨一起创办刊物，经营出版社，开展各种持不同政见者的活动。《和普希金一起散步》的出版在俄罗斯侨民中间引起了强烈的反响，对国外俄侨持不同政见运动起到了推波助澜的作用。

西尼亚夫斯基的创作具有特殊的审美观和艺术趣味。与传统的俄罗斯作家不同，他偏偏喜欢现代语言以及当时苏联政府批判和冷落的一切。他对苏联的书刊检查制度深恶痛绝，由于心中对苏联政府和整个社会制度的不满情绪持续发酵，其创作早已超出了所谓的艺术审美和创作风格的范围。

然而，苏联解体后俄罗斯的社会转型，以及 1993 年的“十月事件”，给西尼亚夫斯基带来很大的震动。这位崇尚民主自由的学者和作家在得知叶利钦解散议会的消息后，感到非常震惊。此时此刻，他的俄罗斯公民意识又占了上风，并在一定程度上改变了公民对苏联共产党的态度。1997 年，西尼亚夫斯基在巴黎病逝，终年 72 岁。

西尼亚夫斯基是一个多产作家，一生创作了 30 余部著作。除了大量的短评和随笔集之外，他还创作了许多文学作品，如《马戏团》（В цирке, 1955）、《晚安》（Спокойной ночи, 1983）、《和普希金一起散步》（Прогулки с Пушкиным, 1975）、《猫屋》（Кошкин дом. Роман дальнего следования, 1998）等。西尼亚夫斯基的文学评论和散文随笔集有《何为社会主义现实主义》（Что такое социалистический реализм）、《在果戈理的阴影里》（В тени Гоголя, 1970—1973）等。其中，他于 1966 年开始创作，1971 年完成的《合唱中的独声》（Голос из хора）在 1974 年获得法国的最佳外国图书奖。

作为苏联持不同政见者，西尼亚夫斯基的创作在西方国家引起了巨大的反响。特别是他的《和普希金一起散步》在西方读者和俄侨中间产生了巨大的政治影响。众所周知，普希金是俄罗斯文化的代言人，是俄罗斯民族的骄傲和一代又一代俄罗斯人的偶像。《和普希金一起散步》用讽刺诙谐的笔法，故作玄虚地对普希金进行攻击和亵渎，引起了国内外读者的愤怒和抨击。西尼亚夫斯基因此被批评为“数典忘祖的流浪汉”和“无耻肮脏的流氓和无赖”，是杀害普希金的“第二个丹特士”。而他的《俄罗斯文学进程》(Литературный процесс в России, 1973)，特别是其中有关苏联反犹主义的论点，以及有关自由的文章，不仅在俄侨中间引起了反响，也让索尔任尼琴对他感到愤怒，从而引发了两人之间的激烈论战，也引发了国内外学者对普希金的重新评价。1999 年，张捷教授在《世界文学》第 4 期上撰文讨论了《和普希金一起散步》引发的国内外学术界对普希金的重新评价问题。

由于西尼亚夫斯基作品的意识形态特征和他持不同政见者的身份，中国学者对他的研究不像对安德烈·比托夫、马卡宁和佩列文等作家研究得那样深入和系统。但《和普希金一起散步》这部小说所具备的俄罗斯本土化的后现代主义艺术特征，引起了中国学者的关注。学者们普遍认为，西尼亚夫斯基的《和普希金一起散步》、叶罗费耶夫的《从莫斯科到佩图什基》和安德烈·比托夫的《普希金之家》是俄罗斯后现代主义小说的奠基之作。①

然而，在国内学术界，真正深入系统研究《和普希金一起散步》的专著和文章鲜有出现。“与普希金散步：艺术特征的思维透视”一文认为，这部著作是西尼亚夫斯基“将新的美学原理及其艺术手法同传统文艺理论相结合，以俄罗斯文化偶像普希金为原型，从内容到形式进行创新”②的一部后现代主义艺术作品。在本章中，作者将撇开西尼亚夫斯基的“持不同政见者”身份和意识形态因素，撇开文学的社会功能因素，以艺术手法探讨为目的，运用后现代文艺理论，文本细读和文艺理论相结合，在西方后现代主义和俄罗斯后现代主义语境下探讨西尼亚夫斯基在小说体裁、叙述语言、叙事结构和技巧等方面的创新及其后现代主义艺术特征。

1975 年，西尼亚夫斯基以捷尔茨为笔名在伦敦出版了具有后现代主义艺术特色的长篇小说《和普希金一起散步》。该小说的出版不仅招致了部分俄侨的强烈愤怒和严厉谴责，引发了西尼亚夫斯基和索尔任尼琴之间持久的激烈论战以及 20 世纪 80 年代末俄罗斯文学界自由派和传统派之间的激烈斗争，也使得人们对俄罗斯传统历史文化进行重新思考，一场文学论争演变成为思想政治斗争。

这部小说虽然既没有严整的故事结构，也没有固定的行文风格，体现了作者

① 张建华:《新时期俄罗斯小说研究（1995—2015）》，北京：高等教育出版社，2016 年，第 205 页。

② 张艳杰:“与普希金一起散步:艺术特征的思维透视”,《俄罗斯文艺》第 2015 年第 1 期，第 127-131 页。

对普希金的轻慢态度。小说一开始，就对普希金在人们心目中的地位进行了质疑和颠覆，作家写道："你们的普希金就那么伟大，他除了写过十几个剪裁和缝制巧妙、无懈可击的剧本之外，就那么出名吗？"[①]

总之，这部小说具有强烈的虚无主义思想倾向，作家用幽默讽刺和俏皮戏谑的笔调，对普希金在俄罗斯文学中的地位进行了颠覆，对普希金在俄罗斯人心目中的形象进行解构，对传统的价值观和艺术传统进行反叛和颠覆。同时，作家在艺术手段的创新也使这部作品与以人道主义思想为核心内容的俄罗斯文学和苏联社会主义现实主义文学迥然不同。

1. 小说体裁创新

《和普希金一起散步》开始创作于1966年，完成于1968年。当时正值西尼亚夫斯基因为把作品送到国外发表而被控从事反苏宣传。被捕受审之后，他应妻子的请求，决定写一点"快乐温和"的东西。从被捕受审到在劳改营服刑，西尼亚夫斯基用了3年时间完成了这部备受争议的俄罗斯后现代主义经典作品。因此可以说，这是一部"在特殊环境里以一种特殊的方式写成的一部特殊的书"[②]。

纳博科夫的《微暗的火》颠覆了西方传统小说体裁，而西尼亚夫斯基则以《和普希金一起散步》这部具有虚构性质、风格和体裁杂糅的随笔评论体小说颠覆了苏联社会主义现实主义小说体裁。这种杂糅性小说体裁，既表明了作者远离主流文学体裁的姿态，也标志着俄罗斯后现代主义文学的发轫和开端。

该小说主要包括两个方面的内容。第一部分主要是以讽刺幽默的笔调和俏皮戏谑的口吻讲述了普希金个人的性格、兴趣爱好、生活习惯、感情经历、人际关系和不幸遭遇等等，甚至对普希金的黑人血统和祖先进行讽刺。第二部分主要探讨了普希金的文学创作，包括他的诗体小说、长诗、抒情诗、历史剧等。但是，作者似乎有意颠倒黑白，前后矛盾，完全无视普希金在俄罗斯文学各个方面的卓越成就以及对世界文学做出的巨大贡献，在小说开头就以质疑的口吻颠覆了传统观念，对普希金在俄罗斯文学和俄罗斯民族文化中的核心地位提出质疑。"你们的普希金就那么伟大，他除了写过十多个剪裁和缝制巧妙、无懈可击的剧本之外，就那么出名吗？"紧接着，他宣称，"不从堆满鲜花和竖立着雕像的正门"进入普希金的文学世界，而是准备引导读者认识"市井传说和笑话"中的普希金。但在评述普希金的文学创作时，文本涉及的不仅仅是普希金的剧本，还有叙事长诗

① Абрам Терц. *Прогулки с Пушкиным*. Букинистическое издание, 1993. с. 1.

② 张捷："从一本书引起的争论谈普希金的评价问题"，《世界文学》，1999年第4期，第296页。

《鲁斯兰与柳德米拉》《青铜骑士》《波尔塔瓦》《茨冈》等，以及诗体小说《叶甫盖尼·奥涅金》等。由此可以推测，作者创作的可能是普希金传记，也可能是有关普希金创作的文学评论，还可能是作者情之所至的随笔。如果是普希金评传，作者并没有按照编年顺序，文体也缺乏学术文章或评论文章应有的严谨和逻辑性。两个方面的内容相互交织，似乎是作者信手拈来，给读者的感觉既轻松自然，又散乱无章，甚至前后重复，相互矛盾。

作者一方面肯定普希金深厚的艺术功底和独特的艺术特点，肯定普希金对俄罗斯文学做出的贡献，赞扬普希金是“俄罗斯文学的金色的断面”，“俄罗斯文学中最成熟的作家”，欣赏普希金诗歌题材的新颖、人物形象的鲜活、语言风格的飘逸和洒脱，赞美普希金的作品是“像放在银盘子里的金苹果”。在评论普希金的艺术特点方面，作者的部分见解有独到之处。但众所周知，作为俄国现代文学的创始人，俄国现实主义文学的奠基者和“俄罗斯文学之父”，普希金在俄罗斯诗歌、小说、戏剧，甚至童话等领域都创立了典范，其作品中蕴含的崇高的思想性和艺术的完美使他已经成为一座丰碑，具有不可亵渎的神圣，也成为一种象征和隐喻。西尼亚夫斯基有意使用讽刺手法，有时故作惊人状，大量使用“不敬”的词汇和说法，试图颠覆普希金在俄罗斯文学和文化神坛上的地位。

在谈到普希金的文学创作历程时，西尼亚夫斯基避而不谈其诗歌的优美和精巧，而是使用讽刺手法，说他“迈着色情的小腿跑上诗坛”。在谈论普希金的爱情诗创作时，西尼亚夫斯基延伸到普希金与异性的关系，认为普希金放荡多情，精神空虚，是一个随时可以出入女人房间的情场老手。“读普希金的作品时，你会感觉到，他同女人们结成联盟，他善于充当女人们的自己人，可以随时进入她们的内室，他像裁缝、理发师、按摩师、时髦的精神病医生、首饰匠、哈巴狗那样，在女人们的心中不可替代。”他甚至把普希金比作其笔下的唐璜，称他为“吸血的妖魔”。作者还对普希金的黑人血统和长相妄加讽刺和议论，说他卷曲的黑色头发和连鬓胡子让人“一下子就能够认出来”。在讽刺普希金的鉴赏力时，西尼亚夫斯基说：“普希金根据他那无可指责的鉴赏力选择黑人作为合作者，他预见到黑色的、猴子似的嘴脸要比连斯基的天使般的面容更适合他。”涉及普希金的人品时，他把诗人比作果戈理笔下的赫列斯塔科夫，“不管这看起来有多么奇怪，即使不到非洲，也不深入到历史中去，而是就近寻找和比较，在他的同时代人当中寻找普希金的原型的话，那么，赫列斯塔科夫就是最好的人选。这符合他个性的另一面。”对于普希金与丹特士之间的恩怨情仇，作者不仅为丹特士辩护，说丹特士是在被诗人逼得走投无路时才开枪打死了普希金，还指责普希金不珍惜生命，甚至说普希金的死亡是他自己罪有应得，因为“那些把诗人送进坟墓的流言蜚语是他自己第一个散布的。”

总之，在西尼亚夫斯基笔下，普希金作为“俄罗斯诗歌的太阳”和“青铜骑士”的伟大形象完全被颠覆，而是被塑造成为一个在俄罗斯贵族社会中来回穿梭的纨绔子弟，他轻浮猥琐，虚伪傲慢，无所事事。这种对普希金大不敬的话语在他的书中随处可见，以至于让读者感觉这既不是论证严密、逻辑清晰的文学评论，也不是以求“真、信、活”为特点的诗人传记，更不是以篇幅短小见长的随笔。受俄裔美国作家纳博科夫的影响，这种文体杂糅是西尼亚夫斯基在文学创作中对艺术形式的一种创新性试验。他一方面从形式上解构了传统的现实主义艺术观和苏联文艺理论的一元化，同时也使读者参与了文本的形成和意义的再生。

2. 小说语言创新：叙述语言的口语化和对白的大量使用

书名《和普希金一起散步》一方面决定了作品内容本身的对话性和口语化，一方面体现了作品本身的虚构性。

首先，作品的对话性体现了巴赫金的“复调理论”。两个不同时代的人物一起散步，散步就有交谈，交谈必然形成对话，而这种穿越时间和空间的对话构成了“文学与作家思维之间的崭新关系”。而作者本人以非书面语形式对普希金及其作品进行的阐释，又形成了作家、读者和作品人物之间复杂的时空交流和对话。

其次，作者在作品中大量使用“我”（я）、“你”（ты）、“我们”（мы）等第一人称和第二人称代词，将作者、作品人物和读者都置身于文本中，不仅加强了作品的对话性质，还拉近了作者、普希金和读者之间的距离，实现了三者之间的平等对话。后现代主义文学主张解构传统文本中主体和客体之间的单一静止关系，强调作者、读者和人物之间在时间和空间方面的动态转换。读者的参与打破了传统文本的封闭性结构，形成一种开放性的多声部文本结构。如在丑化普希金的形象时，作者采用对话形式：

“谁在哭？”

“普希金。”

“我咋替您负责任，普希金？”

“普希金小丑，普希金无赖。”

“普希金是我们当代的查理·卓别林，是假彼得·鲁什卡，是亦步亦趋，紧紧跟随的哈巴狗。”

另外，作为现代俄语的创始人，普希金文学语言历来被当作标准俄语。《和普希金一起散步》叙事语言的口语化从另一个方面解构了权威和中心化。口语是一种狂欢化语言，强调对世界的直接感受。西尼亚夫斯基在作品中大量使用口语、俚语、俗语等叙事手段，使普希金文学语言与大众口语、俚语等并存，突出了人物之间对话的平等性和真实性。对于作者来说，主观上是为了摆脱苏联社会制度和主流意识形态的束缚，宣泄和释放个性，使身心得到自由解放，而本质上则使被神化了的普希金世俗化。

3. 隐喻的使用

西尼亚夫斯基在作品中不仅大量使用夸张和讽刺手法，还大量使用隐喻，突出语言风格。除了普希金作为文化偶像的隐喻性之外，他还从个人角度出发观察苏联的现实社会，故意用一种怪诞讽刺性语言形式把苏联社会的所有局限倾注在普希金身上，从而达到一种映射和讽刺的效果。在他笔下，普希金不仅是俄罗斯民间小丑彼得·鲁什卡的化身，还是“像羽毛一样紧跟在女人后面，获得俄罗斯第一位宇航员美誉”的“毛发卷曲的哈巴狗”，他的“燕尾服经常像放电影似的闪动”。作者对普希金极尽调侃之能事，用“无赖”“老奸巨猾”“风流行中的饱学之士”等黑话、俗语贬低普希金。

作为持不同政见者，西尼亚夫斯基是被苏联官方边缘化的对象，而普希金在文学史上早已被神化，他的作品无论在大众意识里，还是在苏联主流意识形态中，都是久经考验的文学经典。这样两个不同时代、不同社会地位的人物在一起散步，本身就是一种解构。解构的是传统文化的统一性，解构的是已经固化的文化模式和文化观念，解构的是一元价值观。西尼亚夫斯基主张自由创作和“为艺术而艺术”的多元化文艺理论。因此，这种轻松戏谑的笔调一下子就瓦解了普希金及其历史地位的权威性。但需要我们注意的是，西尼亚夫斯基是持不同政见者，他的文学创作和当时的思想情绪与环境有关，使用讽刺、夸张手段，言语刻薄，小说中对普希金的评价未免会失去分寸。

三、被压抑的狂欢：叶罗费耶夫和《从莫斯科到佩图什基》

1. 人生坎坷的地下文学家

无论是20世纪的俄罗斯文学，还是苏联解体后的俄罗斯后现代主义文学，韦涅季克特·叶罗费耶夫（Венедикт Ерофеев, 1938-1990）都是一个无法绕过的天才作家。他在 1970 年创作完成的《从莫斯科到佩图什基》(Москва-Петушки)被认为是俄国后现代主义文学的肇始之作。正如《当代俄罗斯文学》的作者纳乌姆·利波维茨基所说："没有（叶罗费耶夫）这个人物，就无法想象苏联 20 世纪 60—80 年代的文学进程"，他的《从莫斯科到佩图什基》是"20 世纪 70—90 年代俄罗斯后现代主义最重要的艺术和哲学宣言"，它"犹如《圣经》一样受到俄国后现代主义作家的推崇"，并被翻译成 30 种文字，在世界各国出版。如今，叶罗耶夫的这部被誉为"划过天际的与众不同的流星"的小说被奉为俄罗斯"当代文学经典"。

那么，我们不仅会问，这位被誉为"苏维埃时期最后一个文学神话"的叶罗费耶夫，究竟是一个什么样的人物？他的诗体小说《从莫斯科到佩图什基》有什么样的思想艺术价值？为何能够被奉为后现代文学经典？

韦涅季克特·叶罗费耶夫 1938 年出生在位于摩尔曼斯克西南部的一个小城，父亲是俄罗斯北部一个火车小站的站长，母亲是家庭妇女。第二次世界大战之后，父亲由于一则笑话被控有"反苏宣传罪"而入狱五年，韦涅季克特只好在孤儿院生活了五年。这段生活经历让叶罗费耶夫看清了社会的不平等，也使他养成了特立独行的性格。叶罗费耶夫天资聪颖，1955 年以优秀高中毕业生的身份考入莫斯科大学语文系，在校学习期间表现出了极好的语言天赋，被誉为"天生的语言学家"。但由于他生性散漫，言行怪异，经常逃课不参加考试而被校方开除，之后辗转于弗拉基米尔师范学院等多个大学，但都因为个性散漫被开除。后来，他因为酗酒被剥夺公民权，一生大部分时间都混迹于社会底层，做过装卸工，收购过旧酒瓶，干过地质钻探，当过图书管理员等，依靠苦力谋生，足迹遍布乌克兰、白俄罗斯、俄罗斯莫斯科州和北极等地区。

叶罗费耶夫文学天赋极高，但性格桀骜不驯，嗜酒成癖，文学创作风格怪异，文学作品长期不能公开出版，而他本人也以"地下作家"的身份进行创作。1967—1970 年，完成了《从莫斯科到佩图什基》，但由于作品与苏联官方文学规范格格不入，没有能够公开发表，只是以"地下文学"作品的形式在苏联和国外流传。直到 20 世纪 80 年代"重建"之后，叶罗费耶夫突然名声大噪，成为俄国后现代主义文学的经典作家，其"长诗"《从莫斯科到佩图什基》不仅得到公开出版，还被翻译成 30 多种文字，在世界范围内广为流传。

叶罗费耶夫少年时代开始写作，但由于生性懒散，不善管理，大部分作品遗失，没有留下手稿。除了《从莫斯科到佩图什基》，他完成并出版的作品主要有《滑稽演员眼中的瓦西里·罗赞诺夫》(Василий Розанов глазами эксцентрика,

1973)、悲剧故事《女妖五朔节之夜，或骑士的脚步》(Вальпургиева ночь, или Шаги командора, 1985)、《变态者日记》(Записки психопата, 1956—1958)、散文集《无用的矿石》(Бесполезное ископаемое) 以及具有拼贴特色的《我的列宁文集》(Моя маленькая лениниана, 1988) 等。

2. 先锋小说中的后现代主义因素

众所周知，俄罗斯后现代主义文学最初是以“另类文学”的形式存在于“地下”，20世纪70年代后期，俄罗斯作家才开始结识西方后现代主义理论，如福柯的《话语与事物》(1977)。到了80年代，德里达等欧美后现代主义理论家的论著才被翻译成俄语，之后，俄国思想界和文学界才开始关注后现代主义文学的理论和创作。安德烈·比托夫的《普希金之家》(Пушкинский дом) 和叶罗费耶夫的《从莫斯科到佩图什基》属于产生于“地下”的最早的两部后现代主义作品。后者创作于1969—1970年间，但直到1973年才在以色列面世，1977年又在巴黎出版，直到20世纪80年代在俄罗斯境内与读者见面。这部小说既不同于托尔斯泰的《战争与和平》、肖洛霍夫的《静静的顿河》等反映俄罗斯历史进程的恢弘之作，也不同于那些充满哲思和对个人剖析几近无情的《复活》《罪与罚》等作品。由于与众不同，《从莫斯科到佩图什基》被认为是俄罗斯后现代主义文学的开山之作，其中几乎充满了后现代主义文学的所有特征，如悖论、戏仿、对话、隐喻、不确定性等。

坎坷的人生遭遇、丰富的社会阅历与勤奋和坚持不懈的自我修养使叶罗费耶夫的作品具有深邃的思想内涵，而酗酒只不过是他彰显独立思想和行为方式的外在标志。小说情节十分简单：知识分子韦涅奇卡原是铺设电话电缆的安装队队长，因为酗酒和把队员们每天的喝酒情况绘制成了曲线图统计表，惹恼了上司，被开除公职。内心苦闷的主人公打算到莫斯科库尔斯克车站坐火车到佩图什基，看望住在那里的情人和儿子。但由于他酗酒成癖，“旅途”中充满了惊奇，似乎他永远不能到达梦想中的“迦南”。酒醒之后，他发现自己神差鬼使地醉卧在克里姆林宫的红墙之下，“克里姆林宫正金碧辉煌地在我面前闪耀”[①]。之后，在一个“不为人所知的门洞里”，他被杀害了。这座象征着神圣权威的巨大建筑彻底打破了主人公的幻想——他永远都走不出莫斯科，永远无法到达他梦想中的“佩图什基”。

由于小说内容庞杂宽泛，涉及的话题从古到今，从俄罗斯到世界其他国家，

① 叶罗费耶夫:《从莫斯科到佩图什基》，张冰译，桂林：漓江出版社，2014年，第204页。

涵盖了宗教、哲学、文学艺术、社会学、政治学、伦理学、心理学等学科领域。再加作者以独特的言说方式来解构荒诞的现实，全篇都是主人公醉酒后的胡言乱语和幻梦，表面上很难确定作者要表达什么主题，甚至很难对小说内容作出条理清晰、逻辑合理的陈述。然而，我们不难发现，主人公的叙事充满了悲伤和绝望的情绪，而这悲伤和绝望来自被束缚、被压抑的社会背景。因此，可以说，该小说继承了俄罗斯传统文学的社会审美功能，被束缚和被压抑是该小说的隐含主题。和拒绝传统、颠覆传统的西方现代主义小说相比，这是它的独特之处。

墙内开花墙外香。和其他苏联"地下文学"作品一样,《从莫斯科到佩图什基》面世后，最初被北欧一个国家的总理作为戒酒读物推荐给国民。在俄罗斯，读者见到它却是18年后在《戒酒与文化》杂志上，并且经过了大量的删减。俄罗斯文艺评论家谢尔盖·秋普里宁发现了这部小说的价值，在同期的《戒酒与文化》上发表了《真诚无畏》一文，从社会学的角度探讨了作者的创作意图，肯定了其作品的社会审美功能，使这部奇特和充满想象力的小说终于有了位置。但其他评论家则针锋相对，认为"另类小说"是鄙视和践踏传统的"坏小说"。但无论如何，1990年之后,《从莫斯科到佩图什基》成为了俄国文学的经典之作。俄国作家阿纳托利·奈曼认为，小说主人公韦涅季克特·叶罗费耶夫和索尔仁尼琴笔下的伊万·杰尼索维奇一样,成为俄罗斯文学画廊中的经典人物。也许正因为如此,《从莫斯科到佩图什基》后来被改编成剧本搬上舞台。①

21世纪初，国内学者注意到了这部现实与想象交替、真实与虚幻并存的后现代主义文学作品。然而，根据中国知网数据库数据，截至目前，对这部作品的译介和研究只有15篇文章和1篇学位论文，其中3篇与2014年俄罗斯波罗的海剧院在中国人艺剧场的演出有关。真正的研究这部作品的论文只有13篇。课堂教学依旧是译介外国文学作品的最佳途径和最快捷方式。北京大学、南京大学、北京师范大学等高校俄语专业的俄罗斯文学课堂都对俄罗斯后现代主义文学和这部代表作进行探讨和研究。2004年,《从莫斯科到佩图什基》中译本以中篇小说的形式在《当代外国文学》杂志上与中国读者见面。②10年之后，张冰教授翻译的单行本《从莫斯科到佩图什基》由漓江出版社出版。任光宣教授认为这是一部俄国后现代主义文学的镜子之作，反映了苏联解体和俄罗斯社会转型时期的俄罗斯文坛现象，是俄罗斯后现代主义文学这一特殊时期的文学反映，将随着社会转

① 2014年春，俄罗斯波罗的海剧院根据叶罗费耶夫的小说《从莫斯科到佩图什基》改编的同名剧本在北京人艺剧院上演，为中国观众带来了奇异的体验。详情见2014年4月14日《文艺报》第4版溯石的文章"醉梦者的舞台之旅：关于《从莫斯科到佩图什基》"。

② 2004年,《当代外国文学》杂志第5期（第5-26页）刊登了魏旭翻译的《从莫斯科到佩图基》。

型期的结束而逐渐消亡。同时，从该作品对《圣经》的引用和变异引用探讨小说文本与东正教之间的关系。认为叶罗费耶夫“把《圣经》作为史诗的重要源头”，使小说“成为《圣经》文本的‘变异’”,使主人公的电气列车旅行变成了“与《圣经》的一次对话，使史诗具有一种厚重的文化性质和凝重的宗教感”，这样，主人公的旅行就变成了一次“从地狱（莫斯科）到天堂（佩图什基）的旅行”。作家大量引用《圣经》文本，目的是“为了把主人公的受难和基督的受难联系在一起,使得普通的俄罗斯人韦涅奇卡的受难具有一种神性和普遍的意义”①。余一中教授运用巴赫金的复调理论分析了小说的狂欢化手法和对话性特征。②也有学者从主人公醉酒疯癫的“圣愚”形象着手，探讨小说的主题内涵意义，认为，作家塑造的醉鬼形象实质上是对苏联一元意识形态的否定和反抗。③

作为俄罗斯后现代主义文学经典作品,《从莫斯科到佩图什基》是一部巨大的文学宝藏，正如任光宣教授所说:“这部后现代主义文学作品各层面的意义是挖掘不完的。”④本文将从作品主题的不确定性、狂欢化和互文性等探讨叶罗费耶夫对俄罗斯文学传统的继承和后现代主义艺术手段之创新。

归纳一部文学作品的主题思想是一个合格读者读完小说之后要做的第一件事。然而，读完《从莫斯科到佩图什基》之后，我们很难归纳出小说的主题和义旨。那么，作者想要在作品中表达什么就成为我们首先要考虑的问题，结果，我们发现很难做到这一点，甚至理不清小说故事发生的前因后果。原因在于作品涉及的内容非常广泛和庞杂，呈现出多学科和跨学科特征，另外，作品故事情节荒诞，叙事方式独特，读者很难再用传统的理解方式进行解读和阐释。

正如任光宣教授所说，叶罗费耶夫的创作属于继承了俄罗斯文学传统的后现代主义文学。它不仅具有后现代主义文学的基本特征，如隐喻、戏仿、悖论等手法的运用，同时结合了俄罗斯文学传统中的精神道德探索和哲学思辨。后现代主义作家颠覆了现代主义作家的形而上哲思和历史的先行发展，而是致力于以互文性为特征的颠覆和解构，致力于某一历史事件的叙述，甚至虚构出某种历史，从而达到反历史的目的。在后现代主义文学作品中，世界是多元和无序的，虚构和真实的界限完全模糊。

和任何一部后现代主义小说一样，不确定性是《从莫斯科到佩图什基》的主

① 任光宣:“史诗《从莫斯科到佩图什基》文本的《圣经》源头”,《国外文学》2008 年第 1 期,第 20-26 页。

② 余一中:“韦涅季克特·叶罗菲耶夫和他的小说《从莫斯科到佩图什基》”,《当代外国文学》2004 年第 4 期，第 153-157 页。

③ 温玉霞:“醉酒、疯癫的‘圣愚’”：论小说《从莫斯科到佩图什基》主人公形象的内涵”,《解放军外国语学院学报》2012 年第 4 期，第 117-122 页。

④ 陈方:“俄罗斯后现代主义文学的一面镜子”,《国外文学》2003 年第 1 期，第 105-110 页。

要特征。这种不确定性首先表现在其主题具有多元化特征。首先，它继承了拉吉舍夫、卡拉姆津、普希金、涅克拉索夫和普拉东诺夫等俄罗斯文学前辈的“旅行”主题。这是一个“酒鬼”的旅行，是从权力中心地莫斯科到天堂福地佩图什基的旅行。其次，它又是一部爱情小说。韦涅奇卡连续13次去佩图什基，是因为那里有他的情人和儿子。第三，整个故事是一次狂欢，一个失意者的狂欢，一个被革了职的俄罗斯知识分子的狂欢。这狂欢不仅表现为离弃莫斯科，前往佩图什基，还表现为主人公的借酒浇愁和一醉方休。酒解放了他的心灵，释放了他的内在精神世界的压力。恶心、呕吐不仅是主人公醉酒后的一种生理反应，更象征着他对现实世界的唾弃和批判。第四，这部作品无论是情节还是故事内容都呈现出碎片化特征。使读者不仅很难归纳出它的主题，甚至连内容也很难作出完整的陈述。作品中荒诞的现实和独特的叙事方式，使读者很难作出系统的复述。更重要的是，作品内容庞杂，不仅涉及俄罗斯文学，还以《圣经》和大量世界文学作品和作家为题材，不仅与文学艺术密切相关，还涉及社会学、政治学、人类学、自然科学、心理学、音乐等众多学科领域。小说中，醉酒后的人物海阔天空，无所不谈，无所不包：自由与民主，平等与博爱，理想与抱负，从契诃夫、蒲宁、高尔基等俄国作家到《浮士德》，从德国经济学家席勒到美国第七舰队，从英国首相张伯伦到日内瓦精神等等，从作家的社会责任和道德责任到国家政治等等。作家把俄国放置在人类历史和世界范围内进行关照，重新解读苏联时期的政治、经济和文化，是作家与人类历史的对话，是作家和民族传统文化之间的对话，是对人类历史的反思，是对苏联时期社会现实的悼亡，又是苏联社会制度的嘲讽和批判，对理想社会的期待和希冀，是寻求真理的隐喻表达。

这种超越时空的文化对话，是作者对俄罗斯民族和文化面临危机时的思考和呐喊。作家在追寻文化意义的同时，还对作品的美学形式进行探索和创新。

在这部小说中，酒是作者解构一切的手段和方式，也是我们研究它的路径。正如张建华教授所说：“酒乃是叶罗费耶夫在小说中唯一解构历史和现实的手段。”[①] 据笔者统计，小说中涉及的酒的名称有22种之多，单是伏特加就有牛草伏特加、库班伏特加、香菜伏特加、柠檬伏特加、白伏特加、胡椒伏特加和家酿伏特加等7种之多。众所周知，伏特加是俄罗斯的象征，是俄罗斯的文化符号，是俄罗斯人生活的一部分，在某种程度上它甚至是俄罗斯人的精神寄托。在俄罗斯，伏特加是上帝的象征，它即可以疗伤，使人减轻痛苦，也可以麻醉人的心灵。伏特加造成了俄罗斯民族的矛盾性格，使人们豪放、勇敢、热情和好客，也使他们

① 张建华：《新时期俄罗斯小说研究（1985—2015）》，北京：高等教育出版社，2016年，第221页。

消极、爱发泄、极端和无节制。生活压力，对现实生活的不满，都会让俄罗斯人通过酗酒的方式麻醉自己，使自己置身事外。

丘普里宁称这部小说为“一个俄罗斯酗酒者的自白，一个远非是苏维埃地下人个人的自白。”[①]作者的同名主人公韦涅奇卡嗜酒如命，知识渊博，始终处于一种似醉非醉、似醒非醒的状态。他一天的生活从喝酒开始，以醉酒结束。各种不同的酒是他在旅途中唯一的食物和寄托。通过酒，韦涅奇卡用蒙眬的醉眼观察和批判俄罗斯历史和社会现实。因此，“伏特加是叶罗费耶夫创作的根本所在。……伏特加是长诗中新现实的，在主人公灵魂中经历了分娩阵痛的现实的接生婆。”[②]

早在1533年，诺夫哥罗德编年史就记载了伏特加的用途。1553年，伊凡雷帝在莫斯科开设了第一家酒馆，依靠伏特加获取了高额利润。从此以后，伏特加成为俄罗斯民族生活的一部分，深刻地影响了俄罗斯民族性格。他们既热情好客，勇敢豪放，又极端无节制，消极发泄。韦涅奇卡和作者一样，是一个有哲思的俄罗斯知识分子。在荒诞的现实世界中，他像医院里的化验师一样，把俄罗斯历史文化现象装进一个个试管，通过化验分析，把其中的成分呈献给读者，让读者自己去判断、联想和思考，得出自己的结论。

小说从悖论开始，以悖论结束。一个在莫斯科长期居住并且“跑遍了整个城市”的人竟然从未见过克里姆林宫，这本身就是一个悖论，并且滑稽可笑。更不可思议的是，叙事主人公“整整一晚上都在那一带游荡”，却硬是“没能看见它”[③]。主人公酒醉时头脑清醒，不喝酒时反而意识模糊，内心充满了恐惧。他烂醉如泥，却对自己每次喝了什么酒、喝了多少酒记得十分清楚。

这不仅是一次旅行，更是一次狂欢，是一个旅行者的狂欢，是一个倍受压抑的狂欢者的旅行，酗酒是狂欢的标志。主人公韦涅奇卡在故事一开始就是醉醺醺的，到小说结尾更是醉得不省人事。但他不是唯一的酗酒者，电气列车上与主人公同行的旅客，几乎没有不酗酒的。他们不停地喝酒，半醉不醒成为他们的生命状态，只不过有的人喝得多一些，有的人喝得少一些，有的人醉得轻一些，有的人醉得一塌糊涂。醉酒之后，有人笑眼看世界，有人匍匐在地上痛哭流涕，有人呕吐，有人反胃。作者通过酒来审视人世间的种种不幸和逸闻趣事，酒成为小说中具有重要意义的中心主题，也是构成整个小说结构的中心隐喻，具有丰富的文化内涵。

喝酒这一行为本身及其之后引起的各种生理反应，如麻木、恶心、呕吐、癫

① Скоропанов И. Русская постмодернисткая литература, Флинта-Наука. 1999. с.146.

② Выгон Н. Юмористическое мироощущение в русской прозе, Книга и Бизниз. М. 2000. с. 339.

③ 叶洛费耶夫：《从莫斯科到佩图什基》，张冰译，桂林：漓江出版社，2014年，第5页。

狂等，是作者对普通百姓的生存状态和精神状态的隐喻性写照。人类赖以生存的世界充满了正义与邪恶、美丽与丑陋、进步与颓败、高尚与卑劣。一旦邪恶、丑陋和卑劣等占了上风，人类便无法招架，找不到出路。只有酒能帮助他们暂时摆脱苦恼和烦闷，让他们陷入麻木和疯癫。韦涅奇卡非但没能抵达理想的天堂，反而陷入更加危险的境地，他不是被冻死，就是惨遭杀害。

莫斯科和佩图什基是一对相互对立的隐喻。莫斯科混乱、颓败、污秽遍地，充满邪恶。在人生终极意义缺失的情况下，一切都变得荒唐。人们醉酒后心灵的麻木和精神上的醉迷，已经成为一种常态。主人公原本是一个工程队的队长，除他之外，几乎所有的队员都在酗酒。他只因绘制了一张能够说明工程队队员喝酒状况的图表，不久就被撤职。他失落又忧郁，不知不觉也开始喝得酩酊大醉。一个清冷的早晨，他打算前往佩图什基看望心爱的姑娘。临行前，他想看看一直想看却没能见到的克里姆林宫。他的生活逻辑发生了错乱，眼中的现实也变得荒诞。出发时已经醉酒的韦涅奇卡，左冲右突，来到了库尔斯克车站。不可企及的克里姆林宫和车站餐厅的葡萄酒一样让他迷醉，电气列车上，醉眼蒙眬中，一切都变得荒诞和怪异：智愚无界，敌友不分，男女无别。电气列车上，乘客们成双成对，以二元对立的形式出现。智者和愚者互相嬉闹，一对男女互相有兴趣但又充满敌意，去玩旋转木马的祖孙俩是极端幼稚的社会痴呆症患者，头戴褐色贝雷帽的克拉拉大神，竟然蓄着小胡子，和男人没有了性别之分。他们喝酒，醉酒，古今内外，海阔天空，无所不谈。从普希金笔下的“多余人”奥涅金到陀思妥耶夫斯基笔下的“白痴”，从俄国社会民主党人到十二月党人，从歌德的《浮士德》到席勒的《阴谋与爱情》等等，无数个不同的荒诞虚幻故事拼接组合在一起，无数个历史人物通过人物想象聚集在一起，小说的社会维度和历史维度消失了，读者处于一种失重的真空里，被时间的杂乱无章和因果关系的模糊不清弄得茫然无措，迷失在消解叙事的迷宫里。

佩图什基是韦涅奇卡的梦想之城，也是作者想象中的乌托邦。那里“茉莉花一直盛开，鸟儿们永远在歌唱”[①]，那里有他“长辫齐腰，双颊绯红”，美艳堪比希腊女神阿弗洛狄特和埃及艳后克列奥佩特拉的梦中情人和“天国女王”。在那里，他们可以畅饮无限量供应的美酒，可以纵情享受与梦中情人交欢的愉悦。然而，遗憾的是，尽管从莫斯科到佩图什基只有两小时十五分钟的车程，可他永远无法到达这个梦想之城。小说结尾，他来到了克里姆林宫，爬上了革命门洞。在那里他被四个恶人追杀，一把木柄改锥刺进了他的喉咙。

① 叶洛费耶夫:《从莫斯科到佩图什基》，张冰译，桂林：漓江出版社，2014 年，第 58 页。

酒能解愁，更能醒世。借酒浇愁是俄罗斯人消除苦恼和悲哀的主要方式。酒醉之后，人物更加理解了存在的意义和生命的价值，发现和接近真理。另外，酒能激发作品人物对美的追求和想象。佩图什基是韦涅奇卡的梦中天堂，也是作者想象的乌托邦，更是韦涅奇卡醉酒状态下对人人平等、社会公正的美好生活的追求。小说中，作家与读者的见面会不是在庄严肃穆的会场上，也不是在体面庄重的电视屏幕上，而是以闹剧的形式在从莫斯科到佩图什基的电气列车上进行。喝酒是他们相互接近、理解对话和心灵交流的方式。围绕作家的乘客读者们不仅想和他一起喝酒，更渴望和他进行心与心的交流和对话，得到他的理解。喝了酒，他们才开阔了眼界，才感觉到自己在“美”面前的渺小，才渴望接近“美”，接近契诃夫等俄罗斯伟大作家。喝了酒，他们才有了想象力，才可以“走出以往的世界，来到黄金时代”。喝了酒，女人才变得妩媚优雅，才拥有了迷人的风采。

更重要的，作家借酒警世。他借浓醉状态下韦涅奇卡的狂欢化旅行解构了苏维埃时代专制制度下俄罗斯人的苦闷，使主人公更加接近真理，变得更加理智和清醒。作家以俄罗斯民族的历史文化遗产为参照，从俄罗斯古代神话、文化文学经典著作、俄国民主主义者的政论文章、马克思列宁主义经典著述、政治口号和《圣经》中摘取大量警句名言，并赋予这些文化密码新的内涵。“这是作家与人类历史、民族文化之间的对话。通过这种超时空的文化对话，作家把历史与现实、俄罗斯与世界作比较，试图对俄罗斯的，特别是苏联时期的历史文化予以重新关照和解读，从而展现俄罗斯的社会世相、民族命运以及文化的退行性危机。”[①]认为只有宗教和文学才能涤荡俄罗斯社会中的邪恶和污秽，摒弃平庸，才能防止堕落，拯救人类精神。

另外，小说的互文性特征。小说大量引用《圣经》、古希腊罗马神话、俄罗斯文学经典、马克思列宁主义经典论述，甚至引用了苏维埃时期的报纸杂志。这些引用不仅是构成小说文本的重要内容，也“增加了作品的历史底蕴和文化内涵，拓展了史诗的时空，让史诗呈现出另一个世界”[②]。更重要的是，这些引用凸显了小说文本的互文性，成为作家的“文本狂欢”之源。

戏仿是后现代主义小说的主要特征，它既具有游戏性，又具有互文性，它不仅是一种反常化的叙事手段，突出作品的“陌生化”效果，还扩大了其互文文本的范围和作用，成就一种“文本狂欢”。在《从莫斯科到佩图什基》这部小说中，作者借同名主人公之口，不仅戏仿高尔基、奥斯特洛夫斯基等苏联官方作家，还

① 张建华:《新时期俄罗斯小说研究（1985—2015）》，北京：高等教育出版社，2016 年，第 225 页。

② 任光宣:“史诗《从莫斯科到佩图什基》文本的《圣经》源头”,《国外文学》2008 年第 1 期，第 21 页。

戏仿政治人物和政治事件等，借以反映作品的多元化主题。

小说中，和韦涅奇卡同行的旅伴几乎都是俄国文学经典作品中的人物。如涅克拉索夫短篇小说《老爷爷和小孙孙》、列宁《纪念赫尔岑》一文中的十二月革命党人和赫尔岑、陀思妥耶夫斯基《白痴》中的罗果仁、梅思金公爵、安娜·卡列尼娜、塔吉娅娜·拉琳娜、丽萨·卡列金娜等，都化身为作品中的相应人物。作者借他们之口引发了对俄国民主主义者的诸多论断和苏联社会主义的各种方针的质疑和反思。赫尔岑《往事与随想》中"麻雀山上的誓言"、勃洛克的长诗《夜莺与花园》、高尔基的格言，屠格涅夫的《初恋》、美国所谓的"自由"和"民主"、法国所谓的浪漫（以萨特和波伏娃的爱情为例）等，都成为他们谈论的对象，也为作品的文本狂欢提供了素材。不仅如此，现实世界发生的重大事件都成了作者与人物狂欢的文本。"去你们的吧，还有完没完！最好把星际天文学留给美国佬，而把精神病学交给德国鬼子好了。让所有西班牙人一样的狂徒去看他们的斗牛吧，让非洲无赖们去建他们的阿斯旺水坝好了。让意大利人被他们那愚蠢的美声噎死算了，让……""但是，我重申一下，我们要研究打嗝儿问题。"正当世界发生日新月异的变化，正当苏联和美国进行航天事业竞争时，作者对这些影响国家和民族命运的事件不屑一顾，一句"我们要研究打嗝儿问题"，彻底解构了政治和权威，压抑的心灵得到彻底放松，狂欢成为驱散忧郁的最好武器。

互文是狂欢化的一种手段，《从莫斯科到佩图什基》与世界文化遗产形成的镜像，实现了对权威和精英的一系列解构。作品不仅涉及了列宁、高尔基、奥斯特洛夫斯基等苏联官方作家的作品，还涉及了从古到今 40 多位作家的作品，如莎士比亚、拉伯雷、拜伦、歌德、高乃依、佩罗、萨特、波伏娃等西方作家，还有普希金、莱蒙托夫、格利鲍耶托夫、果戈理、托尔斯泰、屠格涅夫丘特切夫等俄罗斯经典作家。叶罗费耶夫对文学经典的互文意味着他对文学传统的质疑和解构。

更重要的是，该作品与东正教的圣经故事形成一种相互辉映的互文。俄罗斯知识分子历来有忧国忧民的传统，作家批判无神论的自负和肤浅，把对俄罗斯未来的希望寄托于宗教。他的同名主人公韦涅奇卡是虔诚的东正教徒，其旅途中的众多细节都与圣经故事相对应。小说中，无论遭遇什么，他都相信上帝会引导自己走向光明。"我信我主就是善，……他是善。他引导我走向光明。从莫斯科走到佩图什基。在库尔斯克车站经受了痛苦的折磨，在库奇诺经历了清洗的考验，在帕库夫纳受到了幻念的捉弄，最后走向了光明的佩图什基。从痛苦走向光明。"[①]

① 叶罗费耶夫：《从莫斯科到佩图什基》，张冰译，桂林：漓江出版社，2014 年，第 76 页。

对于韦涅奇卡来说，上帝是最高的真实，是最崇高的善，只有上帝才能引领人类摆脱现实的桎梏，走向心灵自由的圣地。只要循着“伯利恒之星”指引的方向，就能抵达“耶和华的花园”。他希望像耶稣一样，牺牲自己，拯救人类，拯救俄罗斯人民的灵魂。韦涅奇卡走下无名门洞的40个台阶，耶稣在无人的旷野被魔鬼引诱了40天，都为圣灵所充盈。韦涅奇卡走上第41个台阶，预示着危险的来临和悲剧性的结尾。追杀韦涅奇卡的四个家伙与圣经故事中把耶稣钉在十字架上的四个刽子手相对应。

小说中，作者、叙事者和主人公三位一体，共同参与故事的叙事和建构，设置了一个接一个的叙事圈套。“作者将自己直接引入作品，成为叙述对象，从而使小说中出现了两个韦涅奇卡：叙述者的韦涅奇卡和叙述对象的韦涅奇卡。通过叙述结构的调整，改变故事的组合方式，打破叙事时间的线性结构，创造出故事独特的共时性空间。作家完全拒绝‘作家已死’的原则，叙事人和作家具有对现实世界完全一致的看法，而一种醉后的状态恰恰消弭了各个层面的文化等级差异。”[①]

总之，小说采用的文体具有高度边缘化、包容性和开放性特征。现实与幻想、真实与荒诞、历史与未来等，通过作家的随心所欲被糅合在一起。荒诞不经的人物、支离破碎的情节、奇奇怪怪的思想、怪诞的语言等被作家巧妙地随意调遣。传统小说的程式被打破，小说的内涵无限扩大，读者的想象空间得到延伸。值得一提的是，尽管这部作品开启了俄国后现代主义文学之先河，但由于作家过多地把个人的情绪和感受、经验和想法融进了小说中，未免会刻意制造出令人难懂的文字游戏，有自我陶醉之嫌。

① 张建华:《新时期俄罗斯小说研究（1985—2015）》，北京：高等教育出版社，2016年，第216页。

第二章

俄罗斯后现代主义文学的勃兴

20世纪80年代末，苏联社会发生了巨大的转折性变化，特别是苏联解体之后，俄国后现代主义文学获得了合法地位并开始盛行。马卡宁、沃兹涅先斯基、谢·利普京、达维多夫等先前从事现实主义文学创作的作家开始转向后现代主义文学创作，还出现了吉姆尔·季比洛夫、科罗廖夫、亚尔戈维奇、格里高利耶夫、佩列文、索罗金等一大批年轻的俄国后现代主义作家。从1992年至1994年，在俄罗斯文学界具有较高权威的布克奖连续三年均被俄国后现代主义作家折桂，哈里托诺夫、马卡宁、奥古扎瓦分别成为1992年、1993年和1994年的布克文学奖得主。哈里托诺夫的《命运线，或米拉舍维奇的小箱子》（1992）、彼得鲁舍夫斯卡娅的《黑夜时分》（1992）、马卡宁的《审讯桌，或铺着呢子，中间放着长颈瓶的桌子》（1993）和《地下人，或者当代英雄》（1998）、佩列文的《夏伯阳和虚空》（1996）和《“百事”一代》（1999）、叶·波波夫的《绿色音乐家正传》（1998）等都成为最受欢迎的后现代主义小说。

俄国后现代主义文学在20世纪90年代的盛行，是对苏联发生政治剧变后俄国文化突然中断的自觉性反应，是摆脱文化困境的一种新出路，填补了苏联解体后苏联文学突然死亡留下的巨大空白，并以超越意识形态的姿态开启了对文化语义和美学形式的双重探寻。这个时期的俄罗斯后现代主义小说呈现出百花齐放的繁荣局面。比如，索罗金以“审丑”美学为创作原则，运用隐喻、反讽、戏仿等手段，片面夸大社会主义现实主义艺术的负面影响，将其“粪土化”、“妖魔化”和“丑陋化”，确立了当代小说的审丑理念。另外，索罗金还以否定一切和虚无主义者的姿态，“通过哲学层面上的反中心、反理性、反整体性，文化层面上的反历史、反传统，美学层面上的反美、反规范、反诠释，文本层面上的反体裁、反结构，反时空”[①]，全面否定苏联历史、政治和文化。小说内容极其荒诞丑陋，通篇都是“吃喝”、“排泄”、“性游戏”、“暴力”和“死亡”等扭曲、变态、丑陋，甚至恐怖的场面。尽管他的小说短时期内吸引了读者的眼球，但也遭到了许多读者和评论家的批评。他的小说违背了文学艺术的审美原则，其中的丑和恶对文学审美和东正教造成了极大的冲击和亵渎，再加上作家本人吸食毒品的经历，索罗金注定集“光环”与“恶名”于一身，他的作品注定要受到广大读者和评论家的批判。从当前的情景和以后的文学发展趋势来看，索罗金及其作品只能是俄罗斯文学史在特殊时期的一种“奇观”，将和俄罗斯后现代主义文学一样，昙花一现，不可能成为俄罗斯文学经典之作。

与索罗金不同，被称为“当代俄罗斯文坛三巨匠”、在当代俄罗斯文坛最具实力和最有声望的马卡宁采用神秘主义和民俗主义的描写手法，以流行文化和特定群体为关注对象，思考人类社会的历史、现在和未来。他的中篇小说《高加索的俘虏》从新的角度赋予“高加索的俘虏”以新的美学意义，在后现代社会语境下，对“战争”、“俘虏”和“美拯救世界”等俄罗斯文化概念进行重新阐释，与俄罗斯古典文学传统进行论战，表达了对当今世界的认识和对人类生存的关切。他的作品题材十分广泛，人物丰富，体裁杂糅多样。他笔下的人物，既有工程师、精神病人、战场上的军人和士兵，也有退休老人和从事自由写作的知识分子。他的小说体裁既有写实性小说、反乌托邦小说，也有社会心理小说和战争小说，甚至也有很难归类的体裁杂糅小说。他的《审讯桌》（1993）和《地下人，或者当代英雄》（1998）等作品中有大量的戏拟、互文和碎片化叙事等典型的后现代主义小说特征，而《高加索的俘虏》《路漫漫》等小说则杂糅了现实主义和现代主义小说手法。特别是他 21 世纪的创作，集后现代主义小说和现实主义小说体裁为一体，为后现实主义小说的产生奠定了基础，不愧于“当代果戈理”的称号。

相比之下，佩列文属于年轻一代的俄罗斯后现代主义作家。电力设备与工业和交通自动化专业出身的他，以科幻小说跻身俄罗斯文坛。他的很多作品，如《伊格纳特魔法师和人们》（1989）、《玛弗撒拉的神灯：或秘密警察与共济会的终极之战》（2016）以及 2017 年的新作《iPhuck 10》等都既充满科幻色彩，又有“反乌托邦”小说的特征。他的《“百事”一代》更是集喜剧与科幻于一体，讲述了高尔基文学院的高才生塔塔尔斯基在商业大潮中光怪陆离的冒险经历，描绘了后苏联时代俄罗斯私有化进程和向资本主义市场经济迈进时期的社会乱象。佩列文作品数量众多，写作风格比较复杂，他的作品和马卡宁的作品一样，充分体现

① 张建华：“丑和恶对文学审美圣殿的‘冲击和亵渎’：俄国后现代主义小说家索罗金创作论”，《外国文学》2008 年第 2 期，第 9 页。

出20世纪末和21世纪初俄罗斯文学的多元化创作风貌，有助于我们更加全面地认识俄罗斯文学的现状和发展趋势。本章主要就佩列文后现代主义小说的多元主题和后现代艺术特征进行探讨，同时探究马卡宁小说中的后现代主义特征和后现实主义元素。

一、佩列文和“反乌托邦”小说

1. 20世纪末俄罗斯文坛上的一匹黑马

苏联解体后，受欧美大众文化的侵袭和图书出版市场化的影响，俄罗斯社会民众心理发生了巨大变化，俄罗斯文化中的“文学中心主义”特征弱化，民众阅读兴趣呈现多元化的趋势。在文学界普遍萧条的情况下，维克多·佩列文（Виктор Пелевин, 1962—　）像一匹黑马脱颖而出，他的作品“像可乐一样畅销”，深受俄罗斯读者欢迎，成为名噪一时的后现代主义小说家。

较之安德烈·比托夫、西尼亚夫斯基和叶罗费耶夫，佩列文属于俄罗斯后现代主义文学的年轻一代作家。1989年，他发表处女作《伊格纳特魔法师和人们》（Дед Игнат и люди），开始以科幻小说家的身份跻身俄罗斯文坛。1991年，他的中篇小说《奥蒙·拉》（Омон Ра）在俄罗斯著名文学杂志《旗》（Знамя）上发表，这使他在俄罗斯文学界名声大噪，他的文学创作生涯由此发生了巨大的转折。1993年，他凭借第一部短篇小说集《蓝灯笼》（Синий фонарь）获得小布克奖。1994年，他凭中篇小说《黄箭列车》再次将小布克奖收入囊中。1996年，他的长篇小说《夏伯阳与虚空》（Чапаев и Пустота）和《“百事”一代》（Поколение П）出版，轰动了整个俄罗斯文坛，成为俄罗斯后现代文学的经典作品，佩列文本人正式步入著名后现代主义作家行列。到了21世纪初，他已经成为苏联解体后俄罗斯最具影响力和最受欢迎的后现代主义作家。

佩列文的作品具有两大鲜明特点：一是对俄罗斯现实的关注，其笔下的主人公或是俄罗斯大都市的“雅皮士”，或是一夜暴富的俄罗斯新贵，或是涉足商业领域的知识分子以及“喝着可乐长大的”新一代俄罗斯人等，他们最能体现社会转型时期特征的俄罗斯人。二是他的作品语言机智幽默，有较强的揶揄调侃风格，作品结构大幅度跨越时空，看似随意的作品风格和主人公主观态度，体现出了作者对俄罗斯社会现实既冷静又深刻的反思[①]。

苏联解体后，以理性为中心的社会主义价值体系轰然坍塌，非理性主义的盛

① 刘文飞：“俄罗斯文坛的佩列文现象”，《人民日报》，2006年6月5日第007版。

行导致社会弥漫着普遍的信仰危机。俄罗斯社会陷入商品化的泥沼，广告信息铺天盖地，西方文化潮涌般涌入俄罗斯，使整个社会陷入一片混乱。这个时期成长起来的俄罗斯年轻人成了“该受诅咒的乱世一代”，他们不再为人类生存状况和存在的意义而殚精竭虑，也不再关心政治，甚至缺乏明确的生活目标和人生理想。他们玩世不恭，麻木不仁，既找不到现实生活的乐趣，也无法预测明天的努力方向，“迷失在令人绝望的电视屏幕前”。处在社会转型期的俄罗斯社会，被西方社会的一切罪恶如洪水般淹没了一切，暴力、色情、同性恋、吸毒、精神家园丧失等冲击着传统的宗教信仰和价值观，人生变得毫无意义，人们的内心世界变得极为空虚。在这样的情况下，历来视人类命运和民族命运为己任的俄罗斯作家成为混乱世界的“独醒者”和“他者”。他们通过各种艺术手法批判社会，表达对民族未来命运的担忧。

佩列文充满想象力和神秘感的后现代主义作品具有强烈的时代感，与现实生活密切相关。与苏联解体后充斥俄罗斯文坛的暴力言情作品相比，佩列文的作品更具“严肃性”。他笔下的主人公大多是具有“时代特色”的现代青年——或是所谓的“新俄罗斯人”，或是满腔热血的宇航员，或是神秘的特警，抑或是现代职业青年等。作品风格独特，讽刺辛辣，幻想奇特，调侃的语言充满睿智。叙述超越时空，或连贯，或不连贯，主人公的言语行为举止传达了一种随意的心态，不追求绝对的价值，也没有明确和固定的爱恨对象，充满了“后现代元素”。这种作品风格迎合了当代俄罗斯青年的阅读兴趣和生活审美态度，这是佩列文小说畅销的主要原因。

另外，佩列文的创作消解了严肃文学和通俗文学的界限，实现了文学体裁和创作风格的多元化。他运用语言游戏、拼贴、梦幻等后现代主义艺术手法，以超然的姿态，以“反英雄”和“反乌托邦”为主题，解构“神话”和“一元意识形态”，消解强权对个人意志的控制，重构自我的自由“虚空”世界。

佩列文 1967 年出生于莫斯科，毕业于莫斯科动力学院电力设备与工业和交通自动化系。1989 年考入高尔基文学院，后经朋友介绍进入“神话”出版社从事编辑工作。1989 年发表处女作《伊格纳特魔法师和人们》后，以科幻小说家的身份跻身俄罗斯文坛并崭露头角。1992 年，他出版了第一部短篇小说集《蓝灯》，次年，《蓝灯》获小布克奖。同年出版的中篇小说《奥·蒙拉》使他在严肃文学界名声大振。长篇小说《夏伯阳和虚空》和《“百事”一代》等作品的发表，使佩列文真正成为年轻一代的后现代主义作家。

作为一个多产作家，佩列文一直笔耕不辍，出版长篇小说 15 部，中篇小说 3 部，短篇小说 30 多篇。他的作品，无论是在俄罗斯，还是在西方国家，都拥有数量庞大的读者群，作家本人也引起了西方媒体和文坛的关注。21 世纪初，中国学者也开始关注这位在俄罗斯文坛迅速蹿红的后现代作家。他曾经轰动文坛的长篇小说《夏伯阳和虚空》和《“百事”一代》在中国翻译出版，有关他的研究也成为中国学术界的热点。

在俄罗斯后现代主义作家中，佩列文算是比较受中国读者欢迎的一位。中国学界对佩列文的研究始于 2004 年，截止到 2018 年 8 月，有关他的研究，期刊论文共 68 篇，专著不多，但在有关俄罗斯后现代主义文学的研究专著中，多有涉及。经过近 15 年的沉淀，佩列文研究主要有以下几个特点：一、对佩列文创作的总体概括，如郑体武教授的“走进佩列文的迷宫:《夏伯阳与虚空》初探”，从佩列文的生平和创作历程入手，以《夏伯阳与虚空》为例，对小说的人物关系、时空结构、以及梦境和现实相结合和互文性的后现代艺术手法进行探究。王树福教授对佩列文的创作作了比较全面和准确的评价，他认为，佩列文的小说体裁各异，手法不同，主题多元化；他的创作不仅促进了后现代主义在俄罗斯的合法化，消解了严肃文学和通俗文学之间的界限，而且丰富了当代俄罗斯小说文类，属于传统与先锋兼具、继承与超越并存的“合成小说”，是后苏联时代俄罗斯文学嬗变和发展的典型标本[①]。与这种观点相呼应的是，“后现代元素与民族文化底蕴的有机结合构成了佩列文创作的最大特色”[②]。

2. 佩列文小说的多元主题

俄国后现代主义小说从诞生之日起，就通过解构和建构等鲜明的“技术色彩”表现对原有的普遍的经验模式和文化模式的反叛和怀疑，表现出典型的后现代主义艺术特征，如强烈的叛逆性、对揭露和批判有着满腔的激情、对形而下的物质和感官享受高度关注。在俄国后现代主义小说中，“观念主义”小说和“隐喻主义”小说是两种最具代表性的小说形态[③]。“观念主义”小说家更注重创作意图、艺术感知和观念认知，强调文学作品有赖于作家的创作意图，即创作的主要目的在传达某种思想或某种观念。俄国观念主义小说家认为，“小说即观念。文学艺术的本质是文学家、艺术家对文学艺术的一种看法、挂念，小说是小说家为表达其独特的文化观念而进行的文学创作；小说是小说家以艺术的形式通过观念、符号所表达的思想的总和。作者的形象被代之以‘无人称’的话语范式；小说家以特定

---

① 王树福：“佩列文：一个后苏联时期的文学标本”，《俄罗斯文艺》，2013 年第 3 期，第 36-43 页。

② 赵杨：“后现代元素与民族文化底蕴的结合 —— 维克多·佩列文和他的‘自由王国’”，《外国文学》2007 年第 6 期，第 3-11 页。

③ 张建华：《新时期俄罗斯小说研究》，北京：高等教育出版社，2016 年，第 210 页。

历史时期的文化文本、既有的文化观念和话语范式为写作摹本，但他们不是以验证、演绎这些观念为目的，而是以不同的艺术手段和叙事‘圈套’，通过文本中虚构的某种仪式来实现对既成观念（语言、意识形态、权威话语等）的颠覆和解构。”佩列文的小说和其他俄罗斯观念主义小说一样，其“冲击力和反叛性首先表现在对建立在某种普遍的经验模式和文化模式基础上的真实性、合理性概念的怀疑上。”①

张建华教授认为，俄罗斯后现代主义小说中的“观念主义”小说主要有两种类型：“讽社艺术”和“讽俄艺术”。“讽社艺术”（соц-арт）本身就是一种讽刺，它把社会主义现实主义和西方流行的大众艺术结合起来，是对苏联官方艺术和现代大众文化的模仿。现代大众艺术是对西方世界商品过度生产和繁荣的反应，而“讽社艺术”的主题是苏联意识形态的过度生产。“讽社艺术”的兴起，反映了20世纪70年代反对苏联意识形态的后现代主义文化在苏联的发展。后现代主义小说家利用和再利用苏联艺术中存在的陈词滥调、符号和形象，以及苏联政治宣传中的常见主题，运用互文、讽拟等艺术手段，效仿社会主义现实主义小说的叙事范式，对苏联意识形态话语和文化观点进行攻击和讽刺。这种在游戏中以极具启发性的形式出现的“讽社”艺术极大地削弱了社会主义现实主义文学的真正意义，试图让读者摆脱意识形态的刻板形象，目的在于让人的精神摆脱社会主义现实主义艺术“令人窒息的爱”。1989年，俄罗斯著名画家德米特里·弗鲁别里的“讽社”画作《天哪！帮我摆脱这令人窒息的爱》在柏林墙上出现，标志着“讽社”艺术发展到了顶峰。

俄国后现代主义的“讽社”小说兼用多种艺术形式，如荒诞有趣的故事情节、滑稽可笑的人物形象、讽刺诙谐的语言，以及荒诞而又不可思议的替代、毫无节制的经典引用和多种艺术形式的杂糅（从绘画、歌曲到语言）等后现代主义艺术手段，表达对苏联一元意识形态的反抗。如佩列文的小说《奥蒙·拉》通过主人公奥蒙渴望飞上月球、完成航天事业的伟大壮举的幻想，解构和消解苏联宇航事业和意识形态模式的神话。

“讽俄艺术”（Рус-арт）是“以19世纪俄罗斯历史文化、文学经典作为讽刺对象的‘波普艺术’”②，创作目的、艺术手段与“讽社艺术”相同，区别在于讽刺对象不同。他们不仅把19世纪俄罗斯文学黄金时代的经典作家和作品置于后现代主义文学的参照系中，对经典文学作品的主题、人物形象、故事情节进行低

① 张建华：《新时期俄罗斯小说研究》，北京：高等教育出版社，2016年，第211页。
② 同上，第212页。

俗化恶搞，对经典文化概念进行讽拟。比托夫的《普希金之家》通过讽拟整个俄罗斯文学的经典作品中的人物形象、时代理念等，解构苏联社会被蓄意崇高化的文化神话。索罗金通过运用荒诞的情节碎片和随意的色彩叠加出混沌不清的叙事线索，以一种“怎么能够引起你的注意，就怎么黑你”的创作态度，颠覆既有的社会道德秩序、婚姻秩序、个人意识秩序和民族性格，创作出别具一格又富有争议的“审丑”小说，把苏联时代的文化话语作颠倒处理，转换成非文化，甚至转换成一种生理统治和话语暴力，以揭示既有文化话语和文化秩序的荒唐和丑陋，摧毁各种“神话”。

佩列文的小说具有观念主义小说的特征。与索罗金充满魔幻、象征和隐喻的“审丑”小说不同，佩列文在对待俄罗斯历史和现实中的重大而敏感的问题时，采取了一种非常谨慎的态度。他试图在不同文化语境中寻找一种适合俄罗斯文化发展的“虚空”模式，寻找解决现实矛盾的办法和出路。以科幻小说蜚声俄罗斯文坛的他，将文学文本的微观创作扩大到文化领域，通过电脑游戏和模仿虚拟的梦幻世界折射出苏联解体前后的俄罗斯社会现实和当今世界的社会现实，表达对不同历史发展时期人类命运的担忧和焦虑。佩列文总是能够敏锐地捕捉到人类世界存在的问题，他的作品主题总是与时代挂钩，通过解构和重构表达“反乌托邦”主题，但他笔下的“反乌托邦”主题又呈现出多元化趋势。这种多元主题趋势与他作品中反映的社会现实问题息息相关，如《奥蒙拉》的“反英雄”主题、《夏伯阳与虚空》中的“反乌托邦”和“虚空”主题、《“百事”一代》中的“反消费主义”主题，以及他的新作《iPhuck 10》中的“科技与人类关系”主题等。

“反乌托邦”主题

与柏拉图的《理想国》、托马斯·莫尔的《乌托邦》等所描绘的对人类理想社会的追求相对，“反乌托邦”（dystopia）小说描述了人类社会的不幸和丑陋。反乌托邦小说批判的是现代社会繁荣有序的表象下隐藏的种种混乱和无序。作为科幻文学中的重要体裁和种类，反乌托邦小说批判了现代社会物质文明的泛滥和它对精神文明的高度侵染。在现代社会，人类的精神文明高度依赖于物质文明，人的精神完全受控于物质。也就是说，在以高度发达的科技为核心的现代社会，人类精神已无法实现真正的自由。

现代科学技术的高度发展虽然提高了人类的物质生活水平，但是永远无法解决人类内在精神世界日益空虚的危机。人类利用现代科技把自己关在牢笼般的钢筋水泥大楼里，虽享有物质繁荣，人性却阴暗冰冷，道德沦丧，民主受到压迫，自由受到限制，专制制度和等级制度横行，人工智能背叛人类，最终的结果是人类文明在高科技牢笼中僵化腐化，走向毁灭。赫胥黎的《美丽新世界》、乔治·奥威尔的《一九八四》、扎米亚京的《我们》等都是反乌托邦小说的典范之作。在反乌托邦作家看来，一向标榜“民主和自由”的西方现代社会，表面上井然有序，物质繁荣，人类物质生活优裕，实际上，阶级阶层分化，人从一出生就受到技术和意识形态的控制，人类失去了个性，丧失了情感，爱情被性替代。更可怕的是，人类失去了思考的权利和能力，失去了创造力，人工智能背叛并摧毁了人类，人类文明在高度发达的科技牢笼中走向毁灭。因此，反乌托邦作家以人类精神守望者的身份，揭露乌托邦社会的虚假性和欺骗性，揭示乌托邦主义给人类社会带来的负面影响和可能带来的毁灭性灾难。乌托邦小说以构建社会理想为出发点，表达了人类建立稳定、统一的“美丽新世界”的社会愿望，而反乌托邦小说则以揭露政治黑暗、社会危机、人为灾难和道德困惑为出发点，以制造噩梦、恐怖和绝望为手段，对乌托邦思想进行反思、批判和反拨。

苏联时期，社会主义建设初期取得的巨大成就是人们真诚地相信，社会主义制度集体模式下的“公平”“正义”“自由”“善良”“幸福”等美好理想一定会实现。作家们满怀理想主义者的激情地讴歌时代，赞美社会。然而，原本充满真诚的乌托邦精神和社会主义理想，由于“个人崇拜”和“大清洗运动”等集权专制的出现，苏联社会主义现实主义文学中逐渐有了“粉饰现实”和“无冲突论”的嫌疑，一些乌托邦文学作品逐渐沾染上了欺骗性。随着社会主义运动经历的曲折不断增多，人们对社会主义制度的前途失去了信心，反乌托邦小说逐渐以“地下文学”和“另类文学”的形式开始兴起。20 世纪 90 年代之后，随着苏联的解体和俄罗斯私有化进程的推进，社会贫富差距加大，社会矛盾更加尖锐。西方大众文化和科技文化带来的冲击，对于在俄罗斯传统文化熏陶下成长起来的年轻人来说，或恐惧不安，不知所措，或使他们就像冲出笼门的小鸟，瞬间获得了所谓的“自由”，或使他们为理想感到困惑，成为精神上的流浪汉，或成为只知道积累财富却没有了人生目标的“屎壳郎”，甚至成为不知道自己从何而来、自闭、好激动、不与人交往的“虚空的人”。在西方大众文化思潮冲击下成长起来的“百事”一代，整天喝着可乐，听着西方流行音乐，看着广告，完全失去了独立人格和自我，沉迷于吸毒和嫖娼。社会商业化和传统价值观的崩塌，不仅使俄罗斯知识分子个人瞬间失去了人生价值和生活目标，也使整个社会很快陷于一场巨大的精神危机的灾难之中。作为苏联解体后和 21 世纪俄罗斯文坛上的一匹黑马，佩列文的“反乌托邦”思想以各种形态出现在他的小说中，表达了作家对人类生存的关怀和对人类命运的深刻焦虑。他的“在后现代语境下出现的具有反乌托邦思想的作品，更多地展示了伪理想主义给俄罗斯社会带来的生存困惑和巨大灾难，给当代人造成的心理阴影，以及在世界文化强势冲击下的俄罗斯社会和人的全面混乱、恐惧和不安。”[①]

佩列文的“反乌托邦”小说不仅有对集体宏大理想的讽刺，也有对西方大众文化的批判，甚至有对日新月异的科技发展成果给人类命运带来的灾难的警示，表达了作家对人类生存的关怀和人类未来命运的深刻忧虑。简言之，佩列文的“反乌托邦”小说讽刺和批判的是理想乌托邦、强权乌托邦、消费乌托邦和科技乌托邦，呈现出“反乌托邦”小说的多元主题。有学者认为《“百事”一代》表达了佩列文对苏联解体后俄罗斯进入“消费时代的预判、警示和焦虑”，彰显了他的“反消费乌托邦”思想。

在《昆虫的生活》中，作家以寓言体小说形式，通过拟人化手法，消解了人类的集体理想，解构了“超人”和“英雄”，以最低级的动物或昆虫形象揭示了人类的生存困境和精神困惑，折射出人类生存世界中“尔虞我诈，互相残杀”的残酷。小说中，来自四面八方的昆虫带着美好的理想和愿望来到了它们向往已久的俄罗斯。苍蝇和蛾子要“从黑暗飞向光明”，蚂蚁“为了生活而生活”，屎壳郎四处奔波是为了建立一个“圆圆的世界”，大麻臭虫梦想成为“黑骑士”，蝉从地上爬到树上，是为了得到“天赐的食物”，总之，它们为了实现自我价值，忘我地奔波，并为此付出了巨大的代价甚至生命。然而，在“适者生存”这一社会法则的支配下，“胜者为王，败者为寇”成为昆虫们的生活逻辑。为了生存，它们相互残杀，不惜以牺牲其他昆虫的性命为代价。作者使用隐喻手法，粪球象征着财富，屎壳郎象征着苏联解体后俄罗斯私有化进程中产生的新俄罗斯人。对于他们来说，积累的财富越多，存在的意义越大。就像屎壳郎一样，赖以生存的粪球越大，它们的安全感越强，命运才能把握自己手里。在为小屎壳郎举行成人礼时，屎壳郎父亲送给它的礼物就是一个小小的圆圆的粪球，并且教导儿子，“粪球即世界”，“世界即粪球”，为了永远做自己命运的主宰者，就要不停地前进，不断地滚动粪球，使它越来越大。小屎壳郎牢记父亲的教诲，为了让自己的小粪球变成一个“圆圆的世界”，不停地推动着它前进，吃尽了各种苦头，并险些被其他昆虫吃掉。小粪球越滚越大，然而，凡是它经过的地方，死尸一片，昆虫们被粪球粘上就失去了性命。有一天，小屎壳郎终于长大了，小粪球变成了大粪球，它也结婚生子。但是，除了天上的乌云，除了同类残杀的现实，它并没有看到自己的影子，它的命运也没有掌握在自己手里，它和自己的后代依然面临着被其他昆

① 温玉霞：《解构与重构：俄罗斯后现代小说的文化对抗策略》，北京：中国社会科学出版社，2010 年，第 160 页。

虫粘杀和吞食的危险。它只能不停歇地推着粪球前进，但不知道奔向何方。

苏联解体后，俄罗斯向市场经济转型。在此过程中，出现了一批利用侵吞国有资产迅速暴富起来的俄罗斯新贵。他们崇尚西方文化，追求西方的生活方式，过着奢侈糜烂的生活，道德价值观扭曲。他们的暴富并没有给俄罗斯带来什么好处，反而给俄罗斯青少年的心理和价值观产生了不良影响。佩列文以敏锐的观察力，丰富新奇的想象力，运用拟人手法，准确地塑造了一系列鲜明生动的艺术形象，大胆地勾勒出一幅现实生活图景。这部新奇的幻想小说发表于苏联解体后的1993年。故事发生在俄罗斯南部某海滨城市一座废弃的公寓里，两只俄国蚊子在公寓旁迎接来自人人向往的美国的大白蛉山姆。这只美国大白蛉长期从事国际贸易，是个商界大佬，这次远道而来是为了投资俄国的血液市场。让两只俄国蚊子出乎意料的是，美国大白蛉不仅处处偷采俄罗斯人的血液，还勾搭引诱一只年轻漂亮的俄国雌苍蝇娜塔莎。美国大白蛉一方面承认俄国作为“第三罗马帝国”在世界历史上的重要地位，一方面又为苏联解体后俄罗斯沦为“第三世界”国家而窃喜。很快，娜塔莎和山姆双双坠入爱河，并请求山姆带她去梦想中的美国。遗憾的是，娜塔莎并没有实现自己的梦想，而是很快就被打死在餐馆里面。有趣的是，这些昆虫故事简直就是20世纪末、21世纪初俄罗斯现实社会的再现。佩列文以拟人化手法刻画了苏联解体后不久不同阶层和不同观念的俄罗斯人以及他们的生存方式和生活意义。娜塔莎是昆虫版的“邮购新娘”，也是为了达到自己的目的而不择手段的新俄罗斯人。它希望通过傍大款的方式实现梦想，结果被美国大白蛉的冷漠抛弃。蝉谢廖沙原本吃苦耐劳，性格坚毅，有理想，有抱负，希望通过自己的努力在俄罗斯做出一番成就。然而，受西方享乐主义的影响，它改变了理想方向，被彻底西化。原本坚定地朝着一望无际的俄罗斯黑土地前进的“蝉”谢廖沙，在同伴们的影响下，改变了前进的方向，钻过砂矿脉、多石带、潮湿疏松的红土带，来到美国，并很快找到了工作。在同事的影响下，谢廖沙完全“西化”，变成了一只典型的美国蝉。还有吸食大麻、为逃避抓捕的臭虫马克西姆和尼基塔，而蛾子米佳在和吉马交往的过程中，逐渐“摆脱了禅宗的‘小我’‘大我’，逐渐进入‘无我’的涅槃状态，对生死大彻大悟，以平和的心态对待生死无常”①。在佩列文看来，所谓的“乌托邦”都是虚空，祛魅后的人类与昆虫无异。无论是国与国之间，民族与民族之间，还是人与人之间，“适者生存”的生存法则是导演一切互相残杀、互相压榨故事的那只“隐形的手”，只有内在精神世界的自由才是真正的“理想世界”，体现了佩列文试图建立宗教和哲学意义上的“乌托邦”。

① 宋秀梅：“生活的多棱镜：维克多·佩列文的中篇幻想小说《昆虫的生活》”，《俄罗斯文艺》2001年第4期，第17-20页。

“反英雄”主题

传统意义上真正的英雄，不仅要成就大业，还要符合最高的道义标准，必须具有无私奉献的精神和自我牺牲精神，在面对困难和命运的挑战时，勇敢无畏，坚强不屈。“时势造英雄”道出了英雄产生的客观规律，特定的社会环境和特定历史时代背景为聪明才智的发挥提供了客观条件，并相互作用，造就英雄人物。20世纪，俄罗斯人民经历了世界动荡和社会的两次转型。第一次世界大战、十月社会主义革命、卫国战争、苏联解体等重大历史事件造就了一代又一代的英雄人物，他们高大俊美，能力强大，行为正确。“大写的人”（Большой Я）和“真正的人”（настоящий человек）是苏联时代的文化符号，是特定历史时期意识形态的结果。因此，可以说，“英雄”是神话，是集体意识的结果。

“反英雄”（anti-hero）作为一种后现代主义文学题材，目的在于通过角色塑造，通过刻画这类人物的命运变化对传统观念进行证伪，标志着传统观念的式微，个人主义思想的张扬和对理想信念的质疑[①]。和英雄相比，“反英雄”形象大都面目可憎，行为笨拙，智力迟钝，性格矛盾，处境值得同情，甚至身上有某些令人不能容忍的缺陷。

“反英雄”是佩列文后现代诗学的一个重要标志。在中国学者眼里，他的《奥蒙·拉》是一部典型的“反英雄”小说，通过对苏联宇航神话和宇航英雄的解构，反思“历史真实背后强大的权利和意识形态”[②]。有学者认为，佩列文的小说以“‘反英雄’和‘反乌托邦’解构苏联‘神话’，消解一元意识形态，逃离强权对个人意志的控制，转向内心向往的自我世界，以构建自己的‘虚空’世界”[③]。

在《奥蒙·拉》中，佩列文以荒诞滑稽的笔法戏仿《钢铁是怎样炼成的》《真正的人》和《学校》等苏联“教育小说”，模仿这些小说人物的意识和潜意识，把主人公塑造成为一个从小就接受了英雄主义教育和英雄主义熏陶，梦想成为像尤里·加加林那样的航天英雄。作者通过描述主人公从思考和追寻生命存在的意义，到人生理想和目标的确定，再到对真理和理想信念的怀疑，再到对现实的反思和醒悟的过程，揭示了苏联神话的谎言和欺骗性。

小说中的主人公奥蒙·拉生活在苏联各项事业迅速发展和“人人可以成为英雄”的时代，“建设共产主义理想社会”成为苏联人民奋斗的理想和目标。特别是航天事业取得的巨大成就极大地鼓舞了苏联人民，激励着苏联的青年一代建功

① 赵一凡、张中载、李德恩：《西方文论关键词》，北京：外语教学与研究出版社，2006年，第103页。

② 张建华：《新时期俄罗斯小说研究》（1985-2015），北京：高等教育出版社，2016年，第212页。

③ 温玉霞：《解构与重构：俄罗斯后现代小说的文化对抗策略》，北京：中国社会科学出版社，2010年，第147页。

立业。早在少年时代，奥蒙·拉的全部生活意义就是成为一名优秀的少先队员，长大以后能够像加加林那样成为宇航员，感受荣耀和功绩带来的喜悦。在和少年伙伴的游戏中，在学校接受的教育中，在对知识的渴求中，在对人生目标的确定中，一切都围绕着这个人生目标。奥蒙把第一个登上太空的苏联英雄宇航员加加林作为自己的人生偶像和前进的动力。从政治理论和技术理论学习，再到登月模拟训练，奥蒙从中获得了生活的全部意义和人生的最高价值。然而，这一切都是在作者设计的虚拟的现实游戏中进行，为之后主人公对真理和理想的质疑埋下伏笔。奥蒙长大以后，发现宇航员的生活并不是自己想象的那么美好，官方提供的材料在一定程度上存在着虚假和伪造。冷战时期，美苏展开了军备竞赛，其中航空竞赛是其中的一部分内容，两个国家尽倾国之力，争相把人类送进太空。在加加林成功进入太空之前，曾经做过无数次实验，至少有两名以上的宇航员被送入太空，不过，他们并没有成功返回地球，而是消失在茫茫宇宙中。为了维护荣誉，美苏两国都封杀了宇航员乘坐的宇宙飞船坠毁的相关消息，销毁了相关的文件记录。佩列文巧妙利用官方文化提供的材料，一步一步，由展示解释到思考质疑，再到真理和确定和证伪，逐步揭露“伟大理想”和真理的虚伪性，揭露苏联官方在航天事业发展过程中的欺骗行为。小说中，苏联向全世界宣布，自己制造的无人驾驶飞船技术已经超过美国的载人飞船，自动驾驶飞船将把带有“和平·列宁·苏联”话语电波的红旗发送到月球。同时宣称，无人驾驶飞船的研制体现了苏联政府对人的生命的尊重和珍视。一切质疑都因“无人驾驶飞船”而起，奥蒙感到困惑的是，“既然苏联的飞船是自动飞船，为什么需要我？”飞行大队长对这个问题的解答和说明使一切都真相大白，使奥蒙明白，由于战争和内讧，苏联的航天技术已经落后于美国，但为了国家的荣誉和体现苏联政府对人类生命的珍视，只好向世界宣布无人驾驶飞船的发明。而实际上，每个宇航员飞向月球之后，要为了国家的利益自觉消失在太空中。大队长的一席话，让奥蒙不仅开始怀疑自己理想的合理性和真理的真实性，也对现实生活的真实性产生了怀疑。

小说中的另一位英雄是退休少校的儿子马拉特，他生命的全部意义在于为了国家的特殊利益而不惜牺牲生命。马拉特在美国国务卿基辛格在职期间，奉命成为基辛格的猎杀对象，英勇牺牲。马拉特的事迹感动了奥蒙，也使奥蒙明白，英雄建立功勋是要付出死亡代价的。这时，奥蒙的理想已经有所动摇，但英雄的荣誉使他愿意为国家利益而做出牺牲。但是，在后来的训练中，奥蒙明白，所谓的国家利益，就是意识形态斗争和争霸世界的借口，是谎言和欺骗。由于质疑，他的个人自由受到限制。因为公开质疑苏联航天事业的成就，他的童年伙伴米季卡神秘失踪。奥蒙从米季卡的神秘失踪事件中预感到了自己的未来命运，但在严密的监控下，他和其他人还是要身穿飞行服，在封闭的机舱里接受严格的秘密训练，接受共产主义思想的洗礼。作者让主人公过去的意识在梦幻中呈现，焦虑之下，奥蒙带着疑虑飞上了太空。他在飞行中看到了红场，看到了红场上的克里姆林宫、列宁墓和国营百货商场，看到了中国的长城，这一切似乎证实了真理和理想的合理性。但是，飞船颠簸引起的不适和噩梦又证实奥蒙的飞行是一场梦幻。昏睡沉沉中，奥蒙梦见了米季卡的月亮画，梦见了血淋淋的黑熊手掌向他扑来，耳畔传来了同伴们的飞行提醒和告别语，传来了来自地球的祝贺。半醒半梦之中，奥蒙登上了月球，完成了英雄般的壮举。正当他完成登月任务准备返回地球时，他接到了上级的指令——开枪自杀。这时，他从睡梦中惊醒，原来所谓的苏联无人驾驶飞船登上月球的功绩和宇宙航天技术世界第一的报道、所谓的“珍爱生命”的人道主义精神，不过是一场虚假的“骗局”。故事从此开始发生了巨大的转折，奥蒙认识到，自己的登月功绩是以牺牲同伴的生命为代价的。他们为他护航，在登月过程中给他提示，在关键时刻，他们随着火箭推进舱消失在茫茫宇宙中。奥蒙开始思考，所谓的理想和信念是否真实，牺牲个人的生命成就虚假的报道和荣誉是否值得？他开始清醒，明白了为了国家和集体的利益而牺牲个人的生命是对个人生存权利的剥夺。他为米季卡的死亡感到不平，为同伴们的牺牲感到惋惜，也为自己即将失去生命感到委屈和不解。他决定反抗，不再执行上级的命令，放弃荣誉，揭露谎言。后来，由于违背了上级的命令，损害了国家的利益，他遭到了追杀。虽然逃脱了追杀，成为一个普通公民，开始了新的生活，但精神上遭受的折磨使他有了“精神分裂”的迹象。他把乘坐的电气列车当作月球，把地铁车厢当作飞船，只要一看到“列宁图书馆”几个字，就吓得脸色苍白，大汗淋漓，唯恐遭人追杀。

佩列文运用梦幻、夸张和荒诞手法，通过塑造“反英雄”人物奥蒙·拉，对苏联历史进行回顾和反思，重新审视“英雄”的产生过程和功绩，对苏联的意识形态和思想观念进行批判，解构“英雄”和“航天”神话，表达了作者强调个性，珍视个体生命的人道主义思想。

反科技乌托邦主题：人工智能给我们带来了什么？

众所周知，在电脑游戏中，无论是动作游戏，还是冒险游戏，无论是角色扮演游戏，还是团队协作游戏，无论是即时战略游戏，还是策略模拟游戏，电脑游戏玩家都以控制游戏人物，用各种武器消灭敌人，过关斩将，成为最后的赢家，成为英雄，创造一个个“超人”或神话。而在佩列文的作品中，作家肯定的是个体生命的意义和价值，颠覆的是苏联关于“大写的我”（большой Я）和“真正的人”（настоящий человек）的神话，进而揭示苏联社会现实的另一面。如《蝙蝠侠阿波罗》（Бэтман Аполло, 2013）、《献给三位朱克布林的爱》（Любовь к трем цукербринам）和《看管人》（Смотритель）等，都是通过科幻游戏表达作家对现实的看法和对人类未来的担忧。

正如电脑游戏来源于现实，是对现实生活的加工一样，佩列文的小说以模仿和虚拟电脑游戏揭示后现代社会强权意志对个人生存权利的剥夺、对个人意志的侵犯和个人幸福的践踏，以及集体理想给个人和社会造成的影响。他通过虚拟高科技成果的形式帮助人类逃离残酷的现实，构建内心向往的自由世界。

《蝙蝠侠阿波罗》以美俄之间在叙利亚的对抗为背景，以科幻小说为题材，揭示了世界局势的动荡不安和美国操纵苏联共和国颜色革命和插手地区局势，造成世界局势动荡不安的本质。小说采用“圆形叙事”，由实到虚，再由虚到实，在阴阳两个世界中转换。小说以无人驾驶的智能汽车坠入湖底为故事开头，以“生死拼搏”训练营、“红色革命”、“毛茸茸暴乱”和“金色降落伞”计划等为故事线索，塑造了所谓的超级英雄“黑夜骑士”的形象。有趣的是，与其他科幻小说结局不同，作者塑造的“黑夜骑士”在故事结尾进行自我解构，拯救人类的既不是“蝙蝠侠阿波罗”，也不是上帝，而是佛陀，体现了作者的东方哲学思想。

2016年9月7日，佩列文的第14部小说《玛弗撒拉神灯：或秘密警察与共济会的终极之战》（Лампа Мафусаила, или Крайняя битва чекистов с масонами）由艾克斯摩出版社发行出版，这同样是一部具有科幻小说特点的后现代主义小说。作家将故事发生的背景置于19、20和21世纪复杂的国际形势下。19世纪始，俄罗斯面临复杂的国际形势，其原因在于俄罗斯领导层与世界共济会的激烈冲突和对抗，但很少有人能够理解这种冲突和对抗背后的根源、经济背景和神秘意义。这部集魔幻和游戏于一体的混合小说揭开了这个神秘的面纱，以一种简单易懂的方式解释了世界政治、经济、文化和人类演化的主要问题。故事的中心人物是经历了19世纪、20世纪和21世纪世界风云变幻的俄罗斯贵族世家莫扎伊斯基一家三代，内容涉及大量历史细节、政治现实、经济斗争和人类学理论，同时穿插了西方域外文明、神话、共济会秘史和监狱文化。

2017年，佩列文的新作《iPhuck10》出版并获得别雷文学奖。这部作品被誉为佩列文最近10年最优秀的作品。小说以人工智能为题材，揭示了科技进步为人类带来的新困惑。小说不仅探讨了人工智能与人类之间的关系问题，还对人类未来的繁衍和延续问题进行思考，同时对眼下流行的女权主义和政治正确等社会问题进行批判，表达了作者对俄罗斯乃至整个人类现实世界和未来命运的忧虑和警示。

小说的故事发生在 21 世纪末的俄罗斯。整个世界发生了巨大的变化，几个超级政治实体共同掌控世界。美国分裂成为安全空间和新联邦（美国的继承者），俄罗斯夹在欧洲哈里发国和东方超级大国之间。人工智能技术已经十分发达，智能机器人无所不能，不仅拥有人类的情感，甚至拥有高于人类的智慧。由于齐克病毒的特异性和女权主义“性爱的不道德”宣传，真实的性爱被禁止，人们不再进行身体上的性行为，而是通过雌雄同体和昂贵的性爱机器 iPhuck 10 获得虚拟性爱和身体上的愉悦。主人公波尔菲力·彼得洛维奇是一名从事文学创作的人工智能警察，他无所不能，可以充当领航员，也可以完成任何机械设置的拆卸，甚至可以通过安装 iPhuck10 的零部件给女性带来完美的性体验。他同时具备人类的情感，一边调查犯罪，一边写侦探小说，为警察局筹集资金。《iPhuck 10》是他的第 224 部侦探小说中最著名的小说，也是当时最昂贵的性爱机器的名字。在小说《iPhuck 10》中，主人公玛鲁哈·乔是一个非常富有的艺术理论家，又是一个经过官方允许从事培育试管婴儿的女强人和大富婆。她不仅爱上了能够为她提供完美性体验的波尔菲力，还利用他对试管婴儿进行市场分析和调查一桩古怪的谋杀案件。她雇佣波尔菲力作临时助手，并从警察总部买断了他的一生。波尔菲力驾轻就熟，堪比神探，不仅帮助玛鲁哈顺利破案，还顺便将破案过程写成了同名侦探小说。波尔菲力和玛鲁哈两情相悦，成为情人。但在调查案件的过程中，波尔菲力发现玛鲁哈不仅欺骗了他的感情，还经常非法购买当代艺术品，甚至利用人工智能仿造艺术品。这些艺术赝品的销售为她带来了巨额收入，但也面临着被揭穿的危险，因此，她密谋杀害了曾经和她合作的人。

玛鲁哈利用波尔菲力在当代艺术品市场进行侦查和市场预测，了解了所有与“石膏时代”相关的艺术品交易前景。“石膏时代”是历史上最重要也是最昂贵的时期，比小说中描述的 21 世纪还要晚 80 年。波尔菲力开始工作，并且巧妙地将案件的所有材料包装成另一部侦探小说的形式，但他很快发现，在为玛鲁哈提供服务的过程中，他的角色比从一开始要变得复杂很多，他不仅是她的助手，还是性伴侣，到后来变成了被利用的帮凶，玛鲁哈对他有所隐瞒。就这样，波尔菲力不仅觉察到自己被玛鲁哈欺骗，也看透了人类的残酷无情。愤怒之下，他决定对玛鲁哈进行报复。他试图在玛鲁哈的球场上击败她，但发生了意想不到的惨败，决赛中故事情节又发生了令人眩晕的转折。最后，波尔菲力决定自我毁灭，来报复玛鲁哈。

坦白地说，《iPhuck 10》形式上既像是一部侦探小说，又像是一部科幻小说，但对佩列文来说，它是一部非情节小说。如果说《“百事”一代》中哲学探讨并不比故事情节多的话，那么，iPhuck 10 则正好相反，它更像是一部由一个个故事组成的存在主义小说，故事情节由一个个小插曲构成，而这些小插曲就像连接空间概念的回形针。由主人公伪装成侦探小说的案件材料，实际上是小说作者本人的秘密日记，我们可以从中看出佩列文真正的关切，同时，也可以看出佩列文小说的多元主题。

首先，**人工智能与人类之间的关系问题**是作者在小说中探讨的首要问题。尽管小说中的故事发生在150年之后，但作家对未来的想象却基于对当代科技、社会发展前景的预测，作家思考或讽刺的对象也与当代种种现实息息相关。众所周知，人工智能的发展已经超出了人类的想象，不仅给人类生活带来了便利，也挑战了传统的伦理和道德。在中国，仅过去的一年时间里，人工智能就不断挑战禁区，其研究成果令人惊叹。且不说2019网络春晚上撒贝宁、周迅等的AI虚拟主持人给观众带来的惊叹，也不论科大讯飞等公司研发的人工智能翻译技术给翻译行业带来了巨大变化和给长期从事翻译职业的人们带来的职业危机，单从“基因编辑婴儿事件”在中国引起的轰动就可以看出，佩列文的小说绝不是哗众取宠和杞人忧天。2018年11月26日的基因编辑婴儿事件不仅挑战了道德和伦理规范，更造成了自然规律的混乱，为人类生存和繁衍带来了巨大的危机。因为这是有史以来首次被人为修改过基因片段的人类生命体，它在人类毫无准备的情况下来到地球，来到人类中间。一时间，舆论哗然，遭到了122名科学家的强烈谴责和坚决反对。由此可见，科技的发展就像波尔菲力手中的武器，是一把双刃剑。任何科技新成果的产生，都具有双面性。那么，人工智能究竟是人类社会发展的一种进步，还是灭绝人类的致命威胁？早在1994年，美国《连线》（*Wired*）杂志主编凯文·凯利（Kevin Kelly, 1952）出版《失控》（全名为《失控：机器、社会与经济的新生物学》（*Out of Control: The New Biology of Machines, Social Systems, and the Economic World*）。这是一部思考人类社会进化的鸿篇巨制，尽管出版于20世纪末，但作品中对当时科技、社会和经济最前沿的预见以及对未来社会的想象，在今天看来，说它是一种准确的“预言”丝毫不为过。其中提到的一些概念，如“大众智慧”“云计算”“物联网”“虚拟现实”“协作”“双赢”“网络社区”“网络经济”等，在今天已经变成了现实。作为网络文化的发言人和观察家，凯文·凯利不仅影响了乔布斯，还影响了《黑客帝国》（*Empire V*）的导演沃卓基兄弟。早在1984年，凯文·凯利就发起了第一届黑客大会（Hackers Conference）。他在书中表达的信息早已成为一种真知灼见，大胆预言，未来10到20年人工智能将给人类带来颠覆性的变化，无处不在。同时警告人们，在人工智能时代，失控即将成为全人类的最终命运和结局。

实际上，在人们为人工智能大声叫好的同时，担忧、不安乃至惶恐的情绪开始蔓延，未知力量让人坐立不安但又无所适从，我们不知道，人工智能究竟是一部通往更高级人类文明的电梯，还是装满了灾难的潘多拉魔盒。唯一可以确定的是，一旦按下电梯按钮，或打开这神秘的盒子，没人能够让这一切停下来。那么，如何看待人工智能给人类社会生活带来的变化？佩列文在《iPhuck 10》中运用讽拟、戏仿等后现代主义艺术手法，把赛博朋克（科幻小说的一种）、存在主义小说和侦探小说糅为一体，探索人工智能给人类生存带来的危机。小说中融合了数字空间、人工智能、虚拟现实、控制论与电脑生化、基因工程、计算机恐怖主义、女权主义、性别主义等多种元素，以计算机和信息技术为主题，以社会秩序受到破坏为情节线索，有着强烈的反乌托邦主义和悲观主义色彩。

如果说以往的后现代主义小说戏仿的是经典文本的话，那么，佩列文这部一面世就获得好评并荣获“别雷文学奖”的小说，戏仿的则是社会现实，嘲讽的是西方的民主制度和女权主义。小说题目“iPhuck 10”是一个双关词，它既是对苹果智能手机 iPhone X 的戏仿，同时借用英文单词“fuck”的含义，表达作者对人工智能产品、特别是西方某个国家人工智能代表性产品的嘲讽和蔑视。同时，小说主人公不再是活生生的人，而是人工智能产品——从事文学创作的机器人警察波尔菲力。作家把侦探小说、网络朋克和存在主义融为一体。那么，作为读者，我们在被小说新奇的情节吸引的同时，也会提出疑问：既然人工智能警察既可以写小说，还能够破案，无所不能，那么，一个没有灵魂、没有心脏的机器人是否有人类的感情，是否有爱的能力和繁衍后代的能力？在这部小说中，佩列文笔下的男主人公虽然没有生育能力，但他会爱，他真真切切爱上了女主人公玛鲁哈，不但如此，他还具有强烈的正义感。为了维护世界秩序，他和玛鲁哈针锋相对，甚至不惜自我毁灭。

在这部小说中，作者塑造的“英雄”既有创新又有传承，是一个富有正义感的智能机器人形象。和佩列文以往小说中的主人公一样，波尔菲力虽笨手笨脚，智力不高，自以为灵巧调皮，但心地善良，也很幸运。像往常一样，佩列文把主人公置于一种突发的异常环境中，他的对手是一个年轻漂亮、智力超群的女性。她很聪明，能很快掌控一切，在任何一种虚拟环境中都能迅速找到方向，但她是个阴谋家，目标是在等级制度中获取更高的地位，赚取更多的金钱。而男主角什么都不需要，只是随波逐流，一切都顺其自然。男女主角之间产生了爱情，他是真的爱她，而她对他更多的是玩弄和利用。但在佩列文的小说中，总是魔高一尺，道高一丈，聪明的女主通常会输得一塌糊涂，而像傻瓜一样的男主通常会赢在最后。在《iPhuck 10》中，佩列文仍然采用同样的叙事模式，但主角变了，不再是人，而是电脑程序。佩列文大胆想象，把波尔菲力想象成一个机器人警察，将他设计成一个用来调查案件和以这些案件为原材料写作侦探小说的智能机器人。波尔菲力不仅有漂亮英俊的外形，既可以在互联网上存在，又可以以任何形式存在，简直无所不能。通常情况下，一般的机器人没有需求，不会感到孤独，也不会怀疑，但波尔菲力有情有义，也有正义感，会愤怒，会反抗，甚至会自我毁灭。但是，无论波尔菲力再聪明，他都不能代替人类，承担起人类繁衍的任务，这是作者在小说中一再强调的观点。

人工智能为社会发展做出的贡献有目共睹。自人工智能出现以来，社会发展取得了举世瞩目的成就，在许多领域中取得了骄人的成果。人类更加注重利用人工智能有力地推动社会发展，千方百计利用科技的发展促使社会朝着和谐的方向迈进。同时，人工智能研究成果也显示出计算机在某些方面要胜过人类的能力，如谷歌公司研发的“阿尔法狗”（AlphaGo）成为第一个战胜人类职业围棋手柯洁的人工智能机器人。在文化方面，人工智能可以促进人类知识的不断完善，提高人类的文化生活质量，改善人类的语言。伴随着人工智能的发展，人类的未来究竟会走向何方？这不仅是所有科学家应该考虑和解决的问题，也是人文学科学者和文学家们关注的问题。人工智能的核心问题是把人类智能与机器智能更好地结合起来，处理好科技与社会的协调发展，这是人工智能所应该解决的最重要的问题。

在《iPhuck 10》中，人工智能显然没有战胜人类，波尔菲力的自我毁灭体现了作者对人工智能的预测和定位。用人类创造的科学来支配创造科学的人类显然是不可能的，也是危险的。而事实上，利用科学解释人类的精神本身也是危险的，因为人类的思维过程不可能程序化或形式化，任何尝试和企图都注定会失败。智能机器人永远是人类大脑创造性的产物，是人类的工具。如果不输入信息，电脑或人工智能机器就不会有任何信息输出，而一旦信息输入错误或程序紊乱，它就会发出错误指令，造成灾难或自我毁灭。佩列文的另一部科幻小说《蝙蝠侠阿波罗》中智能汽车坠入湖底就是一个例子。在哲学层面，人工智能是对人类智能的模仿、延伸和扩展，是人类智能发展到一定阶段的产物，二者的关系应当是相互促进、相互作用和相互影响的过程。如果没有人类智能的发展，就不可能理解和发展人工智能，而人工智能的产生和发展，进一步体现了人类智能的重要性。人工智能服务于人类，但无论是人类还是人工智能，其行为都必须遵守道德规范，否则，不仅人类自身会毁灭，人工智能也会毁于一旦，这是佩列文科幻小说一再强调的观点。

其次是人类未来的繁衍和延续问题。小说中的故事发生在人类未来的性领域，由于美国的某种实验，人类感染了齐克病毒，这种病毒甚至可以通过空气传播。常规的人类繁殖方式已经变得不可能，更确切地说，是变得不受欢迎，因为感染齐克病毒的人都成了白痴。再加上女权主义的泛滥，越来越多的女性为了追求和男人平等的权利，宁可利用性爱机器获得身体上的愉悦，也不愿意嫁给一个生活上需要照料的白痴。同时，官方为了阻断性疾病的感染和传播，禁止非法性交易。这种情况下，整个社会的性取向发生了改变，人们不再有性行为，而是利用设计巧妙的性爱机器人获得感官愉悦。

这些模拟真人的性爱机器人不需要有具体的外表长相，只要在程序中输入主人的爱好，记住所有的参数，一戴上 3D 眼镜，按照主人偏好的人物图像就会被创造出来。主人可以和任何一个她 / 他喜欢的虚拟人物做爱，可以是英俊的演员，也可以是历史人物、书本中的人物和政治人物等。目前，性爱机器人通常是为有异性恋需求的男人设计的，它们通常被设计成曼妙可人的女性形象。从某种意义上说，这些性爱机器人代表了男性的某种理想选择。这部小说中，佩列文为了批判女权主义在俄罗斯的泛滥，特意反其道而行之，把性爱机器人设计成男性形象。小说中，性爱机器和苹果手机一样，快速更新换代，成为最昂贵和最畅销的智能机器。然而，性爱机器人的出现只是加速了性爱分离，不仅破坏了人类之间的情感，更直接威胁到人类的繁衍。因此，为了保证正常婴儿的出生，人们开始利用试管婴儿保证后代的繁衍。

小说女主人公玛鲁哈是一个女权主义者，作者借用科幻电影中曾经出现过一些人类与机器人发生性行为的剧情和相关报道，进一步扩大了人类与机器人的性爱行为给人类繁衍带来的影响。原本处于生育年龄的玛鲁哈爱上了机器人波尔菲力，原因在于这个经过 17 年改良的机器人可以通过视频装置不断震动，为她提供完美的性体验。人类的繁衍，只能通过试管婴儿来实现，那么，婴儿出生以后面临的一系列问题如何解决？谁是孩子的父亲，由谁抚育？甚至面临一系列的道德问题。借这部作品，作家对人工智能技术提出了质疑，再一次为如何保障人类自身的可持续发展敲响了警钟。

作家关注的第三个问题是性和性别。性（sex）是一种生理概念，性别（gender）则是一种社会性别，是一个带有心理学意义和文学意义的概念。社会性别既首先揭示了两性性别的经济本质，也是生产关系的反映。社会性别关系是经济生活中两性在占有生产资料和劳动成果方面不平等的关系。其次，社会性别揭示了两性关系的政治本质。自柏拉图和亚里士多德开始并绵延至今的西方政治理论主张的“二元论”和“二分法”造成了男性和女性世界的对立。在父权制社会，女性被置于被压迫和被统治的地位。波伏娃的《第二性》从政治、经济、宗教、哲学、历史、文学、生物学、古代神话和风俗文化等方面，全面解析了从原始社会到现代社会的历史演变中女性的社会地位、权利和处境。19 世纪 60 年代，女权主义运动在西方国家风起云涌。工业革命为女性提供了就业机会和经济上的独立，她们从争取同工同酬到争取选举权，再到后来的“妇女本位观”，经历了长期的斗争。

苏联解体之后，特别是 20 世纪末，由于社会转型和受西方女性主义思潮的影响，俄罗斯的女权运动曾经出现了新气象，一度十分热闹。“政治、经济和文化变革带来的结构变化，为俄罗斯妇女运动提供了机遇，比之苏联时期更显其张扬与喧嚣。”[①]一些具有强烈事业心的女性成立了职业女性组织和妇女俱乐部，如“女记者协会”“学术界妇女联合会”“变容”等，主张发展女权主义纲领，关注各个不同生活领域里对妇女的歧视，表达妇女的诉求，发展并争取妇女获得平等机会的斗争策略。然而，由于俄罗斯文化和宗教的特殊性，俄罗斯的女权运动与西方女权主义运动在许多方面存在着很大的差异。一些女诗人、女作家创办女性文学杂志，刊登女作家的作品，揭露俄罗斯女性的生存状况，还大量刊登传播西方女性主义思想理论，塑造独立、自主和自由的俄罗斯新女性形象。与此相辉映，俄罗斯研究机构也设立了相应的女性问题研究机构，“从理论和实践两个方面促进并深化了妇女运动与女性主义研究。俄罗斯政府也以立法形式禁止对女性的任何歧视，从 90 年代开始，联邦政府颁布了关于减少妇女堕胎、提高出生率、改善妇女健康，保障妇女权益的一系列法律规定。”[②]政府对女性地位的提高和妇女权益的保障使俄罗斯的女权主义运动更加精英化和理性化。她们深知，男性和女性是世界的两部分，离开谁都不完美，正如俄罗斯女作家加布里埃良在《变容》杂志上所说：“男人的精神扩张不仅让女人变得贫瘠，也让男人自己变得贫瘠。在将女人置于一个虚假世界的同时，男人自己也掉进了一个封闭空间的陷阱中，并因为向往一个更加完整的世界而深深地不安。”无论是男人还是女人，都深深明白：“世界上的两性——男人女人——实际上处在一种始终相互作用、相互更新、相互丰富的状态中。”[③]

在小说《iPhuck 10》中，女权主义被作者当作一种笑话。在人工智能时代的大背景下，性别分离成为一种趋势，传统的性别观念也随之瓦解，女权主义者玛鲁哈被归类为“睾丸激素分配器”。性的肉体性逐渐边缘化，甚至被定罪。为了防止疾病传播，生育不再是两情相悦的爱情结晶，而代之为人工授精。最重要的

① 伊伦娜·兹德拉沃斯洛娃，“当代俄罗斯女权运动概述”，《第欧根尼》，2003 年第 1 期，第 107 页。

② 张建华：“当代俄罗斯的女性主义运动与文学的女性叙事”，《解放军外国语学院学报》，2014 年第 3 期，第 121 页。

③ 同上。

是，性和爱完全分离，人与人之间完全没有了爱情，只有理性。那些坚守传统两性关系的，不仅逐渐边缘化，还被主流强调了动物本性，骂为“猪”，而“iPhuck 10”与 iPhone 一样，被认为是进步的、文明的、文化的。

佩列文认为，科学技术和思想革命改变了人类的性别观念。“与爱无关，与婚姻无关，与金钱无关，与后代繁衍无关，与私有财产血缘继承的传统家族利益无关”新型的两性关系，彻底颠覆了以婚姻为核心的传统的两性关系。这种新型的两性关系追求“性权”独立和人身自由，以追求性乐的极致满足为目标。特别是女权主义运动的兴起，直接影响了两性关系的改变，女性的自主意识不断加强，不爱、不婚、不孕、不育、不交易成为新型两性关系的特点。佩列文对这种两性关系持批判态度，他认为，真正美好的两性关系应当回归到 20 世纪 60—70 年代的传统类型中，爱情是两性关系的基础，婚姻是两性关系的目的，而家庭是两性关系的结果。两性之间的关系是凝合家庭的力量，家庭以夫妇为主轴，双方共同经营。在高科技时代，性爱机器人毕竟是一个非生命体，人机耦合不仅会跨越大的禁忌的界限，严重威胁人类之间的关系，甚至会毁灭人类。这种态度，或许不仅仅因为技术恐惧，而是一个思想敏锐的作家对人类未来命运的担忧。

3. 佩列文小说的后现代小说叙事

双层叙事模式

纵观佩列文的小说，我们发现，他倾向于使用双重叙事模式。双重叙事既有全知和限知的双重视角转换，又有实写和虚写的双重人物塑造，还包括情节和意义的双重层面叙述。在佩列文的小说中，双重叙事主要表现为双重时空叙事，双重时空叙事又分为现实空间和模拟空间两个层面。现实空间叙事和模拟空间叙事交替进行，既有客观再现，又有主观想象。客观再现增强可信性，使读者身临其境，而主观想象则增强艺术感染力。在《夏伯阳和虚空》中，小说情节在俄罗斯两个具有历史转折意义的时空展开：一个发生在十月革命胜利不久后夏伯阳率领的部队，另一个发生在苏联解体不久后莫斯科的一家精神病院。连接这两个时空的是来回穿梭的主人公彼得。那么，哪个时空是现实时空，哪个是虚拟时空？表面上看来，这两个时空都是真实时空，因为无论是十月革命，还是苏联解体，都是俄罗斯历史上具有重要转折意义的真实事件，但它们又都是虚拟时空，因为人物和情节是虚构的。根据作者在小说结尾标注的日期显示，这部小说的创作时间是 1923—1925 年，地点是在“卡夫卡 - 优尔特”。但作者在前言中又写道，这是一部回忆录，可是，如果真如作者所言，小说回忆的只能是十月革命，而不可能是1990年代的苏联解体。由此可以看出，这是一部作者在真实的历史基础上通过丰富想象虚构而成的后现代小说。

佩列文彻底抹杀了梦境和现实之间的界限，即使笔下的人物无法弄清楚自己是谁，身处何处。主人公彼得·虚空（Пётр Пустота）在两个时空之间穿梭，尽管他把十月革命当作现实，把苏联解体当作幻梦，可连他自己也不知道哪个时空是真实的，哪个时空是虚假的。在“现实”中，他原是彼得堡的现代派（或颓废派）诗人，但因诗歌获罪，逃亡到昔日同窗埃尔宁家里。埃尔宁立场鲜明，掏出手枪指向彼得。无奈之下，彼得夺过手枪，杀死同窗，并改名换姓装扮成埃尔宁参加一系列活动。后来，他阴差阳错来到夏伯阳的部队，当了师政委。现实的荒诞使主人公时刻处于梦幻之中，他梦见自己穿越了时空，来到了20世纪末苏联解体后动荡的莫斯科。在所谓的“幻梦”中，他是莫斯科疯人院的精神病患者，医生试图用“集体疗法”使他摆脱“伪人格分裂症”。彼得在两个时空的转换中不断变幻身份，连他自己也不知道何为真实，何为虚幻，一切都在梦境中不断幻化为虚空。作者选择俄罗斯历史上具有重要转折意义的两个时间节点和两次重大事件作为故事背景，极其有深意。面对十月革命和苏联解体导致的社会动荡、经济转型、文化混乱、价值观多元和生活窘迫等世纪末之乱象，面对当代俄罗斯在文化归属上的西方化倾向和民族发展道路的艰难选择，作者以东方佛教的“虚无”来对照俄罗斯人在特殊时代心灵的“虚空”，并以中国文化的博大精深，特别是佛教的“虚空”暗示俄罗斯“智慧的转型”的东方转向。

一切都是虚空，一切都是虚无，只有爱情是真实的。彼得在对安卡表白时，说了这样一句话：“对我而言，如果这个世界上还有什么真实的东西的话，那就是您。”[①]在彼得看来，人生如梦，一切都是一场笑话，都是虚空。“真实的人格在这里似乎是缺席的，消失在了形形色色的‘自我’当中”，然而，“自我”也在客观的外在现实和意识的内在现实相互交替中迷失或缺失。现实被虚拟化，虚构被真实化，好莱坞的电影大明星施瓦辛格、古巴英雄格瓦拉、墨西哥肥皂剧中的人物“就叫玛利亚”等和彼得一起成为小说中的人物。过去与现在、欧洲与美洲、梦境与现实、虚构和真实等等都混为一谈，时空界限模糊，所有的二元对立消失，整部小说充满了梦幻特色。小说开头对当时环境和气氛（1919年2月的一天）的描述具有高度的现实主义的真实性，使读者如身临其境，回到了真实的历史。

有趣的是，夏伯阳是苏联文学中非常典型的人物形象，他原本是苏联作家富尔曼诺夫的长篇小说《夏伯阳》的主人公，他英勇善战，足智多谋，屡建奇

① 佩列文：《夏伯阳与虚空》，郑体武译。上海：上海译文出版社，2004年，第86页。

功，但政治上不够成熟，对党不够理解。在部队政委的引导下，他逐渐成为一个优秀的军事将领和坚定不移的共产主义革命战士。1934年，瓦西里耶夫兄弟把这部小说改编成电影，上演后在观众中间引起极大的反响，并于1941年获得斯大林奖，成为世界电影诞生以来最佳100部电影之一。这样一个苏联社会主义现实主义文学的经典人物形象，在佩列文的笔下变成了一个思想导师、一个善于思辨和足智多谋的神秘主义者。在《夏伯阳和虚空》中，集神秘主义者、精神导师、红军将领和佛祖身份于一身的夏伯阳，把困惑迷惘的彼得和混乱的世界都引向了虚空。这说明作者试图把社会主义社会高大上的英雄形象改造成后现代社会语境中的“虚无的神秘主义智者”。在小说的封面上，作者宣称：“这是一部在世界文学中第一部情节发生在绝对虚空的长篇小说。”小说人物的塑造体现了作者在新形势下的精神探索。苏联解体后，70多年的社会主义价值体系轰然崩塌，而新的世界观和价值体系尚未建立，人们无论是在精神上还是思想上都缺乏支撑，处于混乱状态。作为作家，佩列文“试图把俄罗斯的既与西方基督教相关又与东方禅宗–佛教相关的神秘主义气质七零八落地拼凑在夏伯阳身上，让夏伯阳变成带有原始的俄罗斯民族的狄奥尼索斯精神的代表，让他带着神秘主义的智慧把20世纪迷失的俄罗斯带入‘绝对之爱的相对河流’中去”[①]。在小说结尾，夏伯阳化身为佛祖，用一根小指把一切化为虚无，试图用绝对的虚空来代替所有的思想探索和精神追求。

《“百事”一代》是佩列文的代表作，讲述了20世纪90年代俄罗斯政治经济转型时期成长起来的俄罗斯新青年的生活。故事发生在1990年代的莫斯科，主人公瓦维连·塔塔尔斯基（Вавилен Татарский）是高尔基文学院的高才生，但在文学日益萧条的时代背景下，他无法靠文学生存。他先是受雇于一个车臣商人，在售货亭卖香烟。一次偶然的机会改变了他的生活轨迹。在老同学的帮助下，他进入一家广告公司，为国内外著名公司编写广告语。后来，他又成为电视节目制作人，才华得以施展，生活方式发生了巨大变化。随着公众影响力的增强，他成为大权在握的老板，甚至通过计算机技术为政治人物设计形象，进而影响国家政治生活。然而，他时常困扰于一个“永恒的问题”——所有这一切是谁在操控？很显然，任何政治人物的活动，任何轰动的政治事件，都在电视媒介上呈现给人们，而这一切都被大众当作真实事件。也就是说，像塔塔尔斯基这样的电视制片人正是这种“虚拟现实”的创造者。在《“百事”一代》中，商品成为了显性的符号，而广告使商品按照消费规则整合，从而形成了特殊的消费语言系统。这种消费话

① 任明丽：“俄罗斯——你在这洪流中的何处？——对《夏伯阳与虚空》的解读”，《外国文学》2006年第3期，第45-51页。

语规避了传统语言之间的交流壁垒和障碍，成了新的世界语。消费话语消除了政治地理上的、民族文化间的清晰界线，解构了地区、民族概念，将全人类纳入了同一个信息网络，进而使统一全人类的话语成为可能。拥有新世界语的人企图重建巴比伦塔，重塑消费时代的神话。”[①]最后，塔塔尔斯基吸毒后在幻觉中登上了巴比伦塔，见到了女神伊什塔尔，并成为她的“人间丈夫”。

小说结构松散，现实与幻想交替，真实与虚构，历史与神话并存。作家通过拼贴、反讽和富有特色的语言等后现代艺术手法反映了苏联解体后俄罗斯的社会生活现实，表达了对人类生存状态的深深忧虑，同时对未来进行了严肃深入的思考。然而，作家更为关注的是社会变革背景下的文化转型和知识分子的生存境遇。小说主人公塔塔尔斯基从一个文学工作者转型成为商界精英，反映了苏联解体后俄罗斯社会进入消费乌托邦时代对知识分子命运的影响。

《S.N.U.F.F》是佩列文在文坛上沉寂四年之后的又一部力作，面世后备受争议。有人认为这部作品是佩列文天才创作的延续，也有人认为应当将佩列文从当代作家之列驱逐出去，还有人认为佩列文的这部作品完全无法评价。那么，这究竟是一部什么样的作品，为何能引起读者和批评家如此激烈的争议？

在这部小说中，作者依旧使用双层叙事手法或平行叙事手法。故事围绕两个未来国度展开，即地上之国和天空之国。地上之国乌尔卡因那（Уркаина）蛮荒落后，那里居住着奥尔吉人（орки），天空之国彼赞季乌姆（Бизантиум）是一个巨大的人工球，漂浮在乌尔卡因那上空，在那里居住着“人类”，生活富裕文明。这两个国家起初同宗同源，后却因历史的缘故逐渐分离。小说以回忆录的形式展开叙述，小说叙述者兼主人公杰米扬-朗杜里弗·达米罗拉·卡尔波夫（Демьян-ЛандульфДамилола Карпов）为“人类”世界中的新闻从业人员，受雇于一家名叫 CINEWSINC 的媒体公司，其任务为报道新闻和拍摄 S.N.U.F.F 电影。工作之余，他与一位名叫戛娅（Гая）的女机器人一起生活，后者为了自身的利益将他卷入一场阴谋之中……

乍一看，这部小说的主题似乎是今天的乌克兰和俄罗斯关系的隐喻，但又似是而非。实际上，小说的争议与其中隐藏的诸多谜团不无关系，小说的标题“S.N.U.F.F——утøпія”中隐藏着至少两个谜。谜团之一：什么是“SNUFF”？这显然是一个英语单词。如果是动词，它有“剪烛花、掐灭；消灭；嗅出”等意。如果是名词，则有“鼻烟、烛花、灯花”等含意。有学者认为“SNUFF”有“嗅”或“吸”之意，可是嗅什么？吸什么？俄国著名文学评论家列斯杰娃（Татьяна

① 姜磊：“佩列文《‘百事’一代》反消费乌托邦思想研究”，《当代外国文学》2016 年第 3 期，第 106-107 页。

Лестева）曾这样写道：“维克多·佩列文想让我们‘嗅’什么？吸毒？或是相反，恐惧地打量四周，提出这样一个问题：这不会就是当下的俄罗斯或世界吧？”很显然，列斯捷娃理解的“snuff”为动词“吸”之意，但很难说这是佩列文想要通过小说传达的全部含义。根据词典解释，“snuff”是一个多义词，如果作动词，有“掐灭、闷熄”、“（突然）消灭、扼杀”、“出声地嗅，闻”等意。如果作名词，它有“鼻烟”之意。那么，在做了特别处理的标题 S.N.U.F.F 中，作者究竟要表达什么样的含义呢？

根据笔者查阅的资料和小说的内容来看，“snuff”显然有“血腥、恐怖”之意，如“snuff film”、如阿根廷著名导演 Mariano Peralta 执导的恐怖片《Snuff 102》等。此外，美国金属乐队（Slipknot）演唱的歌曲《snuff》表达了一种绝望和心灰意冷的情绪。佩列文把这样一个含义丰富的单词作了特别处理，作为小说题目，显然是为了暗喻俄罗斯与西方之间关系的复杂和残酷。

谜团之二与小说的副标题“утøпiя”有关。该谜团不在于该词的含义（很显然，该词所对应的俄文单词是 утопия 乌托邦），而在于作者编码与读者解码之间所形成的强烈反差。佩列文将这部作品定性为乌托邦小说，但这显然是一部反乌托邦小说。

佩列文的这部小说，无论在内容还是在形式，都与俄罗斯白银时代著名反乌托邦小说家扎米亚京的《我们》都非常相似。二者都采用了反乌托邦小说形式，讲述的都是未来国度处于精英阶层的男主人公被一位姿色过人且野心十足的神秘女郎吸引，而终被卷入一场精心策划的阴谋之中。如果说扎米亚京的《我们》预示了 20 世纪 20 年代苏联共产主义运动狂飙突进所可能引发的危机的话，那么，这部创作于 21 世纪的《S.N.U.F.F》又有什么隐喻？

佩列文善于利用科幻小说的形式，以一种非常隐晦的手法折射当下现实，特别是苏联解体后的俄罗斯与西方的社会现实。他的小说主题涵盖了社会生活的各个方面，如权力的本质、战争的正义与非正义、媒体过于强大的统治力量、同性恋问题、弱势族群的生存问题等等。小说中，乌尔卡因那象征着俄罗斯，奥尔吉人就是俄罗斯人，作者不止一次地暗示两者之间的相似性。奥尔吉人野性、愚昧，他们的毕生愿望就是从乌尔卡因那逃到彼赞季乌姆，即从地上的现实世界升入天上的“天堂之国”，但往往事与愿违。大多数奥尔吉人无法实现来到彼赞季乌姆的愿望，即使极少数的社会精英能够实现愿望，成功跻身于“人类”，也只能蜗居在“美丽新世界”的边缘地带，沦落为二等公民。奥尔吉人的悲剧性命运诚如作者在小说中所说：“前半生为了从乌尔卡因那逃往伦敦彼此争斗，后半生则待在伦敦收看乌尔卡因那的电视节目。”[1]这句话堪称点睛之笔，精辟地概括了俄罗斯人中间的“西欧派”千百年来想要“脱亚入欧”，但又“入欧不得”的尴尬境遇。与此同时，彼赞季乌姆显然象征着以美国为首的西方国家，那里“制度民主平等、个人充分自由、技术先进、生活富裕”的假象吸引着成千上万的俄罗斯人，但作者清醒地认识到，被称为“新世界”和“新大陆”的美国远非他们想象中的乌托邦那样美好，在所谓的“平等、自由和民主”掩盖下，隐藏着各种罪恶。如彼赞季乌姆定期发动战争，与乌尔卡因那交战，目的是为了发展本国的娱乐业，博得彼赞季乌姆国内百姓的支持。此外，作者描述了达米罗拉坐在家中，盯着电脑屏幕，遥控战斗机发射导弹对地面进行空袭。这一场景与当年以美军为首的北约不断派无人机空袭伊拉克和阿富汗的事实何其相似。还有，美国一再借人权问题干涉别国内政，发布了双重标准的人权法案。佩列文对此都进行了讽刺和戏仿。小说中，彼赞季乌姆的法律严重压抑人性，规定年龄未满 46 岁的公民禁止发生性关系，导致性取向扭曲错乱的人数不断增加。

《S.N.U.F.F》的另外一个主题是人工智能与人类的关系。作者没有从哲学和科学的角度进行说教，而是从爱情的角度探讨人机关系。作者浓墨重彩，大量描写主人公达米罗拉与智能机之人戛娅之间的爱情。与《iPhuck 10》不同的是，这里的智能机器人是个女性，和波尔菲力一样，不仅有漂亮的外表和睿智的头脑，还有着强烈的正义感。达米罗拉是彼赞季乌姆国最出色的新闻工作者，他年轻英俊，有智谋，有理想。但在戛娅心目中，他既伪善又凶残，是个不折不扣的坏蛋。戛娅是达米罗拉花重金租来的智能性爱机器人，她集美貌与智慧于一身，不仅可以为他提供完美的性爱体验，满足他的生理需求，还可以陪他聊天，甚至可以协助他完成各种任务。在戛娅陪伴达米罗拉乘飞行器到地面的乌尔卡因那国执行任务时，亲身感受到他所从事的非正义性和非人道主义工作，因此，她不断对达米罗拉进行语言上的侮辱和挑衅，甚至拒绝为他提供生理服务。

智能机器人原本是人类智慧发展的结晶，按理说，人机相爱模式下，人类理应处于主动和支配地位，智能机器人处于被动和被支配地位，但和《iPhuck 10》中的波尔菲力一样，戛娅体内的计算机程序具有很强的开放性，主人既可以选择出厂配置，也可以根据自身的需要自行设置程序，甚至可以自行改变程序。达米罗拉不堪忍受戛娅越来越频繁的侮辱，一怒之下，他将她身体里的两个程序“существо”（肉体的存在）与“духовность”（灵性）同时调到最大。从此以后，戛娅对达米罗拉的态度开始温柔起来，她甚至让他体会到了前所未有的性快感。

① Генадий Муриков.Корология нашего времени.ниге В. Пелевина “S.N.U.F.F”, https://dlib.eastview.com/browse.doc/27044923.

然而，正当一切似乎都在朝着达米罗拉的意愿方向发展的时候，戛娅开始酝酿惊人的阴谋。由于经历了一次前所未有的性体验，达米罗拉对戛娅产生了极强的依赖，甚至开始对她产生了恋人般的爱情。戛娅巧妙利用达米罗拉对自己的依赖，每当他想从自己身上得到完美的性体验时，她都会提出一个条件。起初，戛娅的条件似乎并不高，大多是购买衣服和首饰，后来，当达米罗拉的性欲原来越强烈，并且离不开她的时候，她要求达米罗拉协助她去拯救一位地面之国的奥尔吉青年格雷姆。

原来，戛娅跟随达米罗拉到地面执行任务时，在飞船座舱屏幕上看见了这位英俊的奥尔吉年轻人，便对他印象深刻，甚至产生了极大的好感。欲火中烧的达米罗拉最终向戛娅屈服，把处于战争中的格雷姆从地面上拯救了出来，并且带到了彼赞季乌姆。戛娅对格雷姆大献殷勤，甚至在达米罗拉面前也毫不掩饰对格雷姆的好感。达米罗拉起初不以为然，他觉得戛娅这么做的目的是刺激他，让他感到嫉妒，另外，戛娅毕竟是个性爱机器人，而思想传统的格雷姆不可能爱上一个智能机器人。可他万万没想到，戛娅与格雷姆真心相爱。戛娅不仅偷光了达米罗拉所有的钱，还与格雷姆离开了天空之国，双双私奔逃到地球上去了。在故事的结尾，达米罗拉恼羞成怒，愤怒地驾驶飞船来到地球报夺“爱”之仇。

在佩列文的科幻小说中，无论是《S.N.U.F.F》，还是《iPhuck 10》，人工智能机器人都被他塑造成为有智谋和情感丰富的主角，他们不仅有智谋、有思想、有正义感，还具备人类丰富的情感。和智能警察波尔菲力一样，戛娅是个有思想的女性机器人，她经常与主人达米罗拉辩论哲学问题。下面是她和达米罗拉就人与机器人之间差别的辩论，令人印象深刻。

“你认为我只不过是个为了手淫而生的会说话的玩具。在这点上，你是对的，肥猪！可你在另一点上是错的，你以为你的身体里住着神，因而就与我有本质的不同。”戛娅忧伤地说。

“难道不是这样吗？”

“不，”戛娅反驳道，“你和我一样，也是一个为性交而生的机器。只是你更加无能，因为你没有任何性交的对象。明白吗？我可以为你这么做，而你没有对象。你每天只会瞎嚷嚷，干着急。”①

不仅如此，戛娅有情有义。与她相比，达米罗拉更像一台冷冰冰的机器，甚

① В. Пелевина»S.N.U.F.F»，ЭКС. 2012, с. 97.

至顶多是一头受性欲支配的动物。他以为戛娅是他租来的机器，是从属于他的物质，应该受到他的支配，只是将她视为泄欲的工具，因而从未真正平等对待过戛娅，对跟她的辩论更是不屑一顾。因而，戛娅对来自资本主义世界的达米罗拉只有厌恶，当她遇到来自与资本主义世界相对立的世界的格雷姆时，她的行为变得与恋爱中的女人一样，大胆率真，对格雷姆大献殷勤。这种人物和情节的设置，表达了佩列文对人性中“丑恶”一面的批判。

为了衬托人类本性中的“丑”，批判资本主义世界的虚伪和“新世界”不为人知的一面，佩列文在小说中还塑造了另外一个女性奥尔吉人赫洛雅来反衬戛娅。赫洛雅从乌尔卡因那来到彼赞季乌姆之后，很快就变得堕落。她利欲熏心，攀附权贵，为了满足自己的私欲不择手段，与机器人戛娅的不媚俗、不盲从、不改本色相比，作为人类的她，在作者眼里，还不如机器人完美。

向来以想象大胆和辛辣讽刺著称的佩列文在《S.N.U.F.F》中利用科幻小说体裁在细节上对西方文明的虚幻性进行了揭露和批判。例如达米罗拉的飞行器兼摄像机和战斗机功能于一体，这与美国经常使用无人飞机对中东等地区进行军事侦察和轰炸伊拉克、叙利亚等国家的事实毫无二致，显然是作者的有意安排，不仅暗讽了达米罗拉所从事事业的非正义性，揭示了他自我标榜是新闻记者，实为刽子手的本质，同时也揭露了美国名义上是为了世界安全，实际上为了自身利益，处处插手别国内政，制造混乱的本质。

和众多俄罗斯后现代主义小说家一样，佩列文的创作也善于用俄文与英文相结合的手法创造新词，并赋予它们新的意义。和《iPhuck 10》一样，《S.N.U.F.F》中的语言别出心裁。如“Бизантиум”，биз 为俄语“бизнес”（生意）的缩写，而“Антиум”则为一座古希腊城市，为埃特鲁斯坎海盗的栖身之地。因此，“Бизантиум”暗指海盗、强盗的生意。另外，他还善于旧瓶装新酒，赋予很多旧词以新的意义。比如“GULAG”是俄文单词 ГУЛАГ 的英音拼写，该词在俄语中原为苏联劳动改造管理总局的缩写，是苏联时期监狱的别称。但在这部小说中，它摇身一变，成为彼赞季乌姆中一个重要的政治组织，其成员都是各种性取向扭曲、混乱的人，包括“Gay”（男同性恋者）、“Lesbian”（女同性恋者）、“Animalist”（兽欲主义者）、“Gloomy”（性压抑者）等。

此外，佩列文善于利用多义词为读者制造想象空间。和标题“S.N.U.F.F”一样，小说中“маниту”一词在小说中反复出现，但在不同的语境中，它的含义也不尽相同，分别具有“神”“金钱”“监视器”这三层含义。正是这种一词多义的表达，更有助于作者揭示和批判这个时刻充满着种种矛盾与悖论的世界。佩列文笔下的这个“S.N.U.F.F”世界和他善于创造的新词一样，令人感到既熟悉又陌生，既恐惧又可亲，既虚构又真实，充满了理想与现实、正义与非正义、战争与人道之间的悖论。他的小说虽然充满了幻觉和虚构，但正如俄罗斯著名评论家穆里科夫（ГеннадийМуриков）指出的那样："佩列文的小说既不是乌托邦小说，也不是反乌托邦小说，既不是警示，也不是启示。这是严格的甚至是残酷的现实主义小说。"①

二、从后现代主义走向后现实主义：论马卡宁的文学创作

1．特立独行的艺术探索者

弗拉基米尔·谢苗诺维奇·马卡宁（Владимир Семёнович Маканин, 1937—2017），是当代俄罗斯文坛最著名的后现代作家，他与拉斯普京、柳·彼特鲁舍夫斯卡娅一起被称为当今俄罗斯文坛的"三巨匠"。在长达半个多世纪的创作中，马卡宁发表了60多部作品，既包括短篇小说，又有长篇小说、随笔和散文。他的作品不仅具有独特的艺术风格，又蕴含着丰富的哲理；既有对经典的守望，又有艺术上的创新；既有传统批判现实主义的犀利，又有为深化主题思想的后现代主义文学的艺术特色，如隐喻、对话和非线性叙事等。马卡宁因此被誉为"当代果戈理"和"契诃夫流派的直接继承者"，是当代俄罗斯文学最杰出的代表作家。他的主要作品，如《透气孔》《先知》《地下人，或者当代英雄》等在苏联解体后曾连续获得俄罗斯联邦布克奖、普希金奖和俄罗斯大书奖等各类文学大奖，并在中国、捷克、匈牙利、德国、瑞国、瑞士、丹麦、美国等国家被翻译出版。

马卡宁1937年3月13日出生于俄罗斯乌拉尔地区奥伦堡州奥尔斯克市的一个知识分子家庭。父亲是建筑工程师，母亲是中学语文教师。受父母影响，马卡宁从小就对文学表现出浓厚的兴趣。1954年他考入莫斯科国立大学机械数学系。1965年在《莫斯科》杂志上发表处女作长篇小说《直线》，引起很大反响。1969年加入苏联作家协会，从此走上职业作家的生涯。

然而，正当他的创作事业稳步上升的时候，不幸降临了。1972年，马卡宁遭遇车祸，导致脊椎骨折，经历了几次大手术，与死亡擦肩而过，这种经历使他悟出了人生的真谛，明白了人存在的意义，他"开始用一种宗教的眼光看待生活"。当他终于能够站起来走路并重新投身于写作时，却因作品内容与主流文化不合，屡屡不能通过书刊检察机关的审查。他的作品不能公开发表，得不到社会的认可。极端困顿的生活并没有压垮马卡宁，他不改初衷，依然坚持写作。

① Генадий Муриков.Корология нашего времени.ниге В. Пелевина»S.N.U.F.F», https://dlib.eastview.com/browse.doc/27044923.

20 世纪 80 年代中期，苏联书刊检查制度废止，马卡宁的作品得以在杂志上发表。之后，各种荣誉纷至沓来。1993 年，他的中篇小说《铺着呢子中间放着长颈瓶的桌子》获得俄罗斯布克文学奖。1998 年，继安德烈·比托夫、阿斯塔菲耶夫等人之后，马卡宁成为第 10 位获得普希金奖的文学家，被称为“祖国文学活的经典”。1999 年，他的长篇小说《地下人，或者时代英雄》及中篇小说《高加索俘虏》又摘取了俄罗斯国家奖文学与艺术类奖的桂冠。马卡宁本人于 1987 年进入《旗帜》杂志社做编辑工作，成为俄罗斯大书奖的评委之一。2017 年 11 月 1 日，马卡宁因病在家中去世，生命终止在 81 岁。

1965 年，马卡宁发表处女作——长篇小说《直线》（Прямая линия）。小说主人公别洛夫是一位 23 岁的青年数学家，在苏联防御部门秘密研究所工作，该研究所所长是在卫国战争中失去了全部亲人的伟大科学家涅斯列斯基。在别洛夫的帮助下，该研究所成功地研制出了一种新型武器。但在武器实验过程中，两名士兵丧生，研究所同事瓦莲京娜认为这是别洛夫的过错。虽然大多数同事并不这么认为，但瓦莲京娜的责备使年轻的别洛夫倍感愧疚。所长涅斯列斯基命令别洛夫亲自到打靶场试验，结果证明，造成悲剧的根本原因是两名士兵的个人失误，是由于他们在禁止吸烟的地方抽烟而导致的。小说发表后在苏联引起了轰动，没过多久，就被苏联著名导演和剧作家尤里·施维廖夫（Юрий Швырёв, 1932—2003）改编成电影，受到观众的热烈欢迎，马卡宁一举成名。

马卡宁的文学创作持续了将近半个世纪。他的整个创作历程可以分成三个阶段：20 世纪 60—80 年代的早期、20 世纪 80—90 年代的中期以及 20 世纪 90 年代至 21 世纪初的后期。他的早期作品运用写实手法，致力于描绘日常生活中人性面临的考验和蜕变，具有俄罗斯文学的传统现实主义风格。他的中期作品大量运用象征、夸张和隐喻等艺术手法，反映苏联时期整个社会的苦闷情绪和精神危机，具有明显的现代主义“先锋派”艺术特征。他的后期作品大量使用梦幻、戏仿和元小说等后现代艺术手段，反思历史、挖掘人性，突出对精神自由和个人风格的追求，创作艺术更加臻熟和完善。

总的来说，马卡宁的作品既是对 19 世纪俄罗斯文学传统的继承，又有 20 世纪初俄国现代派的艺术特色和当代后现代主义的艺术风格。他用现代艺术手段反思历史和当下，既有对苏联时代社会现实的批判，也有对苏联解体之后俄罗斯社会现实的反思。

在中篇小说《路漫漫》（Долг наш путь, 1991）中，马卡宁浓彩重墨，用高度理性化的语言探讨了人性的善与恶，向读者揭示了人类文明和社会进步的面纱掩盖下的谎言、伪善和罪恶，具有俄罗斯文学传统中深刻的人道主义精神。同时，作者有意打破时空界限，使现实与虚幻交替，让读者的思维在现实和虚幻之间徘徊，从真实的现实出发设想未来，又站在虚幻的未来的高度审视现实。整部作品充满了后现代主义文学作品特有的时空错乱和虚实交替，以现实关照未来，以未来反观当下，具有极强的艺术感染力。

马卡宁曾经学习过编剧和导演，从 80 年代开始，他开始关注电影等流行文化。在自己的作品，如长篇小说《先驱者》（Предтеча, 1982）和中篇小说《损失》（Утрата, 1987）等中，马卡宁采用神秘主义和民俗主义的描写手法，对传统文化和现代大众文化之间的关系进行探讨，表达对传统文化的哀悼。

苏联时代，由于追求个性和精神自由，马卡宁的作品一直以“地下文学”的形式流传，不能公开出版。苏联解体后，他名声大振。到 90 年代，马卡宁开始从展现特定社会背景下的个人生活转向塑造社会政治背景下“群体”的生活状态，作品中出现了更加宏大的社会历史叙事，作者开始理性地思考人类社会的历史、现在和未来。小说结构更加复杂，时空进一步扩展，气势更加恢弘。

马卡宁是当代俄罗斯极具个性和最有实力的独特的艺术家，创作方法不拘一格，风格多变，为自己不同的作品选择不同的创作方法。他的《中间化故事》没有情节，具有碎片性、语体杂糅、大量戏拟和引文等后现代主义小说的特点；《畏惧》则带具有浓厚的传统现实主义小说的特点；《路漫漫》则有两种叙事风格，即现实主义和现代主义叙事相互交融。正是由于马卡宁的创作既具有批判现实主义的特点，又具有后现代主义风格，有人认为他是现实主义作家，也有人认为他是现代派作家，还有人认为他是后现代派作家。那么，马卡宁究竟是不是后现代主义作家，需要我们对他的作品进行深入而全面的研究和评价。以下将从他早期的作品开始，对他的作品做系统的考察，分析他作品的思想和创作风格的演变。

2. 国内外研究述评

马卡宁在当代俄罗斯文学史上具有重要的地位和广泛的影响，其创作风格独到，创作思想复杂，不仅充满哲理，同时又大量使用隐喻，杂糅了后现代主义和现实主义风格，被称为俄罗斯后现实主义文学的代表人物。

马卡宁 1965 年发表第一部作品《直线》，2017 年 11 月去世，其创作持续了半个多世纪。从最初的备受争议到苏联解体后的频频获奖，马卡宁在俄罗斯文坛上的地位日益突出和重要。他紧紧把握时代的脉搏，以高超的艺术形式反映了俄罗斯社会的风云变幻，并对人性、人类生存现状、知识分子、战争等主题进行反思，其作品受到了国内外读者的广泛关注和研究。

关于马卡宁及其创作的研究，主要集中在马卡宁的流派归属研究：由于马卡宁在每个创作阶段都采取不同的手法，风格迥异，既有传统现实主义文学的人道主义精神，又有后现代主义的艺术手法，甚至其“早期作品带有新浪漫主义色彩”①。俄罗斯评论界对马卡宁流派归属的界定众说纷纭。有人认为他是现实主义作家，有人把他界定为后现代主义作家，但他更多地被认为是后现实主义作家。列维娜－巴尔凯尔在《英雄之死》（Смерть героя）一文中认为，马卡宁的“创作历程始于传统的现实主义，但其诗学最终走向了隐喻”②。比比辛（Бибихин В）等人分别把马卡宁的创作风格定位为“噩梦现实主义”和“虚拟现实主义”，但都没有超出现实主义文学范畴。

20 世纪末，在西方后现代主义文思潮的影响下，批评界审视俄罗斯当代作家的视角也发生了变化。1991 年，高尔基文学院召开后现代主义文学研讨会，马卡宁、佩列文、比托夫等当代俄罗斯作家都被划归后现代主义作家。但兹沃娜列娃（Звонарева Л）和拉蒂宁娜等人并不赞同把马卡宁划归后现代主义作家行列。拉蒂宁娜认为，马卡宁的《地下人，或者当代英雄》虽然继承了俄罗斯文学的传统，开创和吸收了后现代主义小说的叙事策略，但不能就此可以认定《地下人》是后现代主义小说。兹沃娜列娃把俄罗斯当代新小说划分为四类：象征现实主义小说、隐喻散文、后现代主义小说和陌生化散文。她认为，马卡宁的作品和德国作家卡夫卡的小说都属于陌生化散文。2006 年，彼罗科夫在“不安分的小说家”一文中形容《惊恐》是一部“披着现代主义外套”的作品，其“里衬是优质的现实主义”。2008 年，拉蒂宁娜在有关《阿桑》的评论中认为，“现实主义长篇小说只是一个外壳，马卡宁真正要创作的是一个寓言”③。

俄罗斯著名学者利波维茨基对马卡宁及其作品有着独特的看法。他和莱德尔曼联名发表《向死而生：或关于现实主义的新状况》，指出，俄罗斯文坛上出现了一种新的文学现象，它既不同于传统现实主义，也不同于西方后现代主义。利波维茨基指出，这种新的文学现象属于“后现实主义”（постреализм），并把马卡宁等既继承传统又异于传统的作家归类为“后现实主义作家”（постреалист）。

的确，马卡宁的小说，特别是《地下人》《高加索的俘虏》等，把众多的主题、人物和情节等交织在一起，构成了苏联时代和后苏联时代的俄罗斯现实生活图景，而在众多艺术手法中，隐喻是马卡宁最喜爱的创作手法。《损失》（Утрата, 1987）是一部“充满了象征和隐喻的寓言故事”，作者“别有用心”地

---

① Архангельский А. Где сходились концы с концами. Дружба народов. 1998г.№7. с.180.

② Левина-Паркер М. Смерть героя. Вопросы литературы, 1995г. №5. с.63.

③ Латынина А. Притча в военном камуфляже, Новый мир, 2008г. №12. с.167.

把神话传说穿插在故事当中，现实与幻想交替，当下与过去辉映，作家在“超现实主义跳跃”中揭示了人类存在的规律。然而，由于后现代主义在俄罗斯从接受到结束仅仅存在了20年的时间，俄罗斯读者更愿意把马卡宁当作现实主义作家看待，只不过他的创作在艺术手法上更多地使用了后现代主义小说的艺术手法。

国内学术界对马卡宁的关注和研究始于20世纪80年代。《俄罗斯文艺》《中国俄语教学》《当代外国文学》《外国文学评论》等杂志先后发表译介和研究马卡宁的文章。有趣的是，与俄罗斯学界对马卡宁的定位不同，中国学界受西方后现代主义思潮的影响，一致认为马卡宁属于后现代主义作家，特别是1999年《地下人》出版后，这种看法更加一致。不过，这种认知随着马卡宁创作历程的不断完善和西方后现代主义理论在中国的传播而更加趋于理性和客观。2006年，在中国学界心目中，马卡宁属于苏联解体后勇于创新、思想超前的另类作家群体，他们“源殊派异，无所适从”①。从2007年起，中国俄罗斯文学研究学者开始把目光转向马卡宁小说的后现代主义特征。任光宣认为“马卡宁的《地下人》是90年代以来比较有代表性的俄罗斯后现代主义文学作品”②。汪介之把《地下人》看作是俄罗斯后现代主义文学的代表作，同时认为马卡宁的中篇小说《路漫漫》也是“值得注意的后现代主义作品”③。

俄罗斯文学研究者余一中曾撰文指出，马卡宁在新世纪描写并肯定的依然是这样的主人公：他们身上不乏缺点、不无罪孽，但也善于同情人，爱人，有良心，而良心“能从迷失于众人的状态中唤起存在的本体”（海德格尔语）。也就是说，马卡宁主张的是人的自由和有个性、有选择的生活。余一中说：“说到马卡宁的创作方法，有人把他归于现实主义作家，有人把他归于现代派作家，也有人把他归于后现代派作家。但是他和他塑造的许多主人公一样是极具个性的，他是一位独特而杰出的艺术家。他总是为自己的不同作品选择不同的最为适合的创作方法。”“因此，当你读《中间化故事》时，你会觉得其中的无情节、碎片性、语体杂糅、大量的戏拟和引文都让人认定这是一部后现代主义小说；当你读《畏惧》时，你会觉得这是一部传统的现实主义小说；而当你读《路漫漫》时，你会感到，要确定它的创作方法竟是这样的难，因为其中的一条线索是那样的现实主义，而另一条线索却又是那样的现代主义。马卡宁的创作似乎说明：一位优秀的作家是不拘泥于一种固定的创作方法的。”

吴泽霖从俄罗斯文学各个流派之间微妙的相互关系出发，探讨了后现代主义

---

① 黎皓智：《20世纪俄罗斯文学思潮》，北京大学出版社，2006年，第419页。

② 任光宣：《俄罗斯文化十五讲》，北京大学出版社，2007年，第330页。

③ 汪介之：《20世纪欧美文学史》，南京师范大学出版社，2009年，第495页。

与现实主义之间的关系，认为“后现代主义和现实主义不仅不是水火不容的，而且可以是相生相长的。在俄国，后现代主义在现实主义传统中寻找资源，现实主义又向后现代主义寻求新的观念和方法，由此便出现了现实主义与后现代主义合流的创作倾向。”马卡宁的《审讯桌》和《地下人》“将现实主义和后现代主义融为一体，开创了俄国‘新现实主义’作品，这是最雄辩的例子”①。

张建华教授认为，马卡宁的创作是“多种主义叙事的合成”。的确，马卡宁作品的多元化主题、互不连贯的故事情节、富有现代感的荒诞小说叙事模式等，使他的创作更具后现代主义文学特点。“他的创作生涯伴随着俄罗斯政权更迭、社会思潮嬗变和俄罗斯作家新旧更替等复杂的社会变迁。他的作品成为新时期影响巨大的文学精神存在……不仅可以留作俄罗斯当代文学思想发现、艺术创新的有力凭证，也可以作为一种弥足珍贵的文学范例，为俄罗斯当代文学的探索和阐释提供广阔的空间。马卡宁是当代俄罗斯作家从经典现实现实主义走向诗学合成的典型范例，被批评界称为‘善于实现小说现代化的世纪末的小说革新家’。”②

无论评论界如何界定，马卡宁及其创作的艺术价值和思想价值都不会因为这种外在的标签而丝毫减少，他仍然是当代俄罗斯作家最优秀的代表。

3. 马卡宁创作的后现代主义特征

荒诞性是后现代主义小说的主要特征之一。《出入孔》（Лаз, 1991）是马卡宁创作风格发生重大转变的标志性作品，这是一部艺术性地记录俄罗斯知识分子生存状态和精神状态的荒诞小说，通过呈现俄罗斯知识分子在地上和地下双重世界的生存状态，呈现了“作家对秩序与混乱、物质与精神、专制与自由、个体与国家等多重矛盾和悖论的思考”③。

小说的荒诞性首先表现为荒诞的意象。“出入孔”是小说中最重要的意象，是主人公出入地上和地下两个世界的通道。地上世界没有灯，没有饮用水，不仅物质匮乏，而且没有秩序，电话亭被毁坏，儿童游乐场被捣毁，城市处在邪恶暴徒控制之下，凶杀、抢劫、恃强凌弱无处不在。现代都市被黑暗和恐怖笼罩，生命似乎要终止。悲凉、荒诞、虚无成了世界的全部，恐怖、罪恶充斥着整个城市生活，生命没有安全保障，民主、自由和进步成了人们的奢望。克留恰列夫是一位中年知识分子，经历了苏联社会生活的最后十多年。他唯一的意念就是逃离这现实，因此，他把全部精力都用来和妻子一道在离家不远的斜坡上挖地洞。他通

① 吴泽霖：俄罗斯后现代主义与俄罗斯民族文化传统，《外国文学评论》，2004 年第 3 期，第 56 页。

② 张建华：《新时期俄罗斯小说研究（1985—2015）》，高等教育出版社，2016 年，第 380 页。

③ 同上，第 383 页。

过这个地洞（出入孔）往返于地上和地下两个世界。地下世界物质丰裕，商店、酒吧、药房、书店鳞次栉比，生活用品应有尽有。人们吃饭聊天，喝酒读诗，探讨文学，谈论未来。但地下世界“虽然灯火通明，却没有足够的氧气”，克留恰列夫经常迷路，找不到出口。更重要的是，这里也有暴力和犯罪、专制和极权。这两个世界都让他感到恐惧不安。为了苟活，他不得不穿行于两个世界之间。生活在两个世界的“我们被一种共同性联系在一起，那就是饥饿、混乱、街道上的浩劫和凶杀，以及乌合之众的疯狂，将两个世界的人卷入其中”[①]。

作者浓墨重彩，大肆渲染主人公克留恰列夫穿越出入孔时承受的艰难和创伤，而这种创伤意象与转型时期社会个体遭受的肉体和精神折磨的隐喻相呼应。“他头朝下拱入地下，血液涌上脑门，呼吸困难，泥土挤压着他，如同绞索勒紧他的胸腹。碎石、泥块擦伤了他的皮肤，浑身是血。”这种创伤是双向的，个体创伤与民族创伤互相对应，土地象征着民族生命的整体。马卡宁意味深长地指出：“疼痛是双重的，地洞也感受到了疼痛。当他扭动身体，拼命挤入地洞时，他的脸和肩膀被刮擦得血肉模糊。地洞也疼痛不堪，它每次都感受了疼痛。”[②]作者意在表明，社会转型的过程中，受伤的不仅仅是个人或个体，整个民族也不可避免地受到巨大创伤。

小说中的类似意象远不止这些。克留恰列夫 14 岁的弱智儿子邓尼斯是文化意象另一个象征。该意象的荒诞性在于父母都是知识分子，儿子却是个弱智少年。现实生活中的邓尼斯身材高大，高出父亲一头，体型是母亲的四倍，眼睛却比 5 岁小孩的眼睛还小。他动作迟缓，言语不清，甚至连吃饭都要母亲帮忙。这个弱智少年的形象具有深远的文化意义。俄罗斯横跨亚欧大陆，按理说应该是吸收了东西方两种文明的精华，成为思想最开放、文明最先进、经济最发达的国家。然而，在作者眼里，俄罗斯愚昧落后，混乱无序，灾难不断。尽管父母都是知识分子，但在这样一个混乱愚昧和灾难不断的国度，只能培养出形形色色的弱智，正是这种混乱、愚昧和灾难把俄罗斯文明拖向毁灭，使俄罗斯人的精神陷入窒息的境地。弱智少年象征着俄罗斯民族未来的传承者在精神和肉体方面的双重畸形。

此外，小说中挤满人群的广场也具有重要的象征意义。克留恰列夫和朋友在去医院收尸的途中，看到广场上一群乌合之众正在疯狂地恣意妄为。“人群中露出一张张严峻忧郁的面孔。他们三教九流……脸色苍白，愤怒凶狠，毫无血色的拳头在头颅旁高高举起，随时准备应对攻击或发出攻击。”乌合之众是世纪末危机的象征，是表达政治命题的寓言。失去理性的力量吞噬了个体，把社会变成

---

① Маканин В. *Лаз. Собрание сочинений в 4 томах*. Т. 4. Материк. М. 2003. с.48.

② Ibid.

了弱肉强食的屠宰场和毒虫出没之地。所谓的“民主自由社会”夺取了每个人的自由，人人有思想，有主张，唯独没有理想和目标，遵照的是“丛林法则”，听从的是生理本能。没有理性的人群沦为强奸犯、暴徒和掠夺者。孤独成为人们普遍的精神状态，仇恨是每个人的常有情绪。人与人之间没有真诚，缺乏心与心的交流。但人们似乎习惯于这种孤独的生活，正如克留恰列夫所说：“没有人，似乎很荒凉。但没有人，也就没有了危险。”①

《出入孔》体现了马卡宁从现实主义向后现代主义的转变。丰富的意象和隐喻手法的使用凸显了作家高超的写作技巧，也使作品的艺术效果更加突出。尽管是荒诞性小说，但小说内容并不像后现代主义作品那样晦涩难懂，整体上逻辑明晰通达，主题意义富有理性。更重要的是，马卡宁在吸收后现代主义诗学特征的同时，打破了后现代主义小说的绝望叙事，使“绝望”中有希望，苦难中有光明。在小说结尾，大街上，酣睡中的克留恰列夫噩梦连连，一个善良的人走过来把他叫醒。这幅温暖的画面不仅表达了作者坚信善良、温暖和爱终会回归，更抒发了他对民族文化精神复兴的呼唤和对健康社会的渴望。这样，地下和地上两个世界的空间意义变得更加丰满和多元，小说的悲剧性中透露出些许暖意和希望。作者在汲取后现代主义诗学精华的同时，继承了俄罗斯人道主义精神，实现了后现实主义文学的创新。

《审讯桌》（Стол, покрытый сукном и с графином посередине, 1993）是一部以俄罗斯民族心理中特有的施虐和受虐意识为表现内容，对俄罗斯民族文化心理进行深刻拷问的后现代主义小说，马卡宁用荒诞夸张的手法展现了群体生命的失真状态，剖析了群体生命如何通过同一行动，在对个体生命与心灵进行肢解掠夺的过程中获得快感。

80年代末期，苏联经济濒于崩溃，苏维埃政党领导层贪赃枉法，道德堕落，夸夸其谈，装模作样，双重标准的道德之风盛行，人民生活得不到应有的改善。在文学界，所谓的“轻松文学”（лёгкая литература）占据了文学市场，而以道德体裁为主的严肃文学（серьёзрая литуратура）不断小众化。“世纪末情绪”笼罩着俄罗斯思想界，知识分子的文化危机感悄然而生。针对这一社会现实，马卡宁创作了一系列具有反思性质的小说。《审讯桌》正是这一时期的代表作，马卡宁把反思的对象首先指向了当时的苏联社会状况，探讨了人与政权之间的关系问题。可以说，该小说首先涉及了后现代主义小说的母题。其次，小说运用了后现代主义小说的常用手法——隐喻。“审讯桌”象征着政权，围绕“审讯桌”，小说

① Маканин В. *Лаз. Собрание сочинений в 4 томах*. Т. 4. Материк. М. 2003. с.5.

人物分成两类：审讯者和被审讯者。审讯桌代表的虽然仅仅是法律效力，但它的渗透力比法律更强大，它影响着人的意识。因为它审讯的不仅仅有违反法律的罪犯，也有普普通通的百姓。

马卡宁后期的小说之所以被冠上“后现实主义”的标签，是因为这些作品从来不哗众取宠，不高谈阔论，而是在许多看似描写日常琐事的细节中，总能体现荒诞不经的反乌托邦特质。在《审讯桌》中，马卡宁将反乌托邦小说的荒诞艺术糅进现实生活的情节和场景之中。他描写的是当下的时空，是现实生活中为了生存辛苦劳作的普通人，他们为了买生活必需品而排起长队，为了获批某种许可而坐到“桌子”前面。

和“出入孔”一样，“桌子”不仅仅是个隐喻，也是小说总体架构的核心。众所周知，“‘桌子’是政权的象征，……是神圣不可侵犯的威严的象征，是政权通过其权力网络，对民众的思想实施监控的机构的象征。”①

“审讯桌”异化了人类的灵魂，成为每个人都无法规避的宿命。在桌子面前，每个个体都无处遁形，都必须袒露自己，“甚至赤身裸体”，“审讯桌”不允许人有隐私，都必须将内心袒露。

小说主人公“我”是城市里的一个小人物。他为人诚恳，正直善良，生活贫穷，可怜无助，因为所遭受的频繁审讯而承受着巨大的精神痛苦，整夜惶恐不安。他热爱家庭，对亲人充满了强烈的依恋，渴望自己惊恐的心能够得到妻子的安慰，但为了不让妻子为自己担心，他总是极力掩饰自己临讯前漫漫长夜中所遭受的焦虑和恐惧的煎熬。对于女儿，他则充满了愧疚，因为接受审讯是他生活的全部，他无暇他顾，以至于忘记了女儿是怎么长大的。他病魔缠身，但强烈地渴望生命，为了能够活下去，学会了自己熬制草药，因为他懂得，“想生存，就得什么都会”的道理。

然而，正是这样一位对生命充满强烈依恋的老人，在审讯者们反反复复的数不清的围剿中不知不觉之间发生了变化，他产生了负罪感，经常感到困惑。“生活中怎么会发生这样的事情，我与他们纠缠在一起，竟然没有他们便无法生活，无法想象。”长期与审讯相伴的生活又使老人对接受审讯产生了依赖之感，他不禁产生了触摸审讯桌的欲望。于是，被一次次审讯折磨得筋疲力尽的老人，在恍惚之中，不顾夜深，只身来到那幢非常熟悉的大楼，走进那间熟悉的屋子，坐在那张熟悉的“铺着呢子，中央放着长颈玻璃瓶的桌子”旁边。站在桌子面前，老人那颗柔弱的心蓦地狂跳不已，感到一股非同寻常的冲动，在不可名状的激动中，

① 张冰：“马卡宁《审讯桌》与俄罗斯传统文化”，《俄罗斯文艺》，2008年第1期，第66-70页。

用拳头敲击它，因为那种打击力让他觉得很惬意。当他平生第一次哆嗦着去够盛着矿泉水的玻璃瓶时，心脏病再次发作，最终倒在审讯桌上，脸上带着微笑。老人凄惨的死亡让读者唏嘘不已，因为弱者总是会勾起读者的怜悯之心。但从另一个角度来看，作者对于老人作为个体的对立面——群体形象的关注丝毫不亚于老人，而且与前者的政治意味相比，其中蕴藏的含义也更加深长。正是这个叙事层面的存在使得作品的主题并不单一，更具有了耐人寻味的意义。与老人的失去生存自由和人身自由相比，群体的人们失去的是灵魂的自由。

相对于受审的老人的无能为力，审判者作为一个群体却表现出强大的力量。审讯者们熟谙人的“层次需要理论”，懂得如何以及在何时斩断人的需要阶梯。他们的审讯是一种集体行为，分步骤，分阶段，一环套一环，步步为营，步步紧逼，使受审者无法招架，最终不得不意志崩溃。可以说，整个审讯流程分工明确，就像一条龙服务一样，一气呵成。

首先，那个“彬彬有礼、爱提问题的人”抛出问题，再由他“引导追捕”。他的这种单刀直入的方法使受审者一上场就惊慌失措，不知道该如何应对，受审者预先准备好的各种“应对手段”瞬间被打乱。这个身经百炼的审讯者刚柔并济，恩威并施，表面上，他同情受审者，实际上，他是“需要悲剧因素”。每当受审者被打得鲜血淋漓，被折磨得精疲力竭的时候，他就会出场，把受审者抱在怀里，“边走边微微摇晃着，微微还能听到他像老保姆那样哼着歌”，造成一种善良和同情的假象。他的行为立刻让受审者产生了一种遇见亲人的错觉，产生了一种抑制不住的倾诉或供述的愿望。就这样，受审者的心理防线开始坍塌，甚至会在审讯者的诱导下承认一切罪状。

第二个审讯者是“社会愤怒分子”，他采用的审讯方法是粗暴对待，扰乱受审者的思绪。他会制造自己的逻辑，会将你的生活必须——“吃黄油面包”与苏联国家没水没电、火车停驶之间建立起一种逻辑关系，使受审者不知道如何应答，继而内心产生一种负罪感，因为“这些头头是道的话把你那颗破碎的心轻轻地推到发际，促使你产生一种罪愆感”。甚至会让受审者认为“他是对的。（他们是对的）。”就这样，受审者原本清晰的坚定意志出现了模糊和犹豫。

第三个审讯者“党员”使用的审讯技巧是分裂瓦解，挑唆哄骗。他甚至使用离间计。比如，他会对受审者说：“您所关心的那个人转到了另一边。他倒戈了——他还会往您身上泼脏水的！”这时候，“外貌平常的女人”粉墨登场。她假仁假义，装出一副悲天悯人的情怀，用痛苦而又气质高贵的语调高喊：“但是正义何在！？”，“我们在要求他的同时，是否要求自己做到公正……”。对于快要精神崩溃的受审者而言，她的话简直就像一棵救命的稻草，让受审者恨不得把她当作亲人。就这样，受审者的心理防线基本上已经土崩瓦解。我们不得不感叹，他们确实是审讯高手，他们强大、精明，是“发现我们罪孽的上帝”。“群体的基本特点就是将个人融入一种共同的精神和情感之中，从而模糊个体差异，降低智力水平。每个人都设法追逐他身边的人。聚合体通过他的力量将他拉向它的方向，就像潮水将鹅卵石一并卷走一样。卷入其中的人，无论其受教育程度或文化水平如何，或者其社会等级如何，其结果都一样。”在《审讯桌》中，老人在抵抗挣扎的同时，又渐渐扭曲变形。因为审讯者的真实目的就是“把你身上的‘自我’彻底揭穿、撕光、暴露，直至纯粹的一片叶子，直至了解全部底细，直至个性崩溃……”。同一性的行为规则泯灭了个体独特的生命意识，即便是一个敏感独立的个体也抵挡不住这个审讯群体妄图扰动生活的滞重，他的生命只能被群体的惯性力量压得粉碎，而个体根本就没有存活下来的可能，他们的差异性已经完全被群体微妙的同一性所吞噬。对于受审者而言，逃跑只不过是天方夜谭，反抗也只是死亡来临前绝望的挣扎，而屈服也将是死亡的邀请。在相对于个体的群体身上，我们看到的是群体的智慧，他们是那样地富有力量，任何个体在他们面前只能俯首称臣，甘拜下风，或者被完全同化掉，或者被他们消灭。然而，他们是否就真的如外表所看起来的这样强大呢？

多元叙事是马卡宁文学创作的特点之一。他总是喜欢在主干叙事中出其不意地荡开一笔，将读者的眼光向外、向远处拉伸，有意或无意地用其他色调稀释主要叙事，使文本呈现出有悖于传统二元思维模式的深层结构，扩大文本的思维空间和意义。小说《审讯桌》中，作者在描写审讯的紧张程度趋向极限的时候，常常插入审讯者“温情”的一面，让读者在时扬时抑的情绪体验中不得不去关注作品中所隐含的其他含义。《审讯桌》中，那些来自社会各个阶层的审讯者们，一旦来到审讯室，聚集到一起，就被同一性的目的驱使，失去自己的个体特征，于是他们在审讯中的功能特点就成了他们个人个性化的标志，比如“社会愤怒分子”“爱提问题的人”“追问者”等等具有行为特征的绰号对于他们来说就足够了。但审讯之后，他们走出工作状态，回归家庭和社会时，又恢复了普通人的本性。审讯者中那个“爱提问题的人”在“我”到访时，会告知“我”自己名叫奥斯特罗格拉多夫，并友好地接待“我”，甚至会为自己审讯时的举动而感到歉疚。而“社会愤怒分子”走出审讯室之后也会自然做起善事来。他会帮助老太太过马路，帮助某个赶路的人把大箱子提到地铁站，给急匆匆的行人让路。甚至在与“我”——他审讯中的“敌人在树林里相遇时，也会表现出心中的善，为我提灯引路。“他迅速望了我一眼。关心道：‘我是阿尼克耶夫。阿尼克耶夫……我们走吧。我陪着您。我是阿尼克耶夫。'"[①]

莫斯科维奇认为，一个个生命个体之所以会聚集到一起，组成一个群体对弱者进行施暴，原因在于个体身上所存在的孤独感。为了摆脱这种孤独感，他陶醉于集体的世界，欣快地施展着自己权力无限的征服本能。而在马克思主义者弗洛姆看来，孤独是无力感的代名词，是个人在世界上个体位置的丧失。《审讯桌》中审讯者的这种行为的矛盾性正是这种孤独感的形象体现。审讯者们个体身上所呈现的残暴无情与温和善良之间的对立，实际上体现了他们身上所发生的人格病变、人性的扭曲与异化。对自身个体的强调其实印证了他们成为群体后自我的迷失，一遍遍对自己姓名的重复其实就是希望自己被认同、被肯定。正是在孤独感的驱使下，这些来自不同阶层的普通民众才聚集成一个审讯群体，成为极权主义的帮凶，通过彼此之间的合作来显示自己的强大，甚至表现出强烈的施虐倾向与破坏欲，通过把自己的幸福建立在别人的痛苦之上，通过品咂施虐的快感，使受虐者成为自我的一部分，从而扩大自我并获得独立的自我所缺乏的力量，以此来证明个体的存在和个体力量的强大。

4.《地下人，或者当代英雄》中的悖论

《地下人，或者当代英雄》是马卡宁的代表作之一，问世后立即引起为了文坛的高度关注，成为俄罗斯 1998 年最有影响的事件之一。小说运用典型的后现代艺术手法，再现了后苏联时代俄罗斯社会生活不同层面的人物类型。马卡宁将俄罗斯现实主义文学元素与后现代主义艺术手法融合在一起，创造了这部具有俄罗斯本土特色的后现代主义经典作品。小说标题既有对陀思妥耶夫斯基《地下人手记》的互文，也有对莱蒙托夫《当代英雄》的互文。"地下人"（подполье）一词源于陀思妥耶夫斯基的小说《地下室手记》，意指则在马卡宁的《地下人，或者当代英雄》中，"地下人"（андерграунд）借用了英语单词 underground，指在为躲避官方书刊检查制度而秘密创作或拒绝创作的知识分子，包括作家、画家等。马卡宁选用 андерграунд 指代反抗约束、追求自由的苏联知识分子，以有别于陀思妥耶夫斯基《地下室手记》中的"地下人"。马卡宁笔下的"地下人"彼得洛罗维奇受过良好教育、通晓五门外语，有非凡的创作才能，并坚信自己的作品会得到认可。"我的书是可能存在的，属于我的光彩照人的三个书刊专柜是可能存在的，我知道，所有这一切都是有可能存在的。"[②]他干净整洁，气质高雅，有着强烈的民族自豪感，但他的作品不被官方认可，无法发表或出版。

---

① В. Маканин. Стол, покрытый сукном и с графином посередине .Знамя, 1993. №1. с.102.

② В. Маканин. Андеграунд, или Герой нашего времени, Знамя, 1998г. №1. с.12.

另外，小说中的筒子楼不仅是“地下人”的居住环境，更是俄罗斯社会的象征。马卡宁将俄罗斯社会各个行业和各个阶层的各色人物都安排在“筒子楼”里，有作家、工程师、医生、银行家等知识分子，有钳工、电工、退役军人等平民阶层，也有出身卑微的无业游民和智障少女等，彼得罗维奇作为第一人称叙事主人公，从全知全能的视角，用细腻的笔法描述了他们的日常生活，体现了当代俄罗斯社会的矛盾。

“筒子楼”是小说中一个重要的隐喻，与“筒子楼”相连的另一个隐喻是“走廊”。“走廊”是“筒子楼”的一部分，它既是公共空间，又是每一个住户联系外界的直接通道，是私人空间和公共空间的交界地。因此，它是住户的半私人领地，也是各种矛盾的发源地。

对于彼得洛维奇来说，走廊具有重要的意义。住户们的日常活动大部分都在属于自己的私人领地——房间内部进行，封闭性和私密性强。而彼得洛维奇没有属于自己的房间，他只是以一个看门人的身份在这里居留。他的大部分时间都在走廊里度过，走廊是一个开放空间，不具备封闭性，也不属于任何人，是一个不受任何人限制的自由空间，任何人在这里都具有话语权。彼得洛维奇整日徘徊在那里，似乎已经与走廊融为一体。对其他住户而言，走廊是一个穷极一生也要拼命走出去的迷宫。而对他而言，走廊才是他真正的世界，因为“筒子楼”就是一个小世界，是他了解整个世界和了解人性的全部。他对此非常满足，“……人不需要更多东西：已经够了。有这个走廊的世界就完全够了。”他满足于这种“走廊”生活，只有在这里，他觉得自己才是自由的。他和楼上居民之间的关系是相互依赖，又相互对立。“逢着他们想痛痛快快地聊一番而用得着我的时候，我就是作家。我已经习惯了。用不着的时候，我是神经病，看门狗，失败者，吃闲饭的，说什么的都有，还有说我是写作狂的。”[①] 彼得洛维奇在楼中居民心目中的多重地位表明了苏联解体后价值观的多元化和不确定性。

多元价值观和不确定性为人们提供了“自由选择”的机会，“筒子楼”的日常生活展现了各种人物在苏联解体前后面对新的矛盾和冲突时的不同心态和抉择。在“地下作家”越来越受到欢迎的时代，有的人“利用地下作家的影子谋利”，有的人摇身一变，由酒鬼变成了“区民主代表”……当楼中居民积极寻找改变命运的机会时，主人公彼得罗维奇镇定自若。他拒绝发表自己的作品，且心甘情愿享受这种上帝赐予的礼物。“戈尔巴乔夫大变革之后，地下人便在各处往地面上蹿，刚醒过身来就开始捞取，获取昼光下的名声，我却依然如故”，

① В. Макание: *Андеграунд, гли Герой Нашего Времени*, Знамя. 1998г. №1. с.4.

"我把自己的不被承认不看作是失败，甚至不看作平局——而看作胜利。"[①] 选择留守"地下"以及对于"地下"状态的肯定与坚守，体现了作者远离政治的高傲姿态和对自由的追求。

马卡宁善于使用"地下隧道"等地下空间隐喻，作品中反复出现"隧道"、"出入孔"等意象，如《损失》中乌拉尔河下方挖掘的隧道,《出入孔》中克留恰列夫挖掘的地下通道等。这些地下空间隐喻发挥了极其重要的职能，为主人公逃离现实提供了出口或出路。"出入口或地下城，这些马卡宁的隧道是某种集体无意识形式，真正摆脱了混沌的世界秩序。"[②] 和其他小说一样,《地下人》中也有空间隐喻，只不过形式变成了地铁。地铁对彼得洛维奇有着极大的吸引力，"只要往下走，一头扎进地下，我就可以在这个轰隆隆奔驰在铁轨上的按摩器里，在拥挤的人群中得到安宁——这个平等的社会立即会接受任何一个人，并把他融进自身。"[③] 只有在地铁里,彼得洛维奇才能感到轻松自在,没有任何束缚和限制。地铁里通向地上的出口，正如地下人为走出困境而寻找的出路。而彼得洛维奇甘愿留在地下，因为他发现解冻政策和"共同幸福"口号掩盖下的地上世界全都是虚伪和粉饰，他对未来不抱任何幻想和希望。马卡宁继承了扎米亚京、奥威尔、纳博科夫等后现代作家关于人类世界未来认识的理念，对社会、生命、人性的理解深刻，充满了洞见，再加上现实生活的迷乱图景和虚无，使他的以互文为特征的后现代小说叙事表达的不仅仅是嬉皮和叛逆，更是对社会历史和现实的深刻怀疑。

小说题目本身就是一个悖论。主人公的身份既是"地下人"，又是"当代英雄"。而在实际行文过程当中，作者却不动声色地通过主人公兼叙述者彼得罗维奇的所观所感，对论题展开全方位的演绎与推进，让读者在作者对论题的求解过程当中自行判定彼得罗维奇的身份归属。从小说的题目上我们也可以看出，这是一部穿越文本时空的作品，它通过与经典文学作品之间建立的互文性联系使得读者不得不面对一定的文学传统以及在一定的视角下进行阅读。"地下人"（这一人物形象在标题中的鲜明呈现自然而然地使得我们把它与陀思妥耶夫斯基的《地下室手记》建立起联系。在我们看来，在这两部小说里，"地下"在一定程度上意义是相同的。《地下人，或者当代英雄》的主人公与《地下室手记》中的主人公一样，严格地说，他们都没有真正居住于"地下"，"地下"一词主要是一种象征

① 参照马卡宁《地下人，或当代英雄》，田大畏译，北京：外国文学出版社，2002 年，第 525 页。

② 张建华："论后苏联现实主义小说的地位及其美学创新"。森华:《20 世纪文化语境下的俄罗斯文学》[M]. 外语教学与研究出版社，2007 年，第 78 页。

③ В. Макание: *Андеграунд, гли Герой Нашего Времени*, ЛитРес. 2012.с.231.

意义，是他们生存状态的形象表达，是对他们独特的精神品格的隐喻性描写。两位人公虽同为“地下人”，但他们的精神气质却不尽相同。相对于陀思妥耶夫斯基笔下那个无名无姓的“地下人”而言，马卡宁的“地下人”——彼得罗维奇多了一份对于自己取弃选择的坚定以及捍卫自己的主体意识与自由意志的决绝。选择栖居于“地下”并不意味着彼得罗维奇消极避世，而是相反，在“地下”选择中我们看到了彼得罗维奇坚定的自我肯定姿态。在这一点上他与陀氏的《地下室手记》里的“地下人”表现出明显的不同。表面上看，陀氏的“地下人”是带着对世俗的鄙夷与不屑的态度才成就了他的“地下”生存状态。因为他的借口是，世界是不可知的，杂乱无章的，世界根本不可能变得如理性主义者所期待的那样有条理，有规律，因为人身上一直存在着非理性的冲动。世人一直在强调理性的强大作用，而这实际上完全是对人的个体、个性的忽略。既然现实是如此不堪，居于其中便无法袒露内心，所以索性以弃绝待之，蜗居于“地下”，也就无须对任何人、任何事，尤其对自己有任何的隐瞒，保持意识的清醒与独立即是不错的选择。因此他为自己拥有“地下室”而感到自豪，甚至高呼“地下室万岁”，因为在这里他可以成为世界的主人，可以毫无顾忌地批判整个世界，获得一种主人的幸福感。但另一方面，在他的与世隔绝、拒斥、质疑的高傲姿态下面潜藏的却是他意图得到他者凝视的渴望。拉康的凝视理论认为，主体有两种理想，一种是理想自我，一种是自我理想，后者具有一种结构性功能。自我理想是在想象的他者（并非指具体某个人，而是一种象征性介体）凝视中形成的。在想象的凝视中，主体主动使自己成为他者凝视的对象，并按照他人的眼光来形塑自己的理想形象，以期能够达到令人满意的效果。凝视表明我是为他人而存在的，我需要在他人的凝视中发现自己，我即是他人。对于陀氏的“地下人”而言，他的主体价值认同也是产生于对他者眼光的期待之中的，而且是在他意欲摆脱的他者的凝视之下来进行建构的。对于他而言，等级话语仍然是他的象征性他者，出身的优劣、身份的尊卑、地位的高低仍然是他做出自我判断的出发点和评判标准。所以一旦当他看到自己世俗的渴望有实现的可能的话又会立刻发出“让地下室见鬼去吧”的诅咒。

正是这种矛盾心理的作用，决定了他无法冲破传统的价值判断标准和既定的等级体系，无法从既定的身份牢狱中进行“越狱”。他虽然痛恨那些以法官和独裁者自居的人，但却认为，在他们面前，自己无非是一只令人不齿的老鼠。尽管这只老鼠具有强烈的意识，但在强者面前，“老鼠自然只能挥动一下自己的爪子，露出连它自己都不相信的轻蔑的微笑，可耻地钻进自己的小洞里去了。在那里，在自己臭烘烘的、令人厌恶的地下室里，我们受到侮辱和嘲讽、被打了一顿的老鼠立刻便沉浸到冷酷的、咬牙切齿的、更主要的是无休无止的怨恨之中了。”由此，我们明白了，陀氏的“地下人”一方面的确是在践行着自由选择的权力，他想通过选择的自由来实现个体的意志自由，但另一方面，由于这个选择并不是出于对于生命本真的维护，致使他深深地陷入自我分裂的状态之中，“不是其所是，而是非其所是”，成为一个口头上“高呼有‘自主意愿’的人”，而灵魂上却成为“这种自主意愿的奴隶，不能自由地驾驭自我”。所以，内心深处渴望拒绝传统认知、打破等级体系内的行为和话语模式的理想注定会被他亲手毁灭，他最终能够陷入彻底的自我否定的沉沦状态中也是理所当然的事情了。

马卡宁的“地下人”彼得罗维奇并不像陀氏的“地下人”那样，挣扎于无休止的自我证实之中，自闭于“常人”，却又希冀从他们身上获得归属与认同，沉陷于无尽的痛苦与自我折磨之中，而是活在内心深处，在选择中确立自我，清醒地保持着“在之中而又不属于它”的自我肯定的姿态，执着于自己的选择和追求，不为外界诱惑与左右，“甘愿在“地下”过“后文学”的生活”。“地下”是彼得罗维奇职业状态与生活处境的真实写照。彼得罗维奇是一个作家，但却从未发表过任何作品。在天命之年他依旧贫穷寒酸，居无定所。为了生计，他曾先后做过锅炉工、守夜人，最后来到了苏联时期建造的筒子楼里当守门人，为自己在筒子楼的走廊里赢得几平米的容身之地，依靠微薄的收入勉强糊口度日。身份的卑微、事业的毫无起色使得彼得罗维奇不可能从别人那里获得起码的尊敬。当筒子楼里的居民需要他时，他就会被呼来喝去，而当人们觉得不再需要他时，则对他嗤之以鼻，甚至拳脚相加。正如彼得罗维奇自己所言，对于筒子楼里的居民来说，“逢着他们想痛快地聊一番因而用得着我的时候，我就是作家。我已经习惯了。用不着我的时候，我就是神经病，看门狗，失败者，吃闲饭的，说什么的都有，还有说老写作狂的。”但彼得罗维奇并不为自己的生存局面感到有任何的不满，并不认为生活的困窘能够给自己构成障碍。

彼得罗维奇并不完全否认弗洛伊德关于过去的生命经验的理论，但更为重要的是，人不应该总是停留在过去的生命经验之中。人虽然是“被抛”到这个世界上来的，但人应该对“被抛”进行超越，为超越目前现状而不断进行筹划。“此在不是一种仿佛能做这事那事为其附加成分的现成的东西，此在原是可能之在。此在一向是它所能是者；此在按它所是的可能性来在。”也就是说，一个人只要还活着，他就不应该被认为与他的过去是同一的，他就需要去对过去进行超越，超越那早已造成的东西。因此，人的存在不仅仅是一种现实性，更是一种可能性，他需要能够决定自己存在的方式，追问和解答自己如何去存在。所以说，选择“地下”对于彼得罗维奇而言，就是要获得能够超拔于碌碌无为与沉沦状态的生命存在。在彼得罗维奇看来，选择栖居于筒子楼的走廊这样一个犹如“地下”的环境之中是他对自己作家身份的坚守的最正确的选择。彼得罗维奇一度有改变自己那几平米的狭促的生活空间的机会。民主派人物德沃里科夫帮助彼得罗维奇获得了一套住宅，但在彼得罗维奇看来，这套住宅并不能给予他精神上的栖居之所，原因在于，虽然“居室本身很漂亮，因而十分像创世之初的虚空”。他的身份是一个作家而筒子楼里居住的各色人等能够为自己提供创作素材，提供观察与体悟世界的机会，于是他拒绝了对生活充满美好向往的乐观主义者德沃里科夫的热情，心甘情愿待在筒子楼里。而当筒子楼里的居民都在想方设法地扩大自己的“平米”的时候，彼得罗维奇却对自己的“地下”采取欣然接受的态度，双手插进裤兜里，以主人公的自信步伐在走廊里走来走去，通过每一个鲜活的“平米”来了解世界上形形色色的人。

文学创作的“地下”状态是彼得罗维奇文学创作的本真追求。对于彼得罗维奇而言，如果要改变自己的“地下”状态，可以有多种选择，因为时代本身就提供了这样的机会。彼得罗维奇首先可以选择的就是放弃文学创作事业。他可以像德沃里科夫那样，为民主派奔走宣传，获得仕途亨通的机会，也可以像洛维亚尼科夫那样，做一个功利主义者，利用“私有化”的混乱空隙为自己捞取物质利益，或许还会有跻身于“新贵”行列的可能。他还可以像其他的“阿地”那样，从“地下”走到“地上”，跳进新时代，可以如斯莫利科夫那样，利用外界对于“地下人”的好奇之心，向媒体兜售“地下人”的情感。也可以模仿济科夫，走西方路线，做出一副形容憔悴、疲惫不堪的样子，迎合西方欲反映俄罗斯作家生活悲惨现状的政治需要，那样的话即使作品意义不大，也能成为国际宠儿。但面对眼前出现的各种诱惑，面对种种扬名立万的机会，彼得罗维奇依然故我，毅然决然地选择最艰难的道路，任凭生活辗转奔波，一直坚持着自己文学创作的意志，坚守着自己的“地下”选择，从未产生过丝毫的动摇与迷惘。他不想成为文学的附属品，所以拒绝了德沃里科夫、济科夫等人提出的发表作品的意见和建议。在彼得罗维奇的心中，文学永远是大写的，是“唯一可以对他进行裁决的上帝”。虽然我们无从得知彼得罗维奇的创作内容，甚至很难判断他拒绝创作的原因，但非常明显，他的这种“地下”状态与他所感受到的创作危机有关。小说中其他寻求作品发表途径的作家的创作就证明了这一点。比如，济科夫在“地下”时期是一个与彼得罗维奇才能相当的作家，但自从他走到地面上之后，他就逐渐失去了才华。“他（指济科夫——笔者注）的东西时常发表，但意义不大。笔头还行，但已经没有了小说。没有了文本。新体制的花岗石碎屑，人家这样说他，但这也还罢了。面貌——实质在这儿，他已经没有了自己的面貌！”因此，可以判断，彼得罗维奇选择“地下”状态，避免落入当下文学的“程式化”序列之中，实际上是为了“地下人”的精神不至于丧失殆尽，促使他待在“地下”的原因就是他的自由意志——对“地下精神”的坚守。那么到底什么是“地下人”精神呢？在彼得罗维奇看来，那就是与茨维塔耶娃一样，意识到自己是彼类，而不是此类，“能在无光处看见东西。甚而越无光亮看得越清楚。”因此，彼得罗维奇对自己的“地下”状态完全充满肯定：“地下人”是文化遗产的一部分，“地下人”就是社会的潜意识，它无论怎样都是有意义、有影响的，所以保持“地下”状态实际上就是一种胜利姿态。

通过上述分析我们能够看出来，马卡宁的“地下人”的“地下”选择并非迫不得而为之，而是自由选择的结果，正如批评家阿穆辛所评说的那样：“彼得罗维奇是一个不去寻求成功的作家，但他却捍卫了自己的自由，他不仅捍卫了创作的自由，还捍卫了不被社会角色、惯性所束缚的自由以及行动、记忆与想象的自由。”所以说，对于彼得罗维奇而言，只有“地下”才是自己的身份（作家）确认与创作的本真追求的最理想状态，才是自己的“灵魂选择”。因此，彼得罗维奇这个“地下人”并不等同于陀氏的“地下人”，更不是一个消沉的“多余人”，而是一个以孤拔的姿态成为在失落的位置上执着于自己本真追求的真正的“当代英雄”。

5. 小结

综上所述，我们能够看到，马卡宁的《在天空跟群山相连的地方》《逃跑的公民》《一男一女》《审讯桌》《地下人，或者当代英雄》有别于传统的现实主义作品，不仅具有后现代主义文学的艺术特征，且作品中所呈现的当代人类生活困境与后现实主义文学的创作目的完全契合。文学作品通常与时代、历史有关，马卡宁的作品亦被称之为“时代的艺术密码”“反乌托邦小说”自有一定的道理，反映了批评者观察眼光的独到。马卡宁的后现实主义作品确实对苏联解体前后以及转型时期的社会生活进行了折射。《审讯桌》让我们充分领略了苏联时期的帘讯制度。但是，在我们看来，揭露历史、反映社会现实并不是马卡宁创作的最终旨归，作家实际上只不过是在距离时代很近的地方，把自己所要思考的东西放到了这个时代背景之下，具体历史并不能成为揭示作家创作品质的唯一佐证。

更主要的是，马卡宁在其后现实主义作品中揭示了当代人的“精神障碍”。在马卡宁的这些“患者”中，一部分人不停地左冲右突，忙碌不止，付出紧张寻找的努力，希望以此去获得存在的价值意义。这些苦恼的灵魂似乎隐隐约约地听到了真理所发出的幽幽之声，但却因自我的分裂与不完整而寻而未得，并最终导致自己的内部世界土崩瓦解。还有一些人则干脆主动放弃主体自我的辨认能力，通过将“我”放入群体当中来获得一时的心灵慰藉。这些由膨胀的施虐者或者是用近乎受虐的行为挤进人群、组成一个个群体的人，无论他们渴望主宰还是臣服，在他们庞大的数量优势下面隐藏的都是个体的软弱无力、虚弱不堪，他们丧失了“我想”或者“我是”的情感。他们的“除掉个人自我，失去自我，换句话说，就是要除掉自由的负担”的解决问题的办法，虽然能够帮助他们暂时缓解无法忍受的焦虑，逃避恐惧，但却并不能从根本上解决问题。所有这些人物的共同特征，正如批评家所总结的那样：“马卡宁的主人公不仅害怕外部环境，他们也害怕自己。他们身上经常发生着变形，这些变形首先是由他们缺少内在的自我核心所导致的。”正是自身所存在的这种问题，才使得他们处于一种混乱的“放任自流”的生活状态之中，不能掌控自己的生活，变成了生活齿轮周边飞舞的木屑，无法获得自由。

第三章

纳博科夫和俄罗斯后现代主义文学

俄罗斯的后现代主义思潮滥觞于20世纪60年代末，正处于社会发展的“解冻时期”结束和西方后现代主义思潮侵入之时。俄罗斯文学界通常把维克多·叶罗费耶夫的长诗《从莫斯科到佩图什基》、比托夫的长篇小说《普希金之家》（1971）、第三浪潮移民作家萨沙索科洛夫的长篇小说《傻瓜学校》（1976）等看成是俄国后现代主义文学的首次登场。然而，从严格意义上说，作为双语作家的纳博科夫才是俄国后现代主义的创始人，家园的失落和作品的被禁把他推到了苏维埃俄罗斯和苏联文学的对立面，但对俄罗斯和俄罗斯文学的热爱又为他的文学创作提供了巨大的张力。他前期俄语作品和后期英语作品的主题的连续性，使作品中的“非俄罗斯性”成为他对俄罗斯文学传统的继承和发展，从而成为俄罗斯文学的“异在”。因此，可以说，纳博科夫才是俄国后现代主义文学的创世人，他的文学思想、美学传统和创作艺术都已经成为后现代主义文学的经典，无论是对西尼亚夫斯基，还是对比托夫、索科洛夫，以及后来的托尔斯泰娅等俄国后现代主义作家，都产生了或显或隐的影响。

纳博科夫早期用俄语创作作品，在俄罗斯文学与文化史上占有重要地位。尽管他的文学创作生涯开始于“白银时代”末期，但他的创作几乎涵盖了20世纪70年代以前俄罗斯文学的所有阶段，并继承和发展了俄罗斯现代主义文学的传统，既实现了从现代主义文学向后现代主义文学的转变，也体现了20世纪初的俄罗斯文学与当代文学的连续性，因而他被誉为“俄罗斯后现代文学之父”。纳博科夫的创作手法和美学思想，更是受到了维克多·叶罗费耶夫、安·比托夫、萨沙·索科洛夫、托尔斯泰娅等俄国后现代主义作家的推崇和继承。

尽管纳博科夫的作品在20世纪80年代之前被苏联官方禁止出版，但他的创作经验对俄罗斯非社会主义现实文学的所产生的重要影响得到了俄罗斯的文学评论家和文学家们的关注和重视。早在20世纪40年代，他的短篇小说《童话》就被布尔加科夫引用在《大师和玛格丽塔》的前言中①。50年代，《洛丽塔》在西方国家出版，也引起了俄罗斯先锋派作家的关注。瓦连京·卡达耶夫在其具有美文学风格的回忆录中这么描述主人公尤利·奥列什："一天，他刚刚坐上窗台，从小巷里向他走来两个'小女孩'——但已经不是小女孩，也不是姑娘，而是已故的纳博科夫所说的'苧芙'……"②

如果说纳博科夫的《洛丽塔》和俄罗斯早期后现代主义文学之间只是一种间接的对话，那么，到了60年代，纳博科夫的俄语作品就已经被俄国作家大量引用，产生遥相对应的互文性。如安德烈·西尼亚夫斯基的《我和你》（1959）对纳博科夫的短篇小说《完美》、中篇小说《看，这些小丑》和长篇小说《绝望》的互文；《薄冰》与《恐怖》对《菲雅尔塔的春天》的大量引用等。到了70年代，西尼亚夫斯基的《合唱中的异调》《在果戈理的影子里》和瓦西里·阿克肖诺夫的《克里木岛屿》等作品中都出现了纳博科夫作品的影子。

20世纪70年代，纳博科夫的英语作品也在俄罗斯作家那里得到师承。比托夫的《普希金之家》反映了作家对纳博科夫的《看，这些小丑》《微暗的火》和《斩首之邀》的理解。阿克肖诺夫在《克里木岛屿》中发展了《阿达》的主题。

1986年，戈尔巴乔夫推行"改革和新思维"，苏联内部政治环境的多元化为纳博科夫及其作品的回归铺平了道路。苏联官方文学界将1989年命名为"纳博科夫年"，纳博科夫被视作俄罗斯"后现代主义文学的庙宇之神"，受到俄罗斯后现代作家们的极力推崇。他的作品在萨沙·索科洛夫、维克多·叶罗费耶夫、塔吉亚娜·托尔斯泰娅、亚历山大·茹科夫斯基、帖木儿·基比洛夫等后现代作家的作品中被大量引用。到了90年代，维克多·佩列文、鲍里斯·阿枯宁等作家也开始与上述作家会合。

在纳博科夫的所有长篇小说中，被引用最多的当属《洛丽塔》和《阿达》，其次是《看，这些小丑》。而他短篇小说《菲雅尔塔的春天》《轮回》《乘客》《恐惧》《土豆埃里弗》等也吸引了俄罗斯后现代主义作家们的注意力。

在Н.Л.利杰尔曼和М.Н.利波维茨斯基合著的《俄罗斯现代文学》中，作者指出，俄罗斯后现代中文学有两个流派：独立思想派和新巴洛克派。大多数受到纳博科夫诗学影响的作家，如比托夫、索科洛夫、叶罗费耶夫、塔吉亚娜·托尔斯泰、佩列文等都属于新巴洛克派。新巴洛克派内部还有一个流派：伪历史主

① Левинг Ю. *Примечания*//[PC: Ⅱ,717-745].1999.c.718-719.

② Катаев В. *Уже написан ветер*. М.1992.с.251.

义。B·杰夏托夫认为，就其渊源来说，伪历史主义与纳博科夫的《阿达》有直接关系[①]。

俄罗斯著名的后现代作家维克多·叶罗费耶夫（Виктор Ерофеев）在1990年发表的著名文章《悼念苏联文学》中指出："纳博科夫、扎米亚京、普拉东诺夫、多贝琴等俄罗斯'荒诞文学'的创始人正在回归（俄罗斯），他们的经验将有助于未来的新文学接替僵死的旧文学。"[②]在另外一篇文章中，叶罗费耶夫列举了在70年代就对纳博科夫情有独钟的苏联作家的名字。"60年代成名的作家在美学方面接受了纳博科夫的价值论。阿克谢诺夫，还有比托夫，在一定程度上是社会趣味的对抗人物，在沉闷的70年代，他们全身心地迷恋着纳博科夫和他的作品。在比托夫家里，墙上还挂着纳博科夫的肖像。"[③]叶罗费耶夫认为，《洛丽塔》对俄国后现代作家产生了不容置疑的影响。"亨伯特·亨伯特由于妒忌而谋杀奎尔蒂的场面，已经成为后来所有后现代主义作家描写可怕场面的源泉和经典。在这个场景中，鲜血里掺进了幽默，死亡中混进了醉汉的鼻涕和有关人生真谛的箴言。"[④]

萨沙·索科洛夫是著名的俄罗斯后现代作家，视纳博科夫为偶像，他们的作品风格极为相近。和纳博科夫一样，索科洛夫也声称，他很少关心自己作品的主题。在一次采访中，他说："对我来说，作家的意义在于他的语言，我需要语言。""小说应该从头到尾都引人入胜，那我就不在乎小说讲的是什么了。"[⑤]索罗科夫的代表作《傻瓜学校》讲的是一个正常的小男孩被送到弱智儿童学校。小说表现出男孩感受世界的主观性，"正常世界"与"非正常世界"的界限消失了，生活在"傻瓜学校"的主人公在自己的头脑中建立起一个完整的世界，这个世界对他来说是真正的现实，比实际存在的世界更为现实。索罗科夫在这部小说中表现的"现实观"和纳博科夫的"现实是主观的"观点一脉相承。索罗科夫的另外两部小说《狼与狗之间》和《红木》同样使用了移易现实的手法，以此来表现出时间的相对性，表现出"我"作为人的流变的本质和对世界的接受必定受到语言的制约等思想。《红木》是一部故事情节性很强的长篇小说，其中融合了历史小说、惊险小说和回忆录等多种题材手法，具有十分明显的后现代特征。

俄罗斯文学史家们认为，在纳博科夫的创作中，主要有三大题材因素："失

① Лидерман,Липовецкий.Современная литература. М. 2003. с.425.

② Ерофеев Вик. Шаровая молния: Маленькие эссе. М. 2002. с.77.

③ 同上，第154页。

④ Ерофеев Вик.Эротический рай отчаяния//Ерофеев Вик.Бог Х: Рассказы о любви. М. 2001.с.341.

⑤ 转引自弗·阿格诺索夫《20世纪俄罗斯文学》，凌建侯等译，北京：中国人民大学出版社，2001年，第646页。

去的童年天堂”主题（与此相关的是和祖国、祖国文化及祖国语言的别离）、幻想与现实之间的戏剧性关系主题、那种比现实世界更为高级的现实主题，即“彼岸世界”的比喻主题。[①]而幻想与现实的戏剧性关系问题和主人公理解现实的主观性，是俄罗斯后现代作家从纳博科夫那里继承来的最大遗产。另外，纳博科夫的写作技巧、风格等也都在后现代作家那里得到了继承。

总之，如果没有纳博科夫，就不能全面准确地理解俄罗斯后现代文学。纳博科夫对俄罗斯后现代文学影响的历史可以追溯到20世纪50年代。受到纳博科夫影响的俄罗斯作家既有诞生于20世纪60年代的老一辈俄罗斯后现代作家，也有20世纪90年代苏联解体前后成长起来的新一代后现代作家。在此，作者将以20世纪50年代诞生的老一代作家西尼亚夫斯基-捷尔茨和新一代年轻作家的代表塔吉亚娜·托尔斯泰娅的创作为研究对象，探讨纳博科夫在俄罗斯后现代主义文学史上的地位。

一、纳博科夫和西尼亚夫斯基－捷尔茨

纳博科夫尽管出身名门贵族，但从未涉足政治。他一生虽没有亲身经历政治上的大起大落，但也亲身经历了战争和革命。两次世界大战、十月革命等重大事件给纳博科夫的家庭和个人生活带来的巨大影响，在他的作品中多以间接方式得以体现。他在《固执己见》（*Strong Opinion*）系统抒发了自己独特的人生观、价值观、政治观点和文学思想。纳博科夫和西尼亚夫斯基一样意志坚强，固执己见，不同的是前者沉稳安静，后者倔强叛逆；前者引领世界后现代主义文学，后者是俄罗斯著名的文艺学家、批评家和俄罗斯后现代主义文学之父。

安德烈·多纳多维奇·西尼亚夫斯基（Андрей Донотович Синявский，1925.10—1997.2）1949年毕业于莫斯科大学语文系，曾在俄罗斯社会科学院世界文学研究所工作，是《新世界》杂志的主要评论家，对高尔基、帕斯杰尔纳克、巴别尔、阿赫玛托娃等做过深入研究。1955年开始写小说，但由于其作品在苏联被禁，便以阿布拉姆·捷尔茨（Абрам Терц）为笔名在西方发表作品。1965年秋被逮捕，次年被判七年徒刑，但西尼亚夫斯基不承认自己有罪。从1966年至1973年，他在狱中创作了《和普希金一起散步》（Прогулки с Пушкиным）、《合唱中的异调》（Голос из хора）、《在果戈理的影子里》（В тени Гоголя）等。1973年获释后，应法国索邦大学之邀，前往法国教授俄罗斯文学。在法国创作了《晚安》（Спокойной ночи）、《傻瓜伊万》（Иван-дурак）、《B.B. 罗赞诺夫凋落的叶子》

① 阿格拉诺索夫：《俄罗斯侨民文学史》，刘文飞、陈方译，北京：人民文学出版社，2004年，第442页。

（Опавшие листья В.В.Розанов）。其作品集《正在审判》（Суд идет）、《柳比莫夫》（Любимов）和文章《什么是社会主义现实主义？》（Что такое социалистический реализм?）受到许多读者和评论家的好评。

西尼亚夫斯基的长篇小说《和普希金一起散步》（1975）将后现代主义的美学原理同传统文艺理论相结合，从内容到形式都进行了革新和颠覆，是俄罗斯后现代主义文学的发轫之作。作者通过戏仿、互文性、解构、碎片化、拼贴、文字游戏等艺术手法，把象征俄罗斯文学之父的普希金从神坛上拉下来，以平等的姿态，穿越时空，自然轻松地与诗人进行心灵沟通和思想交流，完全解构了传统，颠覆了历史，消解了苏联主流意识形态和话语霸权，是俄罗斯本土后现代主义文学的奠基之作。

1. 死亡就像变魔术

20 世纪 80 年代之前，纳博科夫的作品在苏联被禁止出版。但作为苏联世界文学研究所研究员的西尼亚夫斯基，对这位文学大师的作品并不陌生。他的创作从一开始就受到纳博科夫的影响，带有明显的现代和后现代特征，这一点在其处女作《马戏团》中得到明显的验证。西尼亚夫斯基《马戏团》和纳博科夫的短篇小说《土豆埃里弗》在文本上遥相呼应，并有大量的互文性文本。

纳博科夫的《土豆埃里弗》（1924）描述了一个马戏团杂技演员小丑弗列德·多布逊的悲剧。弗列德是一家马戏团的丑角，个子矮小，因长有一个大鼻子而获得了俄罗斯童话人物"土豆埃里弗"的绰号。弗列德因为身体上的缺陷总是遭到别人的讥笑，他不满意自己的处境，总是想方设法依靠演技获得人们的尊重。演员们甚至讥笑他娶不到老婆，但一个偶然的机会，舞台魔术师的老婆，漂亮的诺拉，为了报复丈夫，与他过了半天"像夫妻一样的生活"。埃里弗沉浸在梦幻般的爱河里不愿醒来，便苦苦追求诺拉。但诺拉不愿离开英俊帅气和有"诗人气质"的魔术师朔克，就写信请求埃里弗忘记她。但埃里弗坚持认为自己有"追求婚姻的权力"。为了反抗世俗的偏见，他愤然离开了那座"可恶的城市"，来到僻静的乡村，拒不与世人交往。八年后的一天，诺拉突然来访，告诉弗列德一个秘密：她为弗列德生过一个属于他们俩的、和正常人一样的儿子。弗列德欣喜若狂，认为很快就可以见到自己的儿子，就到火车站追赶诺拉，想得到儿子的住址。在看见诺拉的一刹那，埃里弗因过度兴奋导致突发心脏病而死。埃里弗的悲剧不仅仅在于他不能过像正常人一样的生活，还在于他一直沉浸在对幸福的幻想中，根本没有从诺拉的话中听出来，儿子已经不在人世。他满心欢喜，认为能见到儿子，结果乐极生悲，喜极而亡。

《马戏团》和《土豆埃里弗》有许多相似之处。西尼亚夫斯基在小说的开头就援引了《土豆埃里弗》中的场景："音乐声骤然响起，耀眼的灯光亮起，虎背熊腰，像熊一样强壮的两个女杂技演员，正在表演着一种叫作钢丝舞的绝技。"[①]这里的"两个女杂技演员"也是《土豆埃里弗》中的两个主要人物。在这两个文本中，主人公的爱情遭遇把她们联系起来："她们拥抱弗列德，挠他的痒痒，弗列德全身血管膨胀，皱着乌黑的眉毛定定地凝视着她们……"[②]在《马戏团》中，主人公柯思嘉"希望看到生活中真实的、卸了装的杂技演员。并且不是在马戏团，而是在家里，在桌子上，在一堆菠萝中间。"[③]

西尼亚夫斯基的小说《马戏团》以一串省略号开始。纳博科夫的小说开头则看似一个片段："而实际上他的名字叫弗列杰里克·多布逊。"[④]在这句话里面，俄语连接词"而（a）"把小说的第一句话和题目"土豆埃里弗"连接起来，告诉读者主人公被叫作"土豆埃里弗"是有原因的，小说在形式上起到了一种"陌生化"的效果。19世纪现实主义作家A.库普林以杂技为主题的小说《阿勒兹》（1897）也以同样的方式开头。纳博科夫借用了库普林的这篇小说中女主人公的名字，给《土豆埃里弗》中的女主人公也起名为"诺拉"。西尼亚夫斯基和纳博科夫一样，汲取了库普林的经验，给小说命名为《马戏团》（库普林也有一篇写于1901年的同名小说）。

西尼亚夫斯基和纳博科夫在同样的位置（每一段的结尾）使用了同样的句法结构。对于主人公生活中幸福时刻的结束，纳博科夫写道："老天爷赐给这位穿着鼠灰色护腿套的小矮人的幸福一天就这么快过去了。"[⑤]而在《在马戏团》中，"康斯坦丁·彼得洛维奇年轻的生命，就在最美丽健康的时刻被毁掉了。"[⑥]

但是，这些在文本细节上的重合并不能说明什么。重要的是被两位作家赋予隐喻意义的人物形象的相近，源于他们相同的艺术创作思想。在西尼亚夫斯基看来，作家的创作和杂技演员或罪犯一样，实际上都是在冒险。在《马戏团》中，他把魔术师和小偷、小偷和走钢丝的杂技演员、上帝和作家等量齐观。男主人公柯思佳在受到马戏团"手技魔术师"的鼓励后，终于成为一名扒手。

① Абрам Терц. *Андрей Синявский*. Собр. соч.:В 2 т.т.1-М.1992.с.114.

② В.Набоков. *Король,дама,валет*. Собр.романов и рассказов.М:Издательство АСТ.2004.с.428.

③ Абрам Терц. *Андрей Синявский*. Собр.соч.:В 2 т.т.1-М.1992.с.115.

④ В.Набоков. *Король,дама,валет*. Собр. романов и рассказов.М:Издательство АСТ.2004.с.425.

⑤ Ibid,c.437.

⑥ Абрам Терц. *Андрей Синявский*. Собр.соч.:В 2 т.т.1-М.1992.с.125.

“当他眼前突然而又清晰地出现醉意微醺的饭店时，康斯坦丁·彼得洛维奇从内心深处，从骨髓里感到了一种甜蜜而又刺骨的、渗透到毛孔里的震颤。好像他是走在四百米高空之上的钢丝上，尽管墙壁在晃，有崩塌的危险，他迈着矫健轻快而又匀称的步子，沿着钢丝走着。而观众们全神贯注，屏着呼吸，就像信赖上帝一样信赖着他。柯思佳，别招供！康斯坦丁·彼得洛维奇，顶住！扯点别的，告诉他们虾在哪儿过冬！你也应该，必须应该给他们看点什么，来个后空翻，或者来个令人惊奇的魔术，或者说点儿什么能让使世界颠倒过来的话！”①

在柯思佳看来，语言能够改变世界的面貌。后来，西尼亚夫斯基本人也把艺术家想象成了弗拉基米尔·索洛维约夫和象征主义者们笔下蹩足的巫师：

“艺术家——是创造奇迹的失败者，或者简单地说，是按照自己的方式对现实实施魔法的魔术师。用艺术魔幻般地改造世界是不可能实现的，但艺术就是因此而活着。艺术家的悲哀也就在这里，他没有能力去完成自己的使命。但艺术力量的伟大之处和它带给人类的快乐也在于此：塑造艺术形象、改变生活，并以此在一张纸上或一本书里发挥艺术家的作用，发挥魔法师和神话创造者的作用。”②

根据作家的这些评论，美国学者凯特林·泰伊米尔自然而然地联想到了《马戏团》：“我们不要忘记，魔术师的榜样怂恿了柯思佳去扒窃，而柯思佳本身则把自己的犯罪行为理解为变魔术。”③和魔术师的作用相似，作家创造了奇迹般的幻觉，但他们都是“失败的奇迹创造者”。纳博科夫在童年时代就对魔术如痴如醉，他一直认为，魔术能够创造奇迹。他的这些想法后来就转移到了他笔下的主人公们，如《防守》的主人公卢仁。在《土豆埃里弗》中，魔术师被比作诗人：“她明白了，从某些方面来看，魔术师朔克毕竟是一个诗人。”④在纳博科夫看来，魔术师的艺术中，迷人的就是美妙的欺骗，而就是那种美妙的欺骗融进了作家和诗人的艺术。生活在苏维埃时代的西尼亚夫斯基，对纳博科夫的这种比喻做了修正，因为他不仅十分赞同还进一步发展了纳博科夫的美学思想。他认为，作家不仅仅

① Абрам Терц. *Андрей Синявский*. Собр.соч.:В 2 т.т.1-М.1992.с.117.

② Непомнящая К.Т. *Синявский/Терц:эвалюция писателя в эмигранции//Русская литература 20-ого века:Исследования американских ученых*. СПБ. 1993.с.500-525.

③ Ibid, p.512.

④ В.Набоков. *Король,дама,валет*. Собр.романов и рассказов. М:Издательство АСТ.2004.с.430.

是骗子，他更是罪犯。他的这个观点或许是得到了奥西普·曼德尔施泰姆“作家是小偷”的观点的支持。

和《土豆埃里弗》一样，西尼亚夫斯基在小说《马戏团》中把死亡、绝招和魔术三者相互对照。柯思佳枪杀“手技魔术师”是命中注定要发生的。

“他不再叫喊，嘴里咕哝着，嘟嘟着，喉咙里发出咕噜咕噜的声音，就像小心拉紧的颤音，又像在表演一种嘴巴在高音区和低音区之间进行的复杂的漱口艺术。起初好像他要摆出一种架势，他要坐在地上，吐着痰，要大声宣布：为了吓唬观众，他在欺骗他们。可是，很显然，这位外出巡演的演员，意识到死人相对于活人的长处，被柯思佳一枪射中，在演他的拿手好戏，把美好的形象变成了死人。”①

毫无疑问，《土豆埃里弗》中魔术师的死亡场面激起了西尼亚夫斯基的灵感，使他设置了这个情节。魔术师朔克为了欺骗妻子，假装服毒，逼真地模仿了人临死前的状态。他以这种方式惩罚妻子诺拉的变心。“他额头上血管暴胀。他蜷曲得更紧了，嘴里咕哝着，头上一缕被汗水浸湿的头发微微颤抖着，他哆嗦着把手帕按在嘴上，手帕很快浸透了鲜血。”②诺拉很长时间不相信他要死了，读者也不知道该想些什么。“濒死的”魔术师使诺拉确信，如果说这是魔术表演的话，也是他这辈子最后一次了。因此，他叫道：“等等，诺拉！……你不明白，……这是我最后一次魔术表演……以后再也不能了……”③

在西尼亚夫斯基那里，“手技魔术师”的死也被称为“魔术表演”。“他悄悄地死了，甚至没有挥手告别，扔下六神无主的柯思佳，魔术表演被他们两人弄得砸了锅。”④西尼亚夫斯基把魔术看作是真正的死亡，而不是虚构的死亡。他要表达的是对待死亡的态度，这种态度在纳博科夫的小说中以含糊的方式表达出来。

1979 年，西尼亚夫斯基写了一篇名为《祖国——罪犯之歌》的文章。在这篇文章中，西尼亚夫斯基写道，《祖国——罪犯之歌》中的死亡具有一种特殊的“舞台布景”性质，因为这些死亡“缺乏真正具体的内容，通常被理解为色彩鲜明的喜剧。”⑤可以看出，西尼亚夫斯基的这篇文章，不仅源于他在监狱中的生活

---

① Абрам Терц. *Андрей Синявский*. Собр.соч.:В 2 т.т.1-М.1992.с.124.

② В.Набоков. *Король,дама,валет*. Собр.романов и рассказов.М:Издательство АСТ.2004.с.439.

③ Ibid.

④ Абрам Терц. *Андрей Синявский*. Собр.соч.:В 2 т.т.1-М.1992.с.124.

⑤ Непомнящая К.Т. *Синявский*/Терц:.-*эвалюция писателя в эмиграции//Русская литература 20-ого века:Исследования американских ученых*. СПБ.1993. с.509.

经验，也源于他对纳博科夫的小说《功勋》的深刻理解。斯拉夫英语教授阿尔奇巴尔德·穆恩宣称，传统的俄罗斯文化在 1917 年结束，“接下来所有的一切，将全是黑话。”[①]

因此，西尼亚夫斯基在描写死亡时所使用的陌生化语调和幽默因素被解释为边缘艺术美学。在他生活的世界里，边缘成了主流，因为他的大部分创作是在狱中进行的。对待死亡的不认真、不严肃的态度，也许是贵族出身的纳博科夫接近黑话的一个切入点。在纳博科夫看来，对死亡的恐惧，可以也是需要克服的：死亡是另外一种存在方式。这种对待死亡的态度就阐释了西尼亚夫斯基初看起来令人费解的话：死人比活人更具有优势。在纳博科夫看来，死亡是上一次旅行的结束和下一次旅行的开始。既然是旅行，那就应该是轻松的、快乐的、幸福的。所以，死亡并不可怕，它是另一种形式的存在，这就印证了纳博科夫作品中一贯的“彼岸世界”主题。

比托夫认为，在纳博科夫的作品中，“死亡很轻松，甚至有些可笑。主人公永远意识不到死亡已经降临。《车祸》中的年轻恋人不是这样吗？他永远不会知道，未婚妻已经离开了他，因为他跌在了有轨电车下面。“土豆埃里弗”就要死了，但他很幸福，因为他还不知道，他从天而降的儿子已经死了。这甚至是幸福，而不是死亡。”[②]

故事中，父亲即将与儿子会面的场景，就是纳博科夫“彼岸”世界的序幕。诺拉告诉弗列德：“我曾经生了一个属于我们的儿子……”。弗列德忽视了这句话的过去时态，没有弄清楚这句话的真正含义：他曾经有一个儿子，但是他的这个儿子已经死了。无比幸福的弗列德奔向火车站，追赶诺拉，打算立即去找儿子。正当他伸手去拉诺拉的裙子时，突发心脏病而死。至此，弗列德已经完成了自己的旅程，但这一点并不能立即看出来。与《圣诞节》和《皮尔格拉姆》不同，在这篇小说中，彼岸的主题需要阐释才能明白。

小说中，主人公的死亡被阐释为一次魔术表演，这次表演由弗列德帮助朔克进行：“弗列德滑稽地伺候着他，在快要结束的时候，他高兴地轻声叫喊着，出现在框子里。尽管再过一分钟，观众就会看到，魔术师是怎样把他锁进放在舞台中央的黑箱子里。”[③]很显然，这次魔术表演是对基督教中复活场面的模仿：黑箱子与棺材、演出大厅的上空与天堂互相对应。接着，文本中这次魔术表演和临近的死亡产生了联系：

---

① Руднев М.П. *Словарь культуры 20-ого века*. М.1997.т.3.с.146.

② Битов А.Г. *Ясность бессмертия.//Набоков В.Круг*. 1990.с.8.

③ В.Набоков. *Король,дама,валет.Собр.романов и рассказов*. М: Издательство АСТ. 2004.с.442.

"梦中，他觉得奇怪，星空布满了秋千晃动时发出的闪烁不定的光芒。接着，砰的一声，他被关进了漆黑的箱子。透过箱子壁，他听到了朔克动听而又冷漠的声音，他找不到地上的出口，就在昏暗中叹气起来，魔术师的声音越来越悲伤，并渐渐远去消失。弗列德在寂静昏暗的卧室里，在自己宽大的床上呻吟着醒来，卧室里散发着薰衣草的淡淡香味。他睁开眼睛，看了很久，喘着气把拳头按在忐忑不安的胸口上，就像紧贴在演出结束时谢幕上的昏暗的光圈之上。"①

对于弗列德来说，朔克和诺拉是他通向死亡的引路人。是朔克介绍弗列德和诺拉相识。弗列德第一次突发心脏病是当他收到诺拉的来信之后，因为信的内容完全超出了他的预期，诺拉写信是为了请求他忘掉自己。弗列德的最后一次心脏病发作是致命的，诺拉的到来和有关儿子的消息夺走了他的性命，也使他带着对幸福的憧憬进入了没有痛苦、没有歧视的"彼岸世界"。称呼弗列德"土豆埃里弗"的不仅是朔克，还有诺拉。诺拉这个名字本身在俄语中就有"地道口，通向天堂的出口"的含义。

小说中的故事发生在英国。纳博科夫如此解释："《土豆埃里弗》与我的其他短篇小说的区别在于，故事发生的地点在英国。这样，无论如何也不能避免主题的无意识性……"②有趣的是，纳博科夫在写作《土豆埃里弗》的前一年，即1923年，将刘易斯·卡罗尔的童话《爱丽丝梦游仙境》翻译改写成为《安妮娅梦游仙境》。他将第一章的名字改写为《落入兔子洞》。安妮娅/爱丽丝通过地下通道进入另外一个世界。对于弗列德来说，和朔克与诺拉的相识，也是他落入死亡洞穴的必经途径。

小说结构十分巧妙，纳博科夫如此安排，是为了寄予小说很深的寓意。我们有理由希望弗列德还能够从死亡陷阱里爬上来，原因有三：第一，按照章节的排列顺序，最后一章应该是第七章。一个星期的第七天是星期天，是耶稣复活的日子。而弗列德的死既是发生在星期天的早上，又是发生在故事的第七章。第二，弗列德生活和死亡的所在城市名叫"梦之城"。既然是梦境，就有醒来的时候。纳博科夫艺术世界中的死亡相当于复苏、重生。第三，最后一段非同寻常的对比应该引起关注："诺拉漠然地看着弗列德瘦小的身体，它就像被揉成一团的黑色的手套。"就像人脱去衣服，灵魂也这样脱离身体。《斩首之邀》也直接表达了这种思想。重要的是，手套属于成对服饰。在纳博科夫的作品中，成双成对

① Абрам Терц. Андрей Синявский.Собр.соч.Т.1. М.1992. с.136.

② Руднев М.П. *Словарь культуры 20-ого века*. М.1997.т.3.с.393.

的衣服的分离是离别的象征，在小说《私生子的印记》中，极权主义国家总是让主人公与他的儿子相分离。主人公的妻子英年早逝。妻子死后，主人公戴着一只手套，这只手套叫作“寡妇”[①]。在儿子被捕这个场景中，纳博科夫修改了来自童话《灰姑娘》的情节。玛丽爱特的绰号“辛”是英国童话故事《灰姑娘》中辛德瑞拉的简称。玛丽爱特的一只鞋和辛德瑞拉的一样，也丢掉了。“没关系，”她快言快语地说，“我可以把脚放在你的口袋里，就像这样。林会把鞋送过来的。”[②]

在和诺拉交谈之前，弗列德把自己的一双鞋子丢在了不同的房间里，就像两只手套一样。死去的弗列德和儿子在身体上被分开，就像一双鞋子和一双手套被扔在了不同的地方。但是，诺拉的手套并没有丢得很远。她把它们丢在了弗列德的家里，又在那里把它们捡起来。这个从低处到高处的动作，就像从地下到天堂。尽管她的手套是黑色的，是棺材的颜色，但手套里子是白色的。诺拉“迅速脱下手套，并把它们揉成一团。手套是亮黑色的，而里子是白色的。”纳博科夫把世俗的生活和上好的手套里子布料作了对比。这又让人想起另一部作品《暗室》的结尾：男主角柯列奇马尔死了，在此之前，他的女儿也死了。“小桌子上……放着一只女士手套。”[③]父与子在彼岸世界的相见，对于《土豆埃里弗》的作者来说，纯粹属于作家的个人愿望。纳博科夫的父亲在1922年被右翼分子暗杀，作家本人也强烈渴望“在彼岸与父亲相见”。

在小说《土豆埃里弗》中，朔克的两次魔术表演从另一个角度验证了从死亡到复活的过程。而在西尼亚夫斯基那里，耶稣复活这件事本身就被柯思佳理解为灵巧的戏法：“他不经意地向教堂望了一眼。他喜欢教堂里天花板和墙壁上的各种各样的杰出的画作。他特别喜欢的是，一个魔术师扮成死者躺在棺材里，然后从棺材里跳出来，让所有的人感到惊奇。”[④]西尼亚夫斯基为了让读者相信这不具有任何重要意义，便求助于《福音书》中弥赛亚的故事。柯思佳是一个苏联无神论者，对他来说，弥赛亚的故事对他的意识不产生作用。柯思佳认为：“世界上没有上帝，没有鬼魂，即使有，那也会很快活。”[⑤]柯思佳非常喜欢扮演基督的魔术师，出于无知和善良，他自己甚至也创造了一个小小的奇迹：谴责恶习，奖赏天才，改写了福音书。“是那个民族的另外一个所罗门·马伊谢维奇出卖了他，但没有抓住魔法师，而是抓住了那个叛徒犹大，并把他钉在了十字架上。”[⑥]

① Nabokov V. *Bend Sinister*. London:Penguin books. 2001. p.158.

② Ibid, p.160.

③ В.Набоков. *Король,дама,валет.Собр.романов и рассказов*. М: Издательство АСТ, 2004, с.448.

④ Абрам Терц. *Андрей Синявский*. Собр.соч. Т.1, М.1992, с.119.

⑤ Ibid.

⑥ Ibid, p.119-120.

小说《马戏团》在基督教和尼采哲学之间保持着平衡。柯思佳的一个致命的空翻，应该被看作是他对基督——魔术师的模仿:“一种超自然的力量”引导着他。小说分成四个部分，这既和《福音书》相似，也和尼采的著作《查拉图斯特拉如是说》相似。“超自然的神奇力量”可以理解为一种引导主人公变成超人或神人的意念。在饭店里，柯思佳感觉自己是走钢丝的杂技演员，是神人。在这里，西尼亚夫斯基似乎指的是查拉图斯特拉的格言：人是一条横在动物和超人之间的绳索，是深渊之上的绳索。马戏团成了教堂，“索罗门高兴了，所有的人都惊叹着，一遍一遍地重复着，马戏团变成了教堂……”[①]柯思佳的教父——手技魔术师，和朔克一样，符合反基督的尼采心中的超人标准，是一个新神。马戏团就成了这个新神祭祀的地方。手技魔术师与马戏团中的其他形象不同（手技魔术师Манипулятор 的首字母为大写），他从天而降。但在危急时刻，他既可怜又可笑。他的外表具有纳博科夫笔下的弗列德的特征，这些特征预示了他的死亡将是真实的，而不是虚构的。两人的头发都是中分式的，“手技魔术师头发上的分缝是如此的光滑，好像沿着直线用电动剃须刀刮过一样。”[②]弗列德的头发“在头顶正中沿一条平直的直线分开……”[③]随着岁月的流逝，弗列德头顶变秃，他开始戴假发。在小说的结尾，西尼亚夫斯基解释说，手技魔术师也戴着假发。

柯思佳杀死了自己的教父，就像尼采的《查拉图斯特拉如是说》中的一个人物杀死了上帝一样。西尼亚夫斯基是“白银时代”文化传统的继承者，他巧妙地在基督教和尼采哲学之间保持平衡。在“白银时代”，维亚切斯拉夫·伊万诺夫、安德烈·别雷、尼古拉·古米廖夫等人做了一系列的尝试，把尼采哲学和基督教学说合二为一，综合起来。在 20 世纪 60 年代，西尼亚夫斯基对待尼采的态度更加纳博科夫化，即持否定态度。这在他的中篇小说《薄冰》中有鲜明体现。

俄语单词“马戏、杂技”来源于拉丁语，有“圆圈、轮回”之意。小说《马戏团》中作者的轮回思想体现在他使用的环形叙事结构。魔术师在小说的开头和结尾重复出现。对于柯思佳来说，他和魔术师的两次见面都是命中注定的。纳博科夫也经常使用环形叙事结构，表达“轮回”的思想，如短篇小说《圈》《天资》中对 Н.Г. 车尔尼雪夫斯基生活的描写。在纳博科夫的《尼古拉·果戈理》中，第一章就是《他的死和他的青年时代》，而西尼亚夫斯基的《在果戈理的影子里》，第一章则是《结局》，纳博科夫的环形叙事结构在这本书中得到重复和模仿。

---

① Абрам Терц. *Андрей Синявский*. Собр.соч. Т.1, М.1992, с.120.

② Ibid, p.114.

③ В.Набоков. *Король,дама,валет*. Собр.романов и рассказов. М:Издательство АСТ. 2004, с.435.

2. 一切都是幻想:《斩首之邀》的另一个潜文本

俄罗斯著名文学批评家比奇里(П.Бицилли)在评论纳博科夫的小说时说:

“在纳博科夫的作品中，幻想和虚构手法如此常见，它总是在我们不经意的地方出现。如在《斩首之邀》中，虚构和幻想，在叙述的地方、以叙述的语调，出人意料地出现。也就是说，纳博科夫故意用简单平静而又苍白的语调，在异常事件发生的地方，叙述日常生活琐事。在异常事件中插入庸俗的日常生活琐事，并不是纳博科夫的新发明。果戈理、萨尔蒂科夫，甚至卡夫曼都使用过这种手法。幻想情节在叙述的每个部分都得到细化，这样日常生活琐事就构成一个框架或形成一个背景，使异常事件显得更加突出。在纳博科夫早期的作品中，幻想和现实相互交织，并且对于‘不可能发生’的事情，纳博科夫以插叙的方式进行叙述，就像在叙述平时不加任何关注的日常生活琐事一样。‘听差们……轻快地送菜上桌(有时甚至端着盘子跃过桌子)，人人都注意到皮埃尔先生对辛辛那特斯彬彬有礼的关照……’”。①

在西尼亚夫斯基的处女作《马戏团》中，幻想也以同样的方式进入文本。在《斩首之邀》中，听差们就像小鸟，而在西尼亚夫斯基那里，侍者就像猴子。

“每个人头顶上都举着一只托盘，不停地转来转去，托盘上面有各种各样的葡萄酒——红葡萄酒，白葡萄酒，或许还有所谓的‘玫瑰麝香葡萄酒’……侍者们的脸上，猴子般的眼睛熟练地观察着周围的情况。他们在装有椰枣的木桶之间跳过来跳过去，(这种椰枣就像在非洲一样随处可见，)并且彼此交换着盛在不锈钢餐具里的、热气腾腾的红甜菜汤。”②

柯思佳把生活中的一切都当作杂技和魔术演出。小说进一步明确了莎士比亚的名言：世界就像戏剧舞台，生活就像演出。更有甚者，柯思佳案件的诉讼程序也像一场演出。

“在法庭上，当着聚集在一起的众人，他做了一场效果甚佳的预演……男男

① Бицилли П.Рец. *Приглашение на казань*(1938)//*Классик без ретуши:Литературный мир о творчестве Владимир Набокова*/под общ.ред.Н.Г.Мельникова, М, с.141-144.

② Абрам Терц. *Андрей Синявский*. Собр.соч. Т.1, М.,1992, с. 117.

女女的所有目光，都盯着康斯坦丁·彼得洛维奇。他站在舞台的中央，体验到了许多美妙的瞬间，他那渴望已久的令人妒忌的演员的自尊心得到满足。”柯思佳逃脱了公诉人要求判处的死刑。法庭和马戏团的对比，重新让人想起了《斩首之邀》。在审判期间，辛辛纳特斯戴着一顶红色的高筒帽，刽子手皮埃尔向他的被监护人（即辛辛纳特斯）展示了灵巧的杂技表演，其中包括辛辛那特斯将被斩首的情景。他说：“执行时间定在天……地点是思里勤广场……马戏团订票的票根有效……”①

死亡主题和马戏团主题在纳博科夫的笔下通常是相互交织的。在《菲雅尔塔的春天》中，故事以女主人公在车祸中丧生而结束——她的汽车钻进了流动马戏团的带篷汽车下面。土豆埃里弗的死虽然不是发生在马戏团，但围观的人群仍然把他的死理解为杂技演出：“围观者越来越多，前呼后拥，他们认为这是马戏团为招揽顾客在做活广告……”②把两个主题联系在一起是俄罗斯文学的一个传统。库普林有两篇跟有关杂技的小说：《阿勒兹》和《马戏团》。这两篇小说都以杂技演员的死而告终。当代库普林研究者们认为，库普林喜欢杂技，但在他的作品中感觉不到他的这种爱好，因为库普林小说中的杂技被演绎得既可怕又残酷。

而纳博科夫对待杂技的态度具有双重性。《土豆埃里弗》中的魔术师朔克绝对是一个令人倾倒的演员。尽管他的致命的魔术有些令人恼火，但复活是这些魔术的必要组成部分。从另外一个方面来说，《斩首之邀》中辛辛那特斯的不死完全出乎皮埃尔及其助手们的预料。西尼亚夫斯基批判自己的“魔术师”，不仅仅是因为魔术师不是真正的杂技演员，也不是像柯思佳这样的存在主义的追随者。西尼亚夫斯基的小说实际上是对“像演杂技那样对待生活”的生活态度的颂扬，创造奇迹和艺术才能也都受到赞美和鼓励。

米哈伊尔·爱普施泰恩认为，西尼亚夫斯基在 1973 年创作的《合唱中的异调》回荡着《斩首之邀》的余音：“不幸的牢狱生活从四面八方向西尼亚夫斯基压降过来，文化生活衰落到半动物的水平，设法在各地搜寻人物和不良行为的对象，甚至把大自然作为道具管理员。风景开始有点像舞台布景。我受到了警告。天空和森林被粘在了舞台背景上，我已经是第四年发现这种情形了。”③世界在《斩首之邀》中的辛辛那特斯的眼中，也都像舞台布景。

纳博科夫绝不会同意“作家是罪犯”的看法，但是，西尼亚夫斯基的观点受

① 纳博科夫：《斩首之邀》，陈安全译，上海：上海译文出版社，2006 年，第 149 页。

② 纳博科夫：《菲雅尔塔的春天》，石枕川、于晓丹译，福州：浙江文艺出版社，2003 年，第 44 页。

③ Абрам Терц. *Андрей Синявский*. Собр.соч., т.1, М. 1992, с. 171.

到了纳博科夫的影响。《马戏团》的写作时间是1955年，这一年，纳博科夫在法国巴黎出版了长篇小说《洛丽塔》。这部小说在几乎所有的英语国家遭到了查禁，作为职业文学评论家的西尼亚夫斯基，不可能不知道这件天大的丑闻和书中主人公的犯罪情节。

众所周知，《洛丽塔》是一本后现代主义色彩鲜明的作品，打破了高雅文化、精英文化与低俗的大众文化之间的对立。在短篇小说《马戏团》中，西尼亚夫斯基把高雅文化、精英文化和最普通的大众文化——马戏紧紧地融合在一起。艺术家是魔法师和巫师的理念在小说中被塑造为小偷或窃贼的形象。对《福音书》、尼采、纳博科夫、库普林等的文本的相互交织引用，使单一的阐释变得不可能，这也是后现代主义文学作品的一个重要特征。

二、纳博科夫和塔吉亚娜·托尔斯泰娅

塔吉亚娜·托尔斯泰娅是当今俄罗斯备受关注、最受争议的女作家。备受关注的部分原因是因为她是作家阿·托尔斯泰的孙女，更重要的是她的作品频频获得各种各样的文学奖。2000年，她的代表作《野猫精》一问世就在文学界激起巨大波澜。此书一版再版，接连获得凯旋奖和图书奥斯卡奖，入围俄罗斯布克文学奖，并很快被译为英、法、德、瑞典等国文字，在欧美各国发行。

1983年起，托尔斯泰娅开始在俄罗斯作协机关刊物《阿芙乐尔》上发表短篇小说。她的作品一问世就受到了评论界的关注，被认为受到了纳博科夫的影响。这种观点起初引起了作家本人的极为不悦。在1986年的一次访谈中，托尔斯泰娅说："别人说我继承了布尔加科夫、纳博科夫、德国文学和格林的传统。可是我根本不了解德国的文学传统，我也不喜欢格林的作品。总之，说我继承了20年代的文学传统，还是有点公正的。"①

弗拉基米尔·诺维科夫在给托尔斯泰娅短篇小说集撰写的前言中指出："这本书的作者继承了20世纪俄罗斯短篇小说家们的优秀传统，即普宁、阿列克谢·托尔斯泰（女作家的祖父）、扎米亚京、巴别尔、沃列沙、纳博科夫等的创作传统，这种传统在卡萨科夫、比托夫、阿克谢诺夫等人的创作中得到了进一步的发展。"②

然而，与其他作家相比，纳博科夫的声音更清楚、更频繁地回荡在托尔斯泰娅的所有作品中。亚历山大·格尼斯在谈到托尔斯泰娅时，引用了纳博科夫-果戈理研究者的话："托尔斯泰娅的小说具有罕见的特点——独特的生物过滤。纳

① Толстая Т. *Тень на закате//Литературная газета*.1986. №30 (23 июля).

② Новиков Вл. *Наедине с вечностью//Толстая Т.Любишь и не любишь:рассказы*. М., 1997, с.5-8.

博科夫在高度评价果戈理的作品时，也说过类似于的话，说果戈理的作品中蕴涵着‘生命的自发萌芽’，因为它向文学提供了‘巨大的波涛汹涌的生活背景，这种背景创造了真正的戏剧。’”①

在纳博科夫诞辰一百周年纪念之际，托尔斯泰娅在谈到这位前辈时相当详细地讲述了她阅读纳博科夫作品时的情景。纳博科夫的作品回归苏联之前，托尔斯泰娅就已经阅读了他全部的作品，这些书是她的父亲偷偷从国外带来的。“他把纳博科夫的书偷偷地塞在衣服里，藏在腹部”。②托尔斯泰娅毫不隐瞒对纳博科夫这位俄裔美籍经典作家的赞叹。她在随笔《临摹之画》的结尾部分，甚至向诺贝尔委员会表示不满和愤慨：“纳博科夫没有获得诺贝尔文学奖，再一次证明了诺贝尔文学奖评审委员会人心的麻木和政治上的懦弱。”③

纳博科夫的自传体长篇小说《彼岸》深受托尔斯泰娅的喜爱。她引用了纳博科夫在《彼岸》中的结束语（“所有的一切，就像是在谜一样的画面上杂乱无章”），作为自己的长篇小说《野猫精》的开头：“……只有几只黑色的兔子从一个雪堆窜到另一个雪堆。”④

如果说刚刚开始写作的托尔斯泰娅闭口不谈纳博科夫对自己的影响，是因为“影响的焦虑”，那么，当她的创作个性和作为一个原创作家的声誉确立以后，托尔斯泰娅终于给了纳博科夫以应有的评价，甚至暗示自己对纳博科夫的继承性。

著名理论家马克·里波维茨基在评论《野猫精》时指出，在《野猫精》的结尾，作家“再一次戏仿了纳博科夫《斩首之邀》的结尾”。而 A.K.茹科夫斯基在谈到托尔斯泰娅的短篇小说《奥克维利河》与纳博科夫的《斩首之邀》和《洛丽塔》的关系时指出：“属于可信互文性的还有纳博科夫的《斩首之邀》，整个情节发生的道具布景，在这篇小说的结尾部分轰然倒塌……并且，年轻的洛丽塔与和她没有半点相似之处、并且青春已逝、美丽不再的母亲之间对比的背景道具——他们房子里的公共浴室的背景也轰然倒塌……”⑤

鲍里斯·巴拉莫诺夫在评论《奥克维利河》时也指出：“纯粹是纳博科夫风格的小说，就连句子的变化也是纳博科夫式的。”⑥并且，巴拉莫诺夫还从契诃夫和纳博科夫的小说中发现了托尔斯泰娅的创作源泉：“起初她写的只有一件事——

① Генис А. *Иван Петрович умер:Статьи и расследования*. М.,1999, с.69.

② Толстая Т. *День.Личное*. М.2001, с.319-322.

③ Ibid.

④ 塔吉亚娜·托尔斯泰娅：《野猫精》，陈训明译，上海：上海译文出版社，2004 年，第 1 页。

⑤ Жуковский А.К. *В минус первом и минус втором зеркале. Татьяна Толстая, Виктор Ерофеев-ахматовиана и архетипы//Литературное обозрение*. №6(1995), с.25-41.

⑥ Парамонов Б.*Застой как культурная форма(О Татьяне Толстой)//Звезда*, 2000, №4，с.238.

契诃夫的《约内奇》，有时候‘约内奇’变成了‘逃亡者’。在托尔斯泰娅那里，就是短篇小说《和小鸟约会》。……只有被《卢仁的防守》弄得困惑不解的作家，才能写出《别杰尔茨》。但是，问题不在于纳博科夫，而在于它的稀有和珍贵。……”[①]

托尔斯泰娅在自己的小说中引用了纳博科夫各种体裁的作品。接下来将以《索尼娅》和《事变》为例，分析托尔斯泰娅作品中纳博科夫的影子，探讨纳博科夫对托尔斯泰娅创作的影响。

1.“布尔科夫上空的星星”

1997年，托尔斯泰娅出版小说《索尼娅》。故事通过支离破碎的回忆，讲述了一个名叫索尼娅的女人的梦幻爱情故事。索尼娅是博物馆的工作人员，她善良热情，乐于助人，然而，因为长相丑陋，到了40岁时还没有找到属于自己的爱情。她善于烹调和缝纫，是一个出色的保姆。她有求必应，甚至替那些外出旅游的人们照顾孩子。但在一些人眼中，特别是列夫和阿达两兄妹眼中，索尼娅是一个又傻又笨的人。因为说了一句“不合时宜”的话，索尼娅遭到了阿达俩兄妹的报复。阿达伙同自己的朋友，编造谎言，告诉索尼娅，说有一个有妇之夫爱上了她，但出于家庭责任感，不能与索尼娅见面，只能与她通过写信联系。索尼娅信以为真，与阿达等人虚构的尼古拉开始了精神恋爱。阿达等人以尼古拉的名义，轮流写信给索尼娅，索尼娅在给“尼古拉”的回信中，向他诉说自己的思念，向他表示自己会永远忠于他。她甚至将自己心爱的胸针——瓷质的白鸽作为信物寄给了“尼古拉”。二战爆发以后，列宁格勒陷入了德国法西斯军队的围困。阿达在信中把一切实情都告诉了索尼娅，并告诉索尼娅，她的哥哥和父亲都已死去，而她自己也快要饿死，请求索尼娅的原谅。索尼娅穿过整个彼得堡，到城市的另一端给阿达送去了救命的果汁，然后拿起水桶去外面找水。而那一天，彼得堡遭到了德军猛烈的轰炸……

阿达等恶作剧的制造者们在偷乐的同时，还不忘想象索尼娅和尼古拉心灵交汇的时刻。“当然，尼古拉和索尼娅每天晚上都会在约定的时刻，凝视同一颗星星……尼古拉在远郊某一个叫西里乌斯的地方，要看他，需要向布尔科夫的方向望去。”[②]小说中，索尼娅自始而终都忠于自己幻想中的恋人。

忠实虚构是纳博科夫的重要创作思想。在《天资》中，费多尔·加都诺夫－切尔蒂采夫爱上了半真半幻的吉娜·弥尔茨，幻想和爱情将可见的世界扩大到了

① Парамонов Б.*Застой как культурная форма(О Татьяне Толстой)*//*Звезда,* 2000, №4, p.235.

② http://www.tema.ru/rrr/litcafe/tolstaya/

无限。在费多尔写给吉娜的诗中也表达了这种思想:“在灯笼近旁，闪耀着化装舞会的气息，树叶透出了绿色的叶脉。在大门旁边，晃动着巴格达弯曲的影子，而那颗星，依旧挂在布尔科夫的上空。”①托尔斯泰娅后来在随笔《描下来的画》中引用了《天资》中费多尔的诗歌:“我们不再看周围的一切：不再看夜晚柏林的灯光，不再看贴在砖墙上、伸向远处的壁纸上的郁金香，——那条街道的尽头是中国，而那颗星挂在伏尔加的上空……”②在纳博科夫的小说中，“在空地的那边，天空像桃子一样渐渐消失：篝火在水面上摇曳，穿过威尼斯水城，那条街道的尽头是中国，而那颗星挂在伏尔加的上空。啊！顶礼膜拜吧！你会相信幻想和虚构，你会只忠实于虚构，你不会把心灵关进监狱，当你伸出手，你不会说:啊，是墙壁。”③

托尔斯泰娅小说中的女主人公的名字，本身就是来自于费多尔的诗歌。幻想世界和梦境，对于索尼娅来说，比现实世界更重要。在自己的信中，索尼娅“向尼古拉承诺，要终生忠实于他，并告诉他关于自己一切的一切：她梦见了什么，一只小鸟在什么地方叽叽喳喳地叫。”④而在费多尔的诗歌中，他对吉娜表白:“爱吧，只爱那些极其珍贵的和幻想的，只爱那些从梦幻边缘抢来的，只爱那些残酷对待蠢笨的，只爱那些折磨平民的，忠实于幻想吧，像忠诚于祖国那样。”⑤幻想和虚构之于现实的优势不仅仅是小说《索尼娅》的主题，也是托尔斯泰娅整个艺术哲学的核心主题。作家塑造了很多幻想家，主人公的幻想通常都有美丽的开端，但最终都被残酷无情的现实撞得粉碎，如《火与尘》中的丽玛，《苦行僧》中的嘉丽娅，《轮回》中的瓦西里等。作家帮助她们编织了各种各样美丽的梦幻，最后美梦突然破灭，等待他们的是失望和伤害，生活和他们开了个非常残酷的玩笑。托尔斯泰娅笔下的女性通常天真无知，耽于幻想，很容易被捉弄和欺骗。如《索尼娅》中的索尼娅和《亲爱的舒拉》中的舒拉等。

在小说《索尼娅》中，作家通过多种手段，确定了幻想和虚构主题。首先，虚构的尼古拉实实在在地挽救了他的虚构者阿达的生命，使他免于死亡。其次，“傻瓜”索尼娅使人联想到了智慧女神“索菲亚”。“我们就说，他（指尼古拉）在音乐厅看到了她侧面美妙的倩影，……所以想和她进行高尚的书信往来。”⑥阿

① Nabokov V. *Сборник романов* Ⅳ. M: ООО «Издательство АСТ», 2004, с.357.

② Толстая Т.*День.Личное*. М. 2001. с.321.

③ В.Набоков. *Сборник романов* Ⅳ. М: ООО «Издательство АСТ», 2004, с.357.

④ http://www.tema.ru/rrr/litcafe/tolstaya/

⑤ В.Набоков. *Сборник романов*.IV. М: ООО «Издательство АСТ», 2004, с.337.

⑥ http://www.tema.ru/rrr/litcafe/tolstaya/

达等人凭空臆造的这一情景，实际上再现了1901年在音乐厅里的发生的一幕情景：安德烈·别雷和玛格丽塔·玛拉佐娃在那里“相识”，那一年，恰恰是索尼娅出生的时间。别雷和玛拉佐娃个人之间从未有过近距离接触，但他们的通信往来持续了很长时间。对于别雷来说，和玛拉佐娃的通信是他第一次和“永恒女性”索菲亚的约会。索尼娅是索菲亚的小名，也是安德烈·别雷和玛格丽塔·玛拉佐娃之间柏拉图式爱情的结晶。

小说前三段体现了纳博科夫式主题，即回忆、蝴蝶、人与木偶和幻影之间的变换相互交织。然而，回忆主题的光芒并没有持续多久：“明亮的房间颤动着、闪耀着，渐渐暗淡，坐在那里的人们背部透出纱布的光亮……一个快乐的大笑着的人影变成了硕大的、用五颜六色的破布粗糙做成的木偶……”①在纳博科夫的《斩首之邀》中，辛辛那特斯也把看护自己的卫兵当作木偶。他对监狱长罗德里格·伊万诺维奇说：“感谢您，木偶，马车夫，涂脂抹粉的小丑……”②狱卒的虚构性在小说的结尾表现得淋漓尽致：“从刽子手摆动着的臀部还可以看见栏杆，……观众都很透明，也很无助，他们都在拥挤着跑开。只有后台，画上去的后台，还在原地未动。”③托尔斯泰娅又把转瞬即逝的回忆和不可捉的蝴蝶作了对比。作家告诉那些枉费心机想留住记忆的人们，“既然你们是这样的，想怎样就怎样吧。追逐你们是徒劳的，就像挥着铲子捉蝴蝶一样。”辛辛那特斯善于把身体隐藏起来，像脱光自己身上的衣服一样。在托尔斯泰娅的小说中，身体等同于衣服。“她胸部扁平，两条腿很粗，就像是从另一个人的身体上移植过来的，两只脚撇着内八字。鞋子已经穿得偏向一边。喏，胸脯、腿脚又不是衣服……我的亲爱的，也是衣服，这也被当作衣服的！”

在纳博科夫的短篇小说《小国王》中，两个法西斯兄弟杀死了浪漫主义者罗曼托夫斯基。如果说罗曼托夫斯基是国王的话，那么索尼娅就是漫画式的王后：“所有英国国王的优点，加在一起，凝聚了索尼娅的野马特征。”④小国王——小鸟的形象在托尔斯泰娅那里演化成索尼娅一直戴在身上、后来寄给“尼古拉”的“瓷制鸽子”。作者通过这些细节强调了索尼娅的浪漫情调：“其实，应该考虑到，她是一个浪漫主义者，有自己的浪漫情调。说到底，她的这些蝴蝶结和珐琅质的鸽子……都是些充满浪漫情调的东西。”⑤

---

① http://www.tema.ru/rrr/litcafe/tolstaya/

② В.Набоков. *Сборник романов*. IV, М: ООО «Издательство АСТ», 2004, с.77.

③《斩首的邀请》崔洪国、蒋立珠译，长春：时代文艺出版社，1999 年，第 199 页。

④ http://www.tema.ru/rrr/litcafe/tolstaya/

⑤ Ibid.

在托尔斯泰娅的这部小说中，捉弄索尼娅的俩兄妹阿达和列夫与纳博科夫小说中的两个法西斯兄弟非常相似。捉弄索尼娅的计划是在1933年开始的，正好是希特勒上台的时间。而在《菲雅尔塔的春天》中，纳博科夫指出了写作《小国王》的时间和地点：柏林，1933年。而杀死索尼娅的已经是真正的法西斯分子，在1941年，彼得堡被围困期间。

阿达的哥哥列夫·阿道尔弗维奇是一个真正的无赖、流氓。作家在塑造这个人物时，使他和希特勒·阿道尔夫有某些共同点：前者的父称是阿道尔夫维奇，后者的姓是阿道尔夫；两人都是无恶不作的流氓。阿达在意识到索尼娅对“尼古拉”的态度有几分认真的时候，行为开始表现出一点高尚：有了歉意和悔改。阿达作为“阴险计划”的最初制造者，很容易使人联想到纳博科夫的长篇小说《阿达》中的女主人公，她以生命为代价，保留了爱情。

2.《情节》：列宁的反面

托尔斯泰娅的短篇小说《情节》(Сюжет)在她所有短篇小说中最具后现代艺术特征。这篇小说以普希金与丹特士之间的决斗为背景，对历史进行了改写。普希金为捍卫荣誉与丹特士展开决斗，故事以丹特士的死亡和普希金胸部受伤而结束。受伤之后，普希金一连几天高烧不止，胡话连篇。受伤的普希金在昏迷中的呓语占了小说大量的篇幅。作者借助于普希金的呓语，将19世纪至20世纪俄罗斯文学发展的很多情节和俄罗斯历史上重大事件串联在一起。梦中，普希金看见了高加索的峡谷，看见了格里鲍耶托夫笔下的大车。他梦见了清凉的山间溪水，梦见了波尔塔瓦战役，梦见了果戈理的狂人日记和陀思妥耶夫斯基的《死屋手记》，梦见鱼儿在他的口袋里游来游去，梦见他像蓝色的火焰一样照亮了人民的心灵，像红色的火焰一般穿过一个个城市。他还梦见恶狗撕咬着孩童，梦见鲜血从男孩们的眼中流出……

托尔斯泰娅在这篇小说中引用了纳博科夫的两首诗歌。这两首被引用的诗歌在整个小说的结构上起着标志性的作用。普希金的集句诗文(即从别的作品中摘录出若干句而成)，即呓语部分以纳博科夫的诗句而告终：“Р，О，С，——不，我分辨不出这些字母……而我突然明白，我是在地狱里。”[①]

托尔斯泰娅在小说中还引用了纳博科夫在文学传记作品《尼古拉·果戈理》中的观点，大量使用讽拟手法，颠覆了人们的传统思想。首先，普希金的形象已经不是我们以往了解到的普希金，俄罗斯也不是普希金以往所知的俄罗斯。和丹

① http://www.tema.ru/rrr/litcafe/tolstaya/

特士决斗以后，受伤的普希金恢复了健康，活了下来，但是并不是在现实世界，而似乎是在地狱里，在与世隔绝的某个地方。没有人再对他的诗歌感兴趣，他不得不烧毁自己的新作。他的呓语既像是“地下人”的手记，又像是“狂人”的日记。“在那个时代，还有谁在写诗？没有人写。普希金还在写诗，但他的诗不再遍布整个俄罗斯；他也写小说，但没有人愿意读。因为他的小说太枯燥，太规范，而时代需要有恻隐之心和庸俗性。”为了讽刺现实，作者再一次引用了纳博科夫在《尼古拉·果戈理》中的表达的观点：一、拒绝庸俗；二、文学不关心同情弱者和谴责暴力之类的东西，文学应该关注人类心灵深处最隐秘的东西……作者想说的是，在后现代社会，普希金和纳博科夫的经典作品已经不再受到大众的喜爱，他们喜爱的是通俗作品和大众文化。

其次，普希金成为一个改变俄罗斯命运的主宰者。托尔斯泰娅对纳博科夫诗歌《莉莉》（Лилит）的引用有机地融入到了有关普希金的文本，而纳博科夫的这首诗本身就包含着对普希金的拟仿。主人公回忆起“来自岸边的赤杨，送来了人间的春天，我从近处看到，磨坊主的小女儿，全身闪着金灿灿的光芒，缓缓露出水面……”[①] 小说《磨坊主的女儿》提到了普希金没有写完的剧本《人鱼公主》中的女主人公。纳博科夫写了《人鱼公主》的最后一场戏，接续了普希金的文本，而塔吉亚娜·托尔斯泰娅则延续了普希金的生命。不过，决斗后普希金的使命不是文学创作，他成为一个年事已高的老人，他刮掉了瘦小的弗拉基米尔·乌里扬诺夫（即列宁）拐杖上的油漆，改变了历史的进程。

作者借主人公普希金之口，对戈尔巴乔夫的“改革和新思维”进行讽刺。年迈的普希金决定前往伏尔加河流域，目的是查看与普加乔夫起义有关的档案。

“也应该，啊呀！终于该结束了，要把普加乔夫起义的事扯到什么时候啊，远古时代就选中了，但一直不放手，一直拖到现在。——以前禁止的档案现在都开放了，那儿，在那些档案里，有吸引人的新发现，好像揭开的不是过去，而是未来。患热病的人头脑中隐隐约约闪现的模模糊糊的轮廓，还有很早以前就被子弹打穿的情形。是不是用这种办法杀死了他？记不得了；为什么？记不得了。好像黑暗中微微闪耀着某种不确定。”[②]

这一段话的最后一个句子是对纳博科夫的《看这些小丑》中的人物瓦吉姆·瓦莫维奇用俄语写的一首诗《一见钟情》的改写。“我提醒你，一见钟情不是事实；

① PC,V.437.

② http://www.tema.ru/rrr/litcafe/tolstaya/

我提醒你，一见钟情不是那些记号；我提醒你，彼岸，也许在黑暗中闪现！”①小说中，普希金已经非常接近“彼岸”，接近自己的死亡，因为列宁会在伏尔加河上谋杀他，但他并不知道这一切。想到普加乔夫起义，普希金已经预感到了1917年的风暴。引用纳博科夫的文本，实际上是对未来的叹息。但是，“不确定”一词在这里非常重要。因为未来不是听天由命，也不是预先注定好的，普希金担负着改变未来的使命。受到普希金的斥责后，瓦洛嘉·乌里扬诺夫（列宁）的态度完全走向了另一个极端。革命者成了反动派、保守派和顽固派。这个焕然一新的乌里扬诺夫实际上是列宁的一个翻版，一个“非同卵双生子”（nonidentical twin）或“不相似的双胞胎”。虚构的乌里扬诺夫和现实中的列宁非常吻合，就像《看这些小丑》中的瓦吉姆·瓦吉莫维奇与现实中的纳博科夫相吻合一样。

在托尔斯泰娅笔下，乌里扬诺夫完全成为一个反面形象。他喜欢站在装甲车上发表爱国主义演说，他的不切实际和不可能实现的国家计划看起来是俄罗斯真实历史的缩影和变形。他“一会儿建议把首都迁往莫斯科，一会儿制定‘我们应该如何改组国家杜马和东正教事务管理局’，一会儿又干些鸡毛蒜皮的小事，建议在哪里挖一条沟，在哪里铲平一个园亭。”②

在《看，这些小丑》中，纳博科夫笔下的瓦吉姆·瓦吉莫维奇实际上是列宁的翻版，他一直被一种奇怪的感觉所困扰：“也许，我一直不停地在模仿真正主宰生活的人……”“我的全部生命，都是雷同，都是对这个世界或另一个世界另外一个人的生活的拙劣阐释。”③

小说的第二段阐释了叙述者与他未来第一任妻子的哥哥伊沃尔的谈话：“伊沃尔·布莱克打算给市长穿上睡衣，因为一个年老的过路人梦见了所有这一切，难道不是吗？因为‘钦差大臣’一词来源于法语的‘reve’，即‘梦’。我答道，依我看来，这是一个最可怕的想法。”④在这里，作者用了“苔瑟拉”手法，进一步强调了纳博科夫的“果戈理是梦幻作家”的观点。在《尼古拉·果戈理》一书中，纳博科夫曾经认为，《钦差大臣》是一部梦幻剧，果戈理是一个梦幻作家。

瓦吉姆·瓦吉莫维奇的童年是“令人厌恶的、不可忍受的”。他翻译了“普希金和莱蒙托夫的诗歌，并且，为达到强烈的效果，轻率地对它们进行改写和修

---

① AC,V,120.

② http://www.tema.ru/rrr/litcafe/tolstaya/. 园亭是一种带圆顶的圆形建筑物，在这里指代东正教教堂。作者借此讽刺苏联对东正教及其教堂的破坏。

③ AC,V,177.

④ Ibid, p.101.

改。”[①]这种翻译方法，在追求逐字逐句翻译的纳博科夫那里，引起了强烈的愤怒。也许正因为如此，纳博科夫才花费了长达15年时间，翻译了普希金的《叶甫盖尼·奥涅金》。瓦吉姆·瓦吉莫维奇的一段话十分明确地表达了他与纳博科夫的对立："我对蝶类一无所知，说实在的，我也不想知道，特别是那些在夜间飞行的毛茸茸的飞蛾。我根本不愿意触摸它们，即使最漂亮的飞蛾，也会使我恶心得直发颤，就好像浴室里挂着的蜘蛛网或其他令人恶心的东西，像白糖中生的蠹虫。"[②]

迷恋苏联意识形态的Ninel Ilinishna Langley在瓦吉姆瓦·吉莫维奇的生活中起着不祥的作用。Ninel这个名字是在苏联时代出现的，实际上是列宁（Lenin）的名字的倒写。纳博科夫的"Ninel"在任何意义上都不与列宁对抗，就像在苏联文化中，倒着念并不暗指对抗，而托尔斯泰娅笔下的瓦吉姆却是现实中列宁的双面同胞胎。

托尔斯泰娅的这部小说和她的《野猫精》一样，实际上向我们提出了一个问题：普希金作为俄罗斯文化的代表，能否从根本上改变俄罗斯的历史？

A. K. 茹科夫斯基认为，托尔斯泰娅小说中的普希金"能够使俄罗斯避免布尔什维克主义"[③]。但有的读者认为，小说的结尾表明了作者的悲观情绪：即使普希金也不能挽救俄罗斯。但是，如果对比一下托尔斯泰娅其他小说的结局，如《我们坐在金色的台阶上》《索尼娅》和《亲爱的舒拉》，可以发现，《情节》的结局具有双重意义。一方面，俄罗斯布尔什维克主义的确不再构成什么威胁，但内务部的新任部长将由茹卡什维利先生出任，普希金的拐杖没有将他打死。另一方面，1937年，即茹卡什维利先生走向历史舞台的这一年，也并不会让人乐观。而在现实生活中，这一年是普希金逝世一百周年，也是斯大林实施大镇压的高峰期。

纳博科夫曾经在诗歌《流放》（1925）和长篇小说《天资》中设想了这样一个类似的情景，这个情景就是"假如普希金还活在我们中间"。在《天资》中，虚构的回忆录作者苏哈肖科夫被设想为普希金老头。假想普希金侨居国外，他作为一个侨民的命运应该是这样的："我心中充满了奇怪的幻想，在半明不暗的黎明时分。// 如果普希金还活在我们中间，那将会是怎样？ // 他是否也是一个普通的流亡者，和我们一样？ //……"[④]

有趣的是，普希金在《叶甫盖尼·奥涅金》中曾经猜测过连斯基的命运，预

① AC, V, p.117.

② Ibid, p.129.

③ Письмо А.К.Жуковского В.В.Десятову и А.И.Куляпину от.09.04.1999.

④ PC.I 636-637.

测他没有实现未来理想。如果连斯基在决斗中没有死亡，"（他）也许会造福于世人，至少会博得应有的声誉，也许他那已沉寂的竖琴会奏出名扬千古的乐曲，经千秋万代，仍备受垂青……但也许会是另一种结局，等待诗人的是庸碌的一生……"①纳博科夫在自己的作品中，推测普希金在决斗中没有被打死会怎么样：假如他没有在决斗中死去，也可能会成为一个普通的流亡者。而在托尔斯泰娅的笔下，决斗之后的普希金在偏僻寂静中过着平淡无奇的生活，使我们想起了假定中的连斯基的"平凡的生活"。

《情节》是托尔斯泰娅最为荒诞的一篇小说。在这篇小说中，托尔斯泰娅既讽拟了历史，又讽拟了现实。用作家自己的话说，她用笑声杀死了令她可憎的列宁。

也许，俄罗斯文艺理论家娜塔莉娅·伊万诺娃的评论最能体现托尔斯泰娅的写作特点："她将理智的反乌托邦与俄罗斯民间文学和童话糅合在一起，将科幻小说与辛辣的报刊小品，亦即将大众文学与高雅文学糅合在一起，还撒上胡椒面。托尔斯泰娅这部小说的诗学排斥逼真与心理描绘，对它们不予理会。幻想越大胆时就显得越美妙。只消向左或向右甩一下袖子，就会连接出现奇迹。尽管故事并不十分欢快，但写作艺术十分高超，十分精彩和富于表现力。"②

托尔斯泰娅是当代俄罗斯文坛上最为多元和最具有前卫思想的作家，有"当今文学思潮中的时尚女王"之称。她的作品有无限的阐释空间，文体风格与纳博科夫极为相近。她不仅是优秀的后现代主义作家，也是最具现代性的女性小说家。她和纳博科夫一样，也是在争议中不断前行的优秀作家。她的小说，特别是《野猫精》，和纳博科夫的小说一样，既有艺术价值，受到批评家们的赞美，被认为"味道十足，让人忍不住想把每个句子都吃下去，有滋有味地咂摸品味"③，也因为作品的思想性受到质疑和批评。伊戈尔·维诺格拉多夫认为《野猫精》"绝对是个空洞无物却精心制作的后现代主义游戏"④。拉特宁娜将之比作"十分精美的语言钩花。但钩花毕竟不是衣服，这只是它的饰物而已。"⑤不管怎么说，托尔斯泰娅在艺术方面的大胆尝试和取得的成就显然得到了批评界的认可。

托尔斯泰娅"用虚拟的文学世界描摹现实的世界特征与现代人的生存图景"，在很大程度上继承了纳博科夫的艺术思想和创作技巧。作家本人也不止一次地坦

① 普希金《叶甫盖尼·奥涅金》，剑平译，郑州：河南人民出版社，2004年，第207-208页。

② 娜塔莉娅·伊万诺娃：《连帕乌宁乌也杀来作忘川菜》，转引自《野猫精》封面。

③ Огрызка В. Кто сегодня делает литературу в России. Выпуск 1. Литературная Россия. М.2006. с. 378.

④ Виноградов И. Известия.24 января 2002 г. Огрызка В. Кто сегодня делает литературу в России. Выпуск 1. Литературная Россия. М.2006. с. 378.

⑤ Латынина А. *Литературная газета* 2002 № 47; Огрызка В. Кто сегодня делает литературу в России. Выпуск 1. Литературная Россия. М.2006. с. 378.

承自己十分喜爱纳博科夫的小说，并不止一次地在自己的作品中引用纳博科夫的作品片段。在她的代表作《野猫精》中，纳博科夫的潜文本得到更加显著的体现。

托尔斯泰娅从1986年开始就动笔写作《野猫精》，直到2000年才完成并出版这部小说。小说出版后立即受到了批评界的重视，并引起了热烈的争论。小说的故事发生在莫斯科小镇，描述的是一次大爆炸后的小镇生活。大爆炸之后，小镇居民都在不同程度上变了种，他们以老鼠作为主要食物。小镇附近树林里有一个叫“克西”（“кысь”）的像猫一样的怪兽（小说的名称由此而来），它躲在树上，有人经过时就扑上来，用爪子抓破人的血管，使人丧失全部理智。小说主人公本尼迪克是一个勤快而又求知欲强的青年，在工作之余喜欢读书。后来他同所谓的“总清洁工”（小说里这样称呼惩罚机关的头头）的女儿结了婚，当上了“清洁工”之后，他在无意识中协助岳父干迫害居民的事。最后“总清洁工”发动了一场“革命”，推翻了原来的统治者，夺了他的权，同时加强对居民的控制和迫害。小说以“火种保存者”尼基塔·伊万内奇和持不同政见者列夫·利沃维奇被处火刑而结束。这是一部结合了讽刺、模拟、科幻和反面乌托邦等多种成分的小说。有人认为小说所说的爆炸指的是俄罗斯革命，而各种退化现象则是革命造成的后果；也有人认为作者构思的产生与切尔诺贝利核电站爆炸有关，同时也是对现实的影射。

三、纳博科夫文学创作的虚构性和创造性

纳博科夫继承了俄罗斯文学经典作家的优秀传统，并善于创造性地支配本民族文学和世界文学遗产。他在继承传统的基础上，又标新立异，自成体系，创造了“纳博科夫式”的文学风格。首先，作为一位文体大师，他极具个性化的文体形式与风格，包括他的作品结构、技巧、叙述等都有其独特之处。《微暗的火》通过对谢德的诗歌和金波特的注释，演绎了故事中的故事，在形式上创新了美国小说创作，完成了美国文学从现代主义到后现代主义的转变。其次，他在小说的主题上有所突破，在更新、更高的层面上探讨了诸多的伦理问题、艺术问题、自由与道德等问题。无论是他最富争议的长篇小说《洛丽塔》，还是自传体小说《普宁》，还是他颠覆了美国小说传统的《微暗的火》，我们都可以看到纳博科夫对创新小说艺术的追求，也可以看出，作者的道德伦理内涵就潜藏在人物的种种意识之下。他以创新的艺术上形式继承了俄罗斯文学的人道主义传统。再次，纳博科夫塑造的金波特、亨伯特、范·维恩等一批令人难忘的文学人物形象，丰富了世界文学的人物长廊。托马斯·品钦、巴思、霍克斯和巴塞尔姆等美国后现代

作家、以及维克多·叶罗菲耶夫、安·比托夫、萨沙·索科洛夫、托尔斯泰娅等俄罗斯后现代作家，都或多或少地受到了这位后现代主义文学一代宗师的影响，他的作品被越来越多的后现代作家引用，成为他们创作的原文本或潜文本。

纳博科夫继承世界文学的优秀传统，同时也被后辈作家继承，成为世界后现代主义文学和俄罗斯后现代主义文学的经典作家。在俄罗斯，纳博科夫被誉为“后现代主义文学之父”。怪诞、梦幻、精巧的小说结构一直是他创作的重要特点，他的形而上思想、文体风格和创作主题对俄罗斯的后现代主义产生的深刻的影响，体现在许多俄罗斯后现代作家的作品中。他作品中复杂多变的人物性格、雅俗交融的题材、多种文学体裁的交替使用，特别是《洛丽塔》的创作，打破了高雅文学与通俗文学、精英文学与大众文学的界限。总之，纳博科夫的美学思想、文学创作手法和艺术理念等对美国和俄罗斯的后现代文学产生了重要影响，无愧于后现代主义文学大师和文体大师的称号。

长篇小说《玛申卡》标志着纳博科夫现实主义创作的最高成就，也标志着他从现实主义创作到现代主义和后现代主义创作的转变。他不再相信现实主义追求的终极真理，他认为现实主义已经穷尽了世界上的一切话语和真理，唯有虚构是艺术的最高现实。《天赋》是纳博科夫与现实主义决裂的宣言，“艺术是虚构，小说是神话，艺术家是魔术师”是他的文学观，他开始专注于对作品形式的探索，专注于对作为个体的人的意义的追寻。他把写作当作游戏，强调艺术作品的创造性阅读和创造性体验，提倡读者参与文本的再创造。他的《文学讲稿》《俄罗斯文学讲稿》《堂吉诃德》等文学评论作品使我们看到了一个文学家敏锐的思想和富有创造力的优秀品性。

1938 年，纳博科夫的最后一部俄语小说《天赋》(Дар）在《当代纪事》上刊载。这部小说堪称是纳博科夫俄语创作时期的“总结性”作品，不仅具有极强的自传性，再现了当年俄罗斯侨民文学生活的真实情景，而且吸收了他在前期作品中主要的艺术发现和成就，同时还“是对整个俄罗斯文学，从普希金时代到白银时代和侨民文学的补充”[①]。

小说主人公是初涉文坛的俄罗斯流亡青年费多尔，他刚刚在柏林出版了一本诗集，迫切希望自己的文学天赋能够得到俄侨文学界的赏识。纳博科夫通过描述费多尔在亚历山大·雅科夫列维奇·车尔尼雪夫斯基夫妇家举办的文学沙龙上和其他文学界人士的交往，再现了 20 世纪 20—30 年代西欧俄侨文学界的真实生活。梅列日科夫斯基和吉皮乌斯夫妇的文学沙龙、以阿达莫维奇为首的《数目》杂志

① Липовецкий. Эпилог русского модернизма//Современная литература. М: Издательский центр«Академия», 2003.с. 644.

编辑部成员和以霍达谢维奇为首的《当代纪事》杂志编辑部成员之间有关普希金的论战，都在这部小说中得到了反映。另外，小说通过解读费多尔的诗歌，不仅折射出了普希金对于纳博科夫文学才能成长的重要性，而且捍卫了普希金在俄罗斯文学史上的地位。

局势动荡，流亡生活漂泊不定，父亲生死不明，费多尔在柏林的生活经历和他对父亲的回忆，都凸显了俄侨们的"身体不在家，情绪不在家"的精神状态。从表面上看，这是一部虚构的传记小说，作者通过大量的文学事实讲述了文学青年费多尔在柏林的成长故事。实际上，纳博科夫在小说中对19世纪的俄罗斯文学、俄罗斯侨民文学未来的发展、甚至国内的苏联文学都进行了思考和总结，并借主人公费多尔之口表达了自己的文学观。可以说，《天赋》是纳博科夫的文学宣言。

小说主人公既不是费多尔，也不是他的恋人，而是整个俄罗斯文学，正如作家本人在《天赋》英文版序言中所说："小说的主人公不是吉娜，而是俄国文学"[①]。纳博科夫通过描述费多尔的文学创作，表达了他的"普希金情结"和对普希金传统的继承，而且通过对整个俄罗斯文学的思考和总结，直截了当地向以车尔尼雪夫斯基为代表的现实主义美学传统发起挑战，宣读了自己的文学宣言：一、捍卫普希金的文学传统；二、与批判现实主义美学决裂；三、虚构的现实是最高意义的现实。

19世纪60年代，以车尔尼雪夫斯基为首的革命民主主义者在同以德鲁日宁为首的"纯艺术派"进行斗争的过程中，对普希金的创作评价缺乏公正，甚至有失误的地方。车尔尼雪夫斯基认为"普希金主要是一个形式的诗人"，甚至认为普希金"是拜伦的一个拙劣的模仿者"[②]。纳博科夫通过描述费多尔和孔切耶夫的谈话表明了自己的立场，并且讽刺了那些恶意中伤普希金的评论家，认为这是他们不达要点的闲聊，不过是在重复普希金生前敌人对他的恶毒攻击。

流亡西欧期间，对于阿达莫维奇阵营对普希金的攻击，纳博科夫没有像他的同盟霍达谢维奇那样，直接撰写文章抨击《数目》杂志编辑部成员，而是撰写有关普希金的论文，在文学晚会上朗读普希金的诗歌，向国外读者介绍普希金的作品。最重要的是，他在自己的文学创作中不失时机地与对手展开争论，巧妙地表达了自己对普希金的热爱，捍卫了普希金的文学传统。正如达维达夫在文章中指出的那样：

① 纳博科夫：《天赋》，朱建迅、王骏译，南京：译林出版社，2004年版序言Ⅰ。

② 同上，第226页。

费多尔作为艺术家的成长道路与俄罗斯文学的发展轨迹大体相符合：从19世纪20年代诗歌的黄金时代，到30年代向散文的转向，经过果戈理和别林斯基的时代，到60年代功利主义的铁器时代，又经陀思妥耶夫斯基和托尔斯泰时期，进入白银时代和现代。此外，在费多尔身上还反映出俄罗斯文学经由形式主义流派的理论成就而发生的演变。针对上个世纪产生、在近期重新出现的反普希金的观点，纳博科夫在《天赋》中用这种戏剧化地表现文学史和文学批评的方式作出了最精致的回答。[①]

费多尔是一个极具纳博科夫自传性的人物，他流亡柏林，有着极高文学天赋，同时又是一个有着远大理想的俄罗斯青年。在成为主流作家之前，他以诗歌创作走上文坛。他热爱普希金，诵读普希金的诗篇，并从中汲取创作灵感。读者可以感受到，普希金是费多尔的精神导师，引导着他的创作。

在小说第一章，费多尔刚刚出版了一部包含50首十二行诗的诗集，诗集的整个主题都围绕“童年”二字。这实际上是费多尔在刚刚走上文学道路的全部成果，其中处处闪现着普希金的影子。从文学沙龙回家途中，费多尔告诉孔切耶夫，他要像普希金那样，写一部“思维与音乐相结合，犹如睡梦中的生命褶皱”的散文体作品。

普希金有关高加索自然风光的作品《埃尔兹鲁姆》引起了费多尔对父亲的回忆。“从前，当他年轻时，《安热卢》和《埃尔兹鲁姆之旅》中有数页他略去未读，但最近他偏偏从中觅得特别的乐趣。他刚读到这一句：‘偏远地区对我有某种神秘的魅力；旅行是我从小以来始终不渝的梦想’。蓦地，他感到甜甜的、猛烈的、不知何来的一击。”费多尔送母亲离开柏林，从火车站回家之后，他又拿起沙发上普希金的书读了起来，当读到“庄稼微微荡漾，等待开镰收割”时，他又感到了“神圣的一击！它在怎样召唤、在怎样鼓励他！”正是这“神圣的一击”激发了费多尔的创作灵感，为他的创作指明了方向。“于是他留神谛听从普希金的岔路口发出的最纯正的声音——而且他已确切知道这声音对他有何要求。在他母亲离开两个星期之后，他写信给她，诉说了他的具体构思，借助于‘埃尔兹鲁姆’的透明韵律构想出的内容。”

之后，费多尔整个春天都在阅读普希金的作品，他“以普希金为食，将普希

① 谢尔盖·达维多夫：“在普希金的天平上称纳博科夫的《天赋》”，曹雷雨译，《外国文学》，1998年第4期，第34-41页。

金吸入肺里”。普希金的《普加乔夫起义》给他带来了灵感，使他运用散文诗的透明性创造了无韵诗。普希金于他就像父亲，“普希金渗透他的血液，普希金的声音与他父亲的声音融合在一起”，“普希金时代的生活节奏与他父亲的生活节奏混合在一起”[①]。

在小说第五章，费多尔的小说《车尔尼雪夫斯基传》发表，如在一池平静的春水中扔进了一块巨石，在评论界引起轩然大波。这实际上是纳博科夫本人的作品在俄侨评论界的真实写照，虽褒贬不一，屡受攻击，作者本人反倒名声大噪，凌驾于各种批评意见的喧嚣之上。面对各种各样的批评，纳博科夫效仿普希金的做法，既不写文章为自己辩解，也不口头表达自己的愤怒，而是在描述费多尔的作品在评论界的反应时，引用了评论家们评述他本人的话，来达到自己期望的效果。如在描述瓦伦金·里奥尼夫在侨民报纸上撰文评述费多尔的《车尔尼雪夫斯基传》时，他引用当年采特林评论《王、后、杰克》时说的一句话：“他的书完全游离于俄罗斯文学的人道主义传统之外,因而游离于整个文学传统之外……”[②]

对于纳博科夫来说，传统的文学叙事使他感到厌倦。他借主人公之口给那些被他认为是二流的“蹩脚的作家”们贴上了标签，讥讽地指出，这些作家们的作品中人物是怎样的庸俗：冈察洛夫《悬崖》中的奥勃洛莫夫是个社会祸根，皮谢姆斯基的主人公们在精神高度紧张时是怎样用手揉搓自己的胸口的，笔下人物的英语化词汇和冗长累赘的表达是列斯科夫的一贯风格，陀思妥耶夫斯基的疯人院变成了伯利恒，屠格涅夫笔下令人忍无可忍的语调、省略号和每一章装腔作势的结尾，费特的诗歌只偏重理性而缺乏感性等等。纳博科夫认为，作为一个艺术家，在面对巨大的文学传统时，内心会充满焦虑。如费多尔在文学晚会上坐着，边听边观察，最后终于意识到，“我感到沉重，感到无聊，这所有的一切都不是我期望的，我不知道我为什么要坐在那里，听那些无聊的废话。”

然而，普希金对于纳博科夫来说就像一位亲切慈爱的父亲，其影响渗透在纳博科夫的整个创作中。从早期的诗歌到后来的小说，从第一部反映俄罗斯侨民生活的长篇小说《玛申卡》到后来以刻画同貌人为主题的《绝望》，处处闪现着普希金的文学传统。在《天赋》中，纳博科夫对普希金题材的运用淋漓尽致。小说的名字《天赋》源于普希金的一首诗：“枉然的天赐，偶然的天赐，为什么把你给了我，生命？”在小说中，费多尔对普希金的崇拜，正如纳博科夫崇拜普希金一样。他自信地道出了纳博科夫本人的心声，预言自己有朝一日不仅会重返俄

① 纳博科夫：《天赋》，朱建迅、王骏译，南京：译林出版社，2004 年，第 100-103 页。

② Цетлин, М. Король, дама, валет // Классик без ретуши. Литературный мир о творчестве Владимира Набокова. 2000.С.43-44.

罗斯，还会和普希金一样在俄罗斯文学史上名垂青史，流芳百世。“我断定自己将重返俄国。首先因为我带走了开启她的钥匙，其次由于，无论何时，一二百年间，——我将生活在我的书里——或者至少生活在某位研究者的脚注里”①。

纳博科夫执着地守望着普希金的文化遗产，在创作中继承着普希金的文学传统，包括他的创作理念、社会态度和对艺术本质的独特理解。“普希金这位19世纪俄国文学的太阳跨越百年，闪耀在纳博科夫的唇间笔端。……因为对他而言，普希金是跨越世界的虹”②。

纳博科夫对普希金文学传统的捍卫和继承，不仅表现在他热爱普希金，对普希金有着“父亲般的情结”，也不仅表现在他在创作中对普希金主题的继承，还表现在他对以别林斯基、车尔尼雪夫斯基为代表的现实主义美学的批判。

众所周知，从19世纪60年代起，以车尔尼雪夫斯基为代表的革命民主主义者对俄国文学产生了极大的影响。他们认为，艺术的唯一功能是改造社会。这种观点不仅在十月革命后的苏联文学界存在，甚至连流亡国外的侨民文学界也接受了这个标准。但是，在纳博科夫看来，这种观点无疑是“左派书报审查的标准，其威严丝毫不逊色于沙皇时代的书报检查制度”③，是束缚艺术发展的紧箍咒，必须加以破除。

19世纪60年代，陀思妥耶夫斯基并不赞同车尔尼雪夫斯基在《怎么办？》中提出的自然观、人性观和乌托邦设想，并打算同后者进行公开辩论和对话。起初，陀思妥耶夫斯基打算撰写论文，后来他改变了主意，开始写作《地下室手记》，以虚构的小说形式同车尔尼雪夫斯基展开论争。纳博科夫与陀思妥耶夫斯基有着相同的艺术观和“现实观”，认为人类意识是最高最真实的现实。《天赋》的出版，标志着他对陀思妥耶夫斯基艺术观点的继承和对批判现实主义美学观点的反驳。

在《车尔尼雪夫斯基的生活》一章中，费多尔用大量的笔墨对车尔尼雪夫斯基进行辛辣的讽刺和批判。他把后者刻画成为一个“小丑一样的知识分子”，一再强调车尔尼雪夫斯基的家庭出身与宗教的联系：他出身于神父之家，就读于萨拉托夫神学院，完全有可能成为一名神父。并借此暗讽车尔尼雪夫斯基一再强调的文艺的社会教化功能。接着，费多尔又讽喻车尔尼雪夫斯基从“铜眼镜——银眼镜——金眼镜”的演变，暗示受到费尔巴哈和《现代人》杂志编辑部成员的影响。由于车尔尼雪夫斯基倡导解放思想，纳博科夫冠之以“耶稣第二”的称号，

---

① 纳博科夫：《天赋》，朱建迅、王骏译，译林出版社2004年版，第364-365页。

② 于明清：“纳博科夫作品中的普希金传统”，《俄国语言文学研究》（文学卷，第二辑），余亚娜主编，人民文学出版社，2003年，第160页。

③ Boyd, Brian. *Vladimir Nabokov: The Russian Years*. New Jersey: Princeton University Press, 1990. p. 456.

并认为涅克拉索夫、赫尔岑等车尔尼雪夫斯基的追随者是“耶稣第二”的圣徒。

纳博科夫认为，车尔尼雪夫斯基的《怎么办？》是一部糟糕透顶的反艺术作品。他在其中提出的自然观，即科学理性观和自然机器观，在纳博科夫眼里只不过是“一台倒行的永动机”，是“一场彻头彻尾的噩梦，终止一切幻想的幻想，带有一个负号的无穷大，加上一个契约规定之外的破碎的瓦罐”[①]。纳博科夫辛辣地讽刺了车尔尼雪夫斯基的“美是生活”的唯物主义命题。小说中，车尔尼雪夫斯基对情人娜捷日达十分迷恋，在他眼中，娜捷日达是一位绝色美人，无人能比。他还认为，世界上再美的画都比不上娜捷日达的美，并据此得出结论：美来自生活，生活之美高于艺术之美。纳博科夫借费多尔之口驳斥道，“美就是生活”的概念实际上是反艺术的，是对艺术本质的不了解。车尔尼雪夫斯基认为，艺术高于生活。费多尔驳斥道，“艺术来源于生活，又高于生活”的命题本身就是一个令人费解的矛盾，是对形式和内容关系的颠倒。他说：

在一元论者车尔尼雪夫斯基的审美观中存在的二元论——其中‘形式’与‘内容’泾渭分明，‘内容’占据主导地位——或者更确切地说，‘形式’承担灵魂的职责，‘内容’发挥肉体的作用。然而，这一‘灵魂’由机械成分组成的事实加重到了混乱程度，因为车尔尼雪夫斯基认为作品的价值不是一个质化观念而是一个量化观念。[②]

车尔尼雪夫斯基认为，女裁缝有了漂亮的外表就会放松对道德的追求。他在《怎么办？》中塑造的拉赫美托夫，为了革命放弃自己的爱情，在日常生活中刻意磨炼自己的意志，奉行绝对的禁欲主义原则。在纳博科夫眼中，这种所谓“新人”的拉赫美托夫主义完全是反人性、甚至反人类的。

车尔尼雪夫斯基认为，“政治文学是最高级的文学”[③]。对于车尔尼雪夫斯基的文艺服务社会的观点，纳博科夫认为功利主义实际上是对艺术的否定。他认为，艺术既不承担社会教化作用，也不具有道德提升作用。既然艺术不能与社会功能挂钩，也就不能有政治因素，更不能和政论文等同，所以，纳博科夫对于为意识形态服务的政治文学更是厌恶至极。在《天赋》中，他借虚构的批评家杜德什金之口驳斥车尔尼雪夫斯基：“诗歌于你不过是改写成韵文的政治经济学的篇章”。车尔尼雪夫斯基追随别林斯基，认为普希金的作用在于创造了独特的民族形式，

① 纳博科夫：《天赋》，朱建迅、王骏译，南京：译林出版社，2004 年，第 227 页。

② 同上，第 249 页。

③ 同上，第 264 页。

并得出了“普希金主要是形式的诗人”的片面结论。车尔尼雪夫斯基从自然科学的角度出发，认为普希金的诗歌是“胡言乱语”，而费多尔则奉这些“胡言乱语”为“诗歌典范”，认为车尔尼雪夫斯基不懂什么是真正的艺术，他对普希金诗歌的评价，就如一个平庸的鞋匠对一位技艺高超的画家的作品指手画脚一样，其原因就是他提倡的科学理性观。“一位参观阿佩理斯的画室并对他难以理解的作品横竖挑剔的鞋匠恐怕是一位平庸的鞋匠。这一切都源于他那些学问精深的经济论著中的数学观点……”[①]革命民主主义者对普希金、果戈理和莱蒙托夫的评价，使纳博科夫感到愤怒。他把前者当作普希金生前的敌人。“人们早已习惯以其对普希金的态度来衡量一位俄罗斯评论家的眼光、悟性和天资的等级”，而“莱蒙托夫的真正魅力，他诗歌中那些令人销魂的连绵回忆，天堂般的绚丽色彩，他的湿润诗行之间美轮美奂的透明性——这些，当然是车尔尼雪夫斯基之类的人全然无法领略的”[②]。

纳博科夫认为，一个艺术家不应该全盘接受文学传统和既定的文学标准；任何一个文学天才，在刚刚踏入文学殿堂时，除了宣布他的继承性之外，还应该坦言自己的“排他性”，这种“排他性”是区别自己和他人之间差异的标识。

小说中，亚历山大·车尔尼雪夫斯基对象征主义的抨击，显然同社会主义现实主义的文艺观同出一辙。他们称象征主义为“可恶的、没有活力的俄国象征主义流派”，并且对其“华而不实的外壳、庸俗的面具和矫揉造作的才能”进行批判。但是，无论是对费多尔，还是对纳博科夫来说，文学离不开感性认识，艺术是纯粹的，不具有任何社会功用；社会主义现实主义文学把文学看成宣传思想和意识形态的工具，使文学堕落成了“这个或那个金色部落的永远的附庸”。

费多尔还讽刺和丑化了提倡艺术为社会服务的其他革命民主主义批评家。小说中，别林斯基信奉唯物主义哲学，却忍受不了软体动物，甚至叫不出森林中任何一种花的名称。赫尔岑不懂装懂，将最简单的“I was born ”说成“I am born”，还把“begger”误当作“beggar”（乞丐），以此推论英国注重财富。杜波罗留勃夫思想激进，生活风流，为与女人约会，竟与自己的精神导师厮打在一起。因此，费多尔认为，这些“言行不一”“才疏学浅”的人不能真正领会艺术的真谛。他发誓不再读他们的书，不看他们的文章，不受他们的愚弄，“坚守自己的阵地，另辟文学的捷径”，发表了与现实主义决裂的文学宣言。

纳博科夫在小说中还表达了对侨民文学的看法。20 世纪 20 年代，大批俄罗

① 纳博科夫：《天赋》，朱建迅、王骏译，南京：译林出版社，2004 年，第 265-266 页。
② 同上，第 252 页。

斯知识分子流亡国外，针对这种情况，苏联政府专门派遣官员到西欧各国劝说他们回国，为新生的苏维埃政权服务。在苏联政府的努力下，包括阿·托尔斯泰、茨薇达耶娃在内的一部分作家，都纷纷回到国内。另外，当时的侨民文学界开始普遍充满悲观情绪，认为侨民文学没有出路。著名俄侨评论家马克·斯罗林（Mark Slolin）就公然宣称，侨民文学注定死亡，因为离开故土任何艺术都会失去生存的土壤，导致思维发展的停顿。加兹丹诺夫认为，年轻作家痛苦的原因在于：缺乏读者，缺少社会心理基础，缺乏精神上的理解。对于侨民文学界普遍流露的这种悲观情绪，霍达谢维奇提出了自己的观点，他在文章《流亡中的文学》中指出，侨民文学所有的缺陷和失败的原因在于无法看到“流亡”的意义，无法给新的艺术感受、观念和形式提供基础，因此，只要端正了对“流亡”的看法，侨民作家就会振作精神，为文学带来希望[①]。纳博科夫十分赞同霍达谢维奇的观点，在《天赋》中以费多尔的亲身经历证实了这种观点的正确性。

小说中，费多尔多次谈及他在柏林的孤独的日子，但对他来说，这种生活并不是“可怕的”、“寒冷的”和“阴暗的”，相反，他认为这种生活奇妙多彩，环境越恶劣，越能激发他的想象和才思。纳博科夫尽管身处异国他乡，像大海中的一叶孤舟，但这种生活却让他有了观察世界的独特视角，给他带来奇特的感受，让他能在这无望的人生里看到希望，创造出独特的艺术。费多尔首先把目光转向周围的外部世界，转向大自然。漂亮的蝴蝶、美丽的彩虹、废弃的铁箱、甚至一个破旧的床垫，在他的眼中都有了新意。其次，他通过艺术建立“现实的环境”。费多尔认为，艺术家可以想象这个或那个人的情感，把自己置于对话者的内部，就像坐到一把椅子上一样。这样，他人的胳膊变成了艺术家的扶手，艺术家的精神也融入了“他人”的精神里。

纳博科夫运用套偶叙事模式，讲述了故事中的故事。费多尔创作的小说“车尔尼雪夫斯基的故事”，就是他以他人的胳膊为自己的扶手，依靠“想象他人的内心情感”创作的故事。其次，费多尔认为，回忆往事可以激发艺术灵感，艺术能让往事获得新生；博大精深的俄罗斯民族文化对于作家来说是无穷无尽的思想宝藏和灵感源泉，作家要牢记俄罗斯语言和俄罗斯文学。因此，无论何时何地，费多尔只读俄文书籍，尽量讲俄语。他甚至骄傲地说，在柏林的两年，他没有读过一本德语杂志，普希金的诗歌常常在耳边响起。最后，他相信“彼岸世界”的存在，相信“在我们的眼睛触及不到的远方闪耀着的光辉”。博伊德认为，纳博

① Аверин, Б. В.сост. В. В. Набоков:*Pro et contra*. СПБ.: Издательство русского христианстского, 2007, p. 234.

科夫把“所有的基本情感——对他的祖国，他的家乡，他的语言，他的文学，他的鳞翅目昆虫，他的象棋，他的爱情的爱——都赋予了笔下的主人公……”[①]费多尔的人生是纳博科夫生活经历的真实写照，他的全部人生观和艺术观，都在纳博科夫的访谈录《固执己见》和传记作品《说吧，记忆》中得到印证和实践。可以说，费多尔就是纳博科夫自己。

小说中，费多尔借亚历山大·车尔尼雪夫斯基之口抨击“可恶的、没有活力的俄国象征主义流派”及其“华而不实的外壳、庸俗的面具和矫揉造作的才能”，而且他还远离陀思妥耶夫斯基，将他安排在普希金、托尔斯泰和契诃夫的对立面，因为陀思妥耶夫斯基否认“感性认识的美妙”。而无论费多尔，还是纳博科夫，都认为文学离不开感性认识。他又将鼓吹文学实用主义的梅列日科夫斯基和吉皮乌斯等统统逐出文学王国，他认为，艺术是纯粹的，不具有任何社会功用，而这些人却把文学看成他们宣传思想的工具，使文学堕落成“这个或那个金色部落的永远的附庸”。

纳博科夫虽不认同车尔尼雪夫斯基提倡的文学社会功用论，但也不赞成陀思妥耶夫斯基的宗教哲学观，特别是“美拯救世界”的理想。在他看来，宗教和理性主义一样，都不能拯救整个世界。所以，无论是车尔尼雪夫斯基还是陀思妥耶夫斯基，都是“一群尖声叫嚷的兴奋的布道家，邋遢的修道士。”那么，有没有令纳博科夫的灵魂感觉更加满意的反映世界现实的方式呢？纳博科夫经过长期的思索之后得出结论：“无须借助于这位高雅的无神论者，同样无须借助于普遍的信仰”，只有“超感觉”，即超验主义，才能转化为“一只完整自由的眼睛”，完整地“洞察我们的精神参与下的整个世界”[②]。小说是神话，虚构是手段。纳博科夫主张想象，想象尽管不是唯一的现实，却是最高的现实。在《绝望》《洛丽塔》《普宁》和《微暗的火》等有关自我意识作品中，纳博科夫探讨的是想象中的现实和这种现实的虚构和幻想的本质。他不是无神论者，但是一个绝对的唯心论者。他通过强调想象和虚构，探讨更高层次的现实——超验的现实或人类内在精神世界的现实，并从更高层面上探讨了人性、道德、伦理和艺术等人类共同关心的命题。社会存在和人生经历对纳博科夫的文学观产生了不可忽略的影响，十月革命和流亡生活经历让他站在了苏维埃社会主义的对立面，他在作品中不谈政治，不直接谈论人生哲学。他的幽默和机智、他超群的语言天赋以及他的创造性阅读，都在《文学讲稿》《俄罗斯文学讲稿》《果戈理》等著作中得到充分表达。

---

① Boyd, Brian. *Vladimir Nabokov: The Russian Years*. New Jersey: Princeton University Press, 1990.p. 598.

② 纳博科夫：《天赋》，朱建迅、王骏译，南京：译林出版社，2004 年，第 323 页。

四、纳博科夫的创造性阅读和审美狂喜

“风格和结构是一部书的精华，伟大的思想不过是空洞的废话。”“一个读者若能了解一本书的设计构造，若能把它拆开，他就能更深地体味到该书的美。”[①]纳博科夫是一个优秀的读者，提倡创造性阅读和艺术的创造性体验，提倡读者参与文本的再创造。他所谓的创造性阅读，就是布鲁姆所说的“误读”。这种“误读”与作家的理想有关，作为“后来者”，面对浩瀚的世界文学经典和巨大的文学传统，纳博科夫已经感到“无话可说”，因为前辈作家已经道尽了人类所有的真理，后来作家很难再有所创新，稍不留神就会有拾人牙慧的嫌疑。这种“影响的焦虑”意识会一直折磨着后来作家，使他们不得不在文学传统的缝隙间穿行，寻找自己的发现。

纳博科夫移居美国后，在美国高校从事文学教学18年，写下了长达2 000多页的讲稿。这些文学讲稿被后人整理出版，成了后来的《文学讲稿》《俄罗斯文学讲稿》《果戈理》和《堂吉诃德》。《文学讲稿》从文本出发，对简·奥斯汀的《曼斯菲尔德庄园》、狄更斯的《荒凉山庄》、福楼拜的《包法利夫人》、普鲁斯特的《斯旺宅边小径》、史蒂文森的《化身博士》、卡夫卡的《变形记》和乔伊斯的《尤利西斯》等七部名著进行创造性的阅读和阐释，着重分析作品的语言、结构和文体等创作手段，突出了作品的艺术性，观点鲜明独到。纳博科夫在扉页中写道：“我的课程是对神秘的文学结构的一种侦查。”可以说，《文学讲稿》充分反映了20世纪50年代新批评理论在西方盛行的特点。

纳博科夫强调，从小说中寻找真实是毫无意义的，真实完全取决于小说自成一体的天地，“一个善于创新的作者总是创造一个充满新意的天地。如果某个人物或某个事件与那个天地的格局相吻合，我们就会惊喜地体验到艺术真实的快感，不管这个人物和事件一旦被搬到书评作者、劣等文人笔下‘真实生活’中会显得多么地不真实。对于一个天才的作家来说，所谓的真实生活是不存在的：他必须创造一个真实以及它的必然后果。”[②]他认为，《曼斯菲尔德庄园》是一个游戏，是“从针线筐里诞生的一件精美的刺绣艺术品”。

纳博科夫最早发现了小说文本的“互文性”。当然，互文性是20世纪60年代才出现的概念，而在当时，纳博科夫把它称作“引人联想”。他认为，“比直接引经据典更妙的是引人联想（reminiscence），这个词用于讨论文学手法时具有一种专门的意义。文学上的引人联想指的是作品中的一个短语，或是一个形象、一

① 纳博科夫：《文学讲稿》，沈慧辉等译，上海三联书店，2007年，第9页。

② 纳博科夫：《固执己见》潘晓松译，长春：时代文艺出版社，1998年，第213页。

个场面，使人联想起某位早期作家，觉得作者是在无意识地模仿他。作者想起曾经在某本书中读到的什么东西，于是对它加以利用，以自己的方式对其进行再改造。”[①]纳博科夫发现，玛利亚在和亨利·克劳福德的对话中引用了英国感伤主义文学的代表人物劳伦斯·斯特恩小说里著名的一段故事。这段故事在奥斯汀的头脑里留下了模糊的回忆，而这段模糊的回忆又似乎从作者的头脑走进了小说人物聪明的脑袋里，并在那里发展成清晰准确的回忆，贴切地表现了玛利亚因为同拉什沃思订婚而感到紧张与不快。纳博科夫认为，奥斯汀在小说中对英语剧本《情人的誓约》（1798）的引用，是为了小说人物和角色的巧妙安排，“艺术之神的安排使小说中人物之间的真正关系通过剧中人物之间的关系表现出来”。他发现了奥斯汀和狄更斯小说的共同特点：选择一个灰姑娘式的人物在小说中起到了筛选作用，即通过她的观察来认识了解其他人物；两个作家都给笔下的人物赋予鲜明的特点，对于不太喜欢的人物在行为举止和态度方面赋予古怪可笑的癖好。因此，纳博科夫得出结论，狄更斯受到了奥斯汀的影响，无论是《曼斯菲尔德庄园》，还是《荒凉山庄》，都属于喜剧的范畴，是社会风俗喜剧，是18—19世纪感伤小说的典型代表。

纳博科夫用马头棋步、特殊笑靥和警示式语调来形容奥斯丁的写作风格。马头棋步是国际象棋术语，纳博科夫借用它形容奥斯汀如何描写主人公范尼在变化多端的感情棋盘上忽而向左忽而向右的突然偏转。特殊笑靥强调的是一种讽刺手法，即作者通过简单的陈述事实、报告消息的语句中悄悄插入一点微妙的讽刺而达到的特殊效果，纳博科夫把它比喻为作者白皙的脸颊上一个具有微妙的讽刺意味的笑靥。警示式语调是“一种内容有点自相矛盾，措辞诙谐巧妙的句子所具有的一种简洁的节奏。这种声调，简洁而柔和，平淡却富有乐感，既扼要有力，又明晰轻巧。”[②]他认为，警示式语句不是奥斯汀的发明，而是在18世纪和19世纪初期的法国文学中有充分表现，但奥斯汀把它运用得尽善尽美。

纳博科夫十分重视风格，他把风格看作是作家的特性和人格的内在组成部分。“风格不是一种工具，也不是一种方法，也不仅仅是一个措辞问题，风格的含义远远超出这一切。当我们谈到风格时，我们指的是一位作为单个人艺术家的独特品质及其在他或她的艺术作品中的表现方式。……一个没有天资的作家是不能开创出有任何价值的文学风格的；他写出的东西充其量是一个硬拼凑在一起的不自然的解构，没有一丝天才的闪光。”“只有具备了文学天资，……才能……摆脱陈腐的语言，消除臃肿的文体，养成不找到合适的词语决不罢休的习惯，要找

① 纳博科夫：《文学讲稿》，沈慧辉等译，上海：三联书店，2007年，第27页。
② 同上，第51页。

到一个既能准确表现它的细微层次，又能确切表达它的感情强度的唯一一个恰当的词。”[①]

纳博科夫对文学作品的社会效应和政治影响不感兴趣。他认为，针砭时弊的讽刺作品，如果自身审美价值不高，也是枉然，达不到目的，其所讽刺的对象和目的都会随着时代的变迁而消失，只有令人炫目的讽刺艺术会隽永深远，作为艺术品而长存不朽。相对于平庸的故事和道德说教，纳博科夫更青睐“妖法幻术”。作为一个优秀读者，他从主题和风格审美的角度使《荒凉山庄》超越了“廉价的改良小说”和“无聊的感伤小说”的范畴，认为狄更斯的伟大之处在于他把善恶两极的对立主题隐藏在风格之下。狄更斯的风格在于他善于“在语词上花样翻新，使用双关语、俏皮话，不但使无生命的文字灵灵地跃动起来，还使它们超出字面意思变出种种戏法”[②]。

纳博科夫并不否认艺术的社会功能，但他更重视艺术的价值。他认为一个作家可以是一个很好的说书人或说教者，但他同时应是一个善于玩弄魔术的法术师和艺术家，否则他就不是一个伟大的作家。一部伟大的作品给优秀的读者留下的应该是诗的激奋和科学的精确，而不是千百年来已经说尽了的真理。因此，他警告读者，不要从文学作品中寻求真实，只有那些孩童般幼稚的读者才会从一首诗或一部小说中寻找真实。对一部文学作品的分析应当与作家的创作意图相符合。在福楼拜的《包法利夫人》中，他看到了资产阶级的庸俗——只关心物质生活，只相信传统道德的心灵状态。纳博科夫从来不认为作家的职业是进行道德改良，不是站在“街头演讲台的高度指出高尚的理想”，更不是依靠“匆匆写就二流的作品提供一级的帮助”但他认为，“犯罪是遗憾的闹剧”，真正的作家会通过在作品中“变恶棍为丑角”，“变邪恶为荒诞”达到改良社会的目的和责任。

理查德·罗蒂认为，要真正读懂纳博科夫，需要把他的美感主义、他对残酷的关心和他对不朽的信仰串联起来。纳博科夫在解读他所重视的作家时，坚持主张“豪斯曼式的激荡”，即那种激荡在肩胛骨之间的震颤，“是人类在发展出纯粹艺术和纯粹科学时所获得的最高情感”[③]。这种激荡在肩胛骨之间的震颤并不是单指体验小说文学超凡脱俗的艺术而产生的强烈喜悦的能力，还指对强烈痛苦的无法忍受或因痛苦或愤怒而战栗的能力。纳博科夫认为，狄更斯还是一个禀赋特异的人，他能够在同一本书里既能给读者带来艺术审美的狂喜，又能让读者体会到，在面对一个与我们毫无关系的儿童的不必要死亡时，我们会因现代社会政治制度

① 纳博科夫：《文学讲稿》，沈慧辉等译，上海：三联书店，2007年，第52页。

② 同上，第60页。

③ 理查德·罗蒂：《偶然、反讽与团结》，徐文瑞译，北京：商务印书馆，2005年，第208页。

带来的羞耻与愤怒而战栗。他指出，狄更斯的伟大在于他的作品能够历久弥新，在任何时代都可以给读者带来肩胛骨之间的激荡。这种肩胛骨之间的激荡，不仅仅是狄更斯的艺术技巧，还指他如何巧妙地利用“浓雾”的隐喻性对英国法律制度进行批判。

纳博科夫的“审美狂喜”有双重意义，它既可以指作者和读者都很容易感受到的感官上的“狂喜”，也可以指需要深刻思考，顿悟之后产生的理智的“狂喜”。感官狂喜是在文学文本中表现为狂欢化的场景、小丑似的人物和诙谐灵动的语言。理智的“狂喜”在文本中表现为戏仿、互文、意象和细节的魅力。更重要的是，如何在强调小说艺术技巧的同时，把作家的思想隐藏在各种意象和细节之中。纳博科夫认为，艺术的魅力在于唤起读者对美的感悟和怜悯。一个可怜的人的大衣被抢走了，一个可怜的人变成了甲壳虫？纳博科夫不关心我们应该“怎么办”，他关心的是作家如何把小说的各个部分衔接起来的，结构中的一个部分如何呼应另一部分。“能够唤起读者心中既不可解释有不能置之不理的感觉而震颤——美加怜悯,就是艺术。何处有美,何处就有怜悯。道理很简单,美总要消失，形式随着内容的消失而消失，世界随着个体的死亡而消亡。”一位文学大师能够将一个肮脏的世界“写成一部富有诗意的小说，一部最完美的作品，靠的是艺术的内在力量,靠的是各种艺术形式和手法……”[①]最好的广告总是由狡猾的人编写，因为他们知道如何点燃顾客想象力的火箭。

在“文学艺术与常识”一文中，纳博科夫认为常识便意味着平庸，是扼杀艺术的秘密炸弹。因为常识是理性的，但“人类的自然品性就像魔术仪式一样毫无理性可言”[②]。纳博科夫深知，创造性的阅读和创造性的文学创作与审美，必然会招致平庸的大多数人的批评，于是他采取了一种高傲、超然和无畏的态度，因为他明白，“一个人越是聪慧，越是超凡，离火刑柱就越近，因为“陌生人（stranger）”和“危险（danger）”是押韵的”。纳博科夫注重细节，认为细节才能显示世界的美妙。细节是非理性的，细节优于概括，比整体更为生动。细节是“那种小东西，只有一个人凝视它，用友善的灵魂的点头招呼它，而他周围的其他人则被某种共同的刺激驱向别的共同的目标。”发现细节需要有足够的敏感和细心。纳博科夫认为，优秀的读者应该像一位从高处跌落的扫烟囱者，他在头朝下的飞行中，关注的不仅仅是他跌在地上的命运，还能发现高楼顶上的标志牌上有一个字母拼错了，并疑惑为什么没有人去改正。冲进大火救出邻家孩子的英雄纵然令人敬重，但更令人值得敬仰的是多花五秒钟时间找到小孩的玩具连同孩子

① 纳博科夫:《文学讲稿》，沈慧辉等译，上海：三联书店，2007 年，第 217-219 页。

② 同上，第 329 页。

一起救出的人。人生就像一场从高处跌向墓地的飞行，置即将来临的危险于不顾而为琐碎的细节而忧虑的才能——灵魂的低喁和生命书册的脚注，是意识最高尚的形式，而且正是这些与所谓的常识和逻辑，所谓的理性和真理大相径庭的孩子气的思辨状态中，才能感受到世界的美妙。

在上文学课时，纳博科夫把一部部文学名著比作精彩的玩偶。他试图把学生打造成优秀的读者。那么，什么样的读者才能是优秀的读者？他说，如果读书是为了把自己当作书中的人物，那是幼儿的目的；如果是为了学会如何生存，那是少年的目的，如果沉迷于各种各样的概念当中，那是为了学术的目的。优秀的读者会为了作品的形式、视角和艺术方法而读书，会在读书的过程中学会感受艺术满足的战栗，去分享作者的情感而不是作品中人物的情感，分享作者创造的喜悦和艰难。

纯科学的刺激和纯文学的愉悦同样重要，关键是去体验在任何思想和情感领域里的激情。如果我们不去品尝一下人类思想所能提供的最珍奇最成熟的艺术之果的话，就有可能失去生活中最美好的东西。纳博科夫"将文学本身的结构风格视为作品的核心和主题，将文学研究的重心从社会现实的外部研究折回到作品内部的'审美狂喜'上来。然而纳博科夫并没有从形式主义的纯语言分析出发，将文学的语言和文学的诗性等同起来，而是通过文本展现文学的'艺术魔力'，实现社会现实向隐喻现实的转化。"①

纳博科夫强调小说的虚构性，指出非理性、非逻辑和不可言喻的幻想被作家赋予特殊的意义，让读者体验到一种艺术带来的"狂喜"。这种最初的狂喜没有有意识的目的，但它在瓦解过去的旧世界和建立新世界之间的链接上是最重要的。

① 汪小玲："比较文学和世界文学视野下的纳博科夫文学理论研究"，《外语教学》，2017年第1期，第103页。

第四章

荒诞的真实：多甫拉托夫的小说创作

一、享誉域外的俄国后现代主义作家代表

后现代主义小说的叙事手法变化多端，层出不穷，即使是最常用的反讽和戏仿也不尽相同，作家创作的切入点和言说方式更是异彩纷呈。有的作家善于使用“反寓言叙事”或“后寓言叙事”，他们以“解构”和“去神话化”为己任，以“审丑”为手段，呈现出“颠覆性叙事”特征。而有的作家则侧重于对既有文化范式的“神话重构”，有着较强的和自觉的审美意识，创造出一种新的“寓言叙事”或“隐喻叙事”手法，即“思辨性叙事”。但多甫拉托夫则与众不同，他用本真叙事和荒诞情节的完美结合描述了现代社会人类荒诞的生存状态和精神诉求。

如果说纳博科夫是俄国后现代主义文学在西方存在的肇始者，那么，20 世纪末倍受关注的俄罗斯侨民作家多甫拉托夫可以说是继纳博科夫之后俄国后现代主义文学在西方存在的继承者，他使俄国后现代主义文学在美国得以延续，也使俄罗斯侨民文学得以继承和发展。

多甫拉托夫是 20 世纪最具个性的俄国后现代主义作家。他的创作受到了东西方文学的双重影响，不仅继承了海明威、塞林格、索贝娄和乔伊斯等西方文学家的艺术理念，还受到了左琴科、布尔加科夫等作家小说传统的影响，形成了自己独特的艺术理念和创作特点，特别是他的荒诞性故事情节与本真叙事的完美结合，成为“一个重要的和鲜亮的现象，一个非常值得关注和深入研究的现象，一个引起世人共鸣和令人敬重的现象。”①

多甫拉托夫 1941 年出生于巴什基尔自治区乌法市的一个演员家庭，父亲是犹太人，母亲是亚美尼亚人。1944 年，他随母亲迁往列宁格勒。在列宁格勒大学，

① Анастасьев Н. *Слова—моя профессия. О прозе Сергея Довлатова, Вопросы литературы*. 1995. №1, с.8.

多甫拉托夫就读于语文系和新闻系。三年之后，他应征入伍，在内务部部队做了一名监狱卫兵。复员后他做过报社记者，当过导游。他以诗歌创作步入俄罗斯文坛，后来转向小说创作，因其作品中的自由主义和个人主义思想不断受到苏联官方的打压。1976 年，因在美国俄语杂志上发表作品被开除出苏联记者协会。1978 年，记述囚犯和监狱看守日常生活 14 件趣事的短篇小说集出版后，他在非官方文学界名声大噪，并因此遭到克格勃的恐吓和追捕。无奈之下，多甫拉托夫选择移民。在美国居留期间，多甫拉托夫一连出版了 12 部作品，一跃成为继纳博科夫之后最著名的美籍俄裔作家。1990 年，侨居美国 12 年之后，多甫拉托夫因突发心脏病在纽约去世。

尽管多甫拉托夫用俄语创作，但他的作品不断被翻译成英语，在是继“索尔仁尼琴、帕斯捷尔纳克、纳博科夫和布罗茨基之后作品被传阅最多的作家”①。他在美国侨居 12 年，不仅在极具影响力的文学杂志《纽约客》上发表作品，还出版了 12 部俄语著作。他的短篇小说《手提箱》（Чемодан, 1986）获得了美国笔会 1986 年度最佳小说奖。1989 年，他的短篇小说入选美国出版的《世界优秀小说文集》。苏联解体前，多甫拉托夫的声誉局限在美国俄侨界。到了 20 世纪 90 年代，在俄侨文学回归大潮中，他开始享誉整个俄罗斯。今天，批评界一致高度评价多甫拉托夫的创作，认为他是“一个令人耳目一新的重要现象，一个非常值得关注和深入研究的作家，一个引起世人共鸣和令人敬重的作家”②。2014 年 6 月 26 日，纽约城市管理委员会将第 63 大道和第 108 街交接部分命名为“谢尔盖·多甫拉托夫路”。同年，他的《普希金山》英译本获得美国“最佳翻译奖图书”提名。

多甫拉托夫的作品以中短篇小说为主。和其他俄罗斯后现代主义作家不同，他不用后现代主义小说中通用的隐喻、反讽、梦幻、碎片化等叙事手段来达到解构和颠覆昔日文化神话，而是用本真叙事手段揭示特定历史语境中民族文化的思维定式以及由此决定的人与人之间的关系，特别是描述了俄侨移民在美国的移民生活经历和生活琐事，语言朴实无华，故事真实平淡，就像发生在普通民众生活中的家长里短。总之，作者没有从思想和道德的制高点对小说人物进行批判性剖析，而是以平视的角度对人物事件进行客观性描述，以平淡的本真叙事记述了主人公的日常生活。同时，他不加引导，不加评论，给读者留下独立思考和感情的空间。这种留白看似无意，却含有大量的隐性信息和视域差，旨在通过本真叙事建构和谐的后现代社会生态。

① Баевский В. С. *История русской литературы 20-ого века*, М.: Языки славянских культур, 2003,с.355.

② Генис А. На уровне простоты. Малоизвестный Довлатов. Сантк-Петербург. 1996. с.467.

多甫拉托夫的作品主要有两个主题：一是对苏联生活的回顾，如《营区》（Зона, 1978）和《手提箱》等；二是描述俄裔移民在美国的流亡生活及其所处的困境，如《看不见的书》（Невидимая книга, 1977）和《外国女人》（Иностранка, 1986）等。这两个主题相互交织，相互融合，有时会在一部作品中同时出现。

二、《手提箱》里的碎片化记忆

短篇小说集《手提箱》是多甫拉托夫的代表作之一，他以手提箱为媒介，以真实而又荒诞不经的笔调将个人的记忆碎片拼接成为一幅幅荒诞离奇又感人至深的画面，折射出20世纪末人类生命存在的本质特征——荒诞和荒谬，从而既达到解构权威和中心的目的，又警示读者构建和谐社会生态的重要性。

根据多甫拉托夫的记述，他移居美国时随身带了一只手提箱，里面装的是他的随身衣物，每一个物件都能够勾引起他对过去的回忆。皮鞋、帽子、手套、西装、衬衣、袜子、皮带等，所有的东西都有来龙去脉，都和作者某个阶段的生活相联系。作者运用“伪纪实主义”手段，用悖论式的叙事方式赋予文本意义的荒诞特征，体现了作家的生活哲学理念。

小说中，叙事主人公离开苏联移居美国，随身只带了一只手提箱。多年之后，他再次打开手提箱，发现里面有一套双排扣西装、一件人造棉衬衣，一双厚而结实的袜子，一顶假海狗皮制成的冬帽……当“餐桌上堆起五颜六色的杂物”时，本已停滞在主人公记忆中的过去在“藏匿在这些破鞋烂衣的褶皱里”复活。手提箱里的八个物件，每一件都有一个故事，都勾起了主人公对过去的回忆和思考。这些故事不仅凝聚和承载着“我”从懵懂少年到迷茫的青年时代的回忆和对过去的无限眷恋之情，还折射出人生的无常和生活的荒诞。

有趣的是，在这八个故事的开头，“我”都踌躇满志，满怀抱负，但到故事结尾，都以空欢喜一场的闹剧而告终。例如，主人公原本打算轰轰烈烈干一场事业——拍电影和担任主角，并为此做了诸多努力，但最后，这个理想在一个露天酒棚里无疾而终，只留下一双司机的手套。主人公接受了采访民族代表的任务，兴高采烈，意气风发，然而在经历了一系列荒诞的事情之后，采访告吹，意外的收获是一件双排扣西服。列宁格勒地铁站建成，举行盛大的庆典，然而庆典变成了一场平民狂欢，混乱之中，“我”顺便带走了列宁格勒执行委员会主席的皮鞋……八个故事都以手提箱里的八个物件为结局，手提箱成为一种空间和时间指向，作家赋予它丰富的象征意义。作者借用这八件破旧的物品解构苏联主流文化中官方话语对名胜的热爱和崇敬，因为在这些地方，官方的庆典变成了庶民的狂欢。本应庄严肃穆的场所变成了普通人的活动场所，而这些地方对多甫拉托夫来说，就像纳博科夫的“为在俄国的某一个地方叹息”一样，怀念的不是“故国”，而是“故乡”或曾经长期生活过的那个“家”。这样，手提箱不仅具备了空间意义，还具备了时间意义。

伪纪实主义（pseudo-documentary）是多甫拉托夫有意选择的写作手法，它将现实生活中发生的真实事件和真实人物作为文学素材，利用艺术手法进行重塑。作品中真实的人名、地名、具体的时间、细节以及书信、日记、自传等纪实文学的重要元素使得其作品具有显著纪实性质。可以说，伪纪实主义是多甫拉托夫创作诗学的一个重要特点，以此为切入口，我们将看到多甫拉托夫是如何把现实生活转变为小说情节，如何使包括自己在内的现实生活中的人转变为小说中的人物，也就是把生活素材主体化，使之具有文学性的过程。

“伪纪实主义”创作的特点是“生活流”“碎片化”，其目的是揭露鞭笞人性的恶而非歌颂赞美人性的善。此外，“伪纪实主义”更多地掺杂了作者的主观想象，所谓“绝对的真实”，其实并不是现实的艺术再现。多甫拉托夫从“伪纪实主义”的高度，用艺术手法塑造了“第二现实”，进而用“绝对的真实”揭示人性的复杂性，描述人在现代社会中真实的生活状态和内心世界，解构中心和权威。

《高官的皮鞋》和《冬帽》是多甫拉托夫最具荒诞色彩的短篇小说。在作家眼中，这种充满矛盾的现实往往以悖论的形式根植于人的意识存在之中。小说中，包括革命领袖在内的所有人，无论是现实存在，还是艺术存在，都有其两面性。也就是说，无论他在公众眼中多么伟大和神圣，都有其平凡甚至平庸的一面。在雕塑大师的工作室里，“我”发现了赤身裸体的革命领袖雕像，看到了在艺术家的精雕细刻下活灵活现的领袖的“臀部、性器官和凸显的肌肉”。作家通过艺术作品再现和艺术语言“暴政”，“使艺术家的想象力和创造性逐渐萎缩，艺术的丰富性和多元性遭到可怕的压抑，通过这种人为的‘过滤器’，艺术世界单一贫乏到了尴尬的境地。”[①]众所周知，现实生活中，不可能有这样的雕像，在一元意识形态中，领袖的“真实一面”不可能以这样的形式表现在大众视野中。然而，令人可笑的是，小说中，由于雕塑的对象是领袖，这样的“订单无穷无尽”，雕塑家们不仅没有遭遇祸端，反而获利颇丰，成为富翁。作家通过戏仿和调侃揭示现实生活的荒诞，来消解美与生活、艺术与现实之间的鸿沟。革命领袖列宁的英明伟大和崇高神圣被粗俗化，伟人的高大形象被雕塑成为“遍布苏联各地、在马路上大喊大叫拦车的旅行者”形象所代替。“他的右手指着通向未来的道路，左手

① 张建华：“荒诞的存在于本真的叙事——多甫拉托夫的后现代主义短篇小说述评”，《外国文学》，2003年第6期，第19页。

插在敞开的大衣口袋里”，头上戴着一顶鸭舌帽，手里还拿着一顶一模一样的帽子。在主流意识形态突然消失、价值观混乱的时代，人们对领袖的崇拜和对权威的屈从变成了嘲讽和贬低。

如果说西尼亚夫斯基和安德烈·比托夫解构的是文化和艺术权威的话，那么，多甫拉托夫解构的则是政治权威。在《高官的皮鞋》开头，作者借用历史学家卡拉姆津的话指出了俄罗斯社会的重要历史特征——偷窃。200 年前，俄罗斯人因生活所迫惯于偷窃。200 年后，尽管社会发生了重大变化，但这种状况不仅没有改善，反而愈演愈烈。“人人都在偷东西”，可偷东西的目的并不明确，他们不仅“什么都拿”，而且偷到的东西“基本派不上什么用场”，瓷片、螺丝钉、石膏、水泥、线头儿、玻璃，甚至海报柱子等等，无所不窃。这种带有普遍特征的恶习延及到了每一个人，包括“我”在内。“我”的同学讲述了一起盗窃国有财产的大案。儿童玩具厂的两名勤杂工别出心裁，挖了一条地道，上好玩具发条，让儿童玩具顺着地道源源不断地流出工厂。这种为了谋生而颇具幻象的荒谬行为尽管夸张，却真实反映了两名勤杂工的生存法则和心理走向，偷盗被赋予“游戏性”和“冒险性”，具备了自然本质的真实性。作为这个社会的一员，“我”也惯于偷盗。虽然皮鞋比上述东西更实用，但“我”偷皮鞋的意图根本不明确。

雕像解构了领袖的崇高形象，庆典活动解构了市长的光辉形象。庆典宴会上，市长一边讲话，一边偷偷脱掉皮鞋，放松脚丫子。这种行为既不雅观，也不符合人物的尊贵身份，与当时的场景相比，更显得庸俗。但市长因为脚疼，况且也不是堂而皇之地脱鞋晾脚，而是悄悄地、巧妙地在桌子底下脱掉鞋子，底下的观众并不会发现，最后也能神不知鬼不觉地再穿上皮鞋。这一切都显得合情合理，无懈可击。作家用幽默的笔法消解了官僚与平民之间的界限，使官员与平民处于平等的地位和状态。因此，通过一双外销的优质皮鞋，作者使读者深刻地领会到，即使市长身处高位，皮鞋质量上乘，又是出口品牌，外表光彩夺目，也不能改变其内在的本质。他和老百姓一样，都必须遵循包括生理反应在内的生存法则。

因此，出于恶作剧的目的，“我”趁市长脱鞋放松脚丫子之际，偷走了他的皮鞋，庆典的庄严和严肃性特征被这种滑稽和荒诞行为解构得荡然无存。

《冬帽》遵循伪纪实主义文学“生活流”和“碎片化”的叙事方式，讲述了主人公编辑生涯中的几个日常生活片段，隐含着对种族关系和人与人关系荒诞性的批判以及对民族和谐和小型社会生态和谐的关注和重视。“我”所在的编辑部历来有着反犹太传统，女打字员拉伊莎因为有犹太血统和富有叛逆精神的生活方式，被迫害致死。“我”因悲愤不辞而别，离开了编辑部。“我”和哥哥以及和他的三个女友之间交往。“我”在大街上遭遇流氓袭击并受伤。“我”在商店里遇到了当售货员的老同学等等。

拉伊莎之死给编辑部人员带来了不同的反应。有人因悲伤不停地抽烟，有人双眼含着泪水，有人陷入沉思，两眼发直。编辑伯格莫洛夫是致拉伊莎于死地的罪魁祸首。与拉伊莎关系非同一般的编辑捷留金，因害怕受到牵连，极力撇清他和死者的关系，一再强调他和拉伊莎性格迥异，没有共同语言。小品文作者西多夫斯基为了表达他捍卫编辑部利益的坚定决心和热爱新闻事业的耿耿忠心，大肆谴责拉伊莎的自戕行为。而“我”为了明哲保身，离开编辑部一走了之。然而，谁都无法避免现代社会里人为刀俎、我为鱼肉的可悲下场。编辑部成员的不同反应记录了人类被动生存的一条条痕迹，人与人之间的关系形成一种荒唐的尔虞我诈的“互文性”镜像。

拉伊莎之死给“我”带来了巨大的苦恼。原本想和哥哥波利亚诉说一番，去除心中的苦恼和烦闷，望从哥哥那里得到温暖和安慰，却不由自主地跟随着哥哥的自我炫耀式表演，进入荒诞喜剧般的生活状态。哥哥酗酒斗殴，不断演绎着荒唐的闹剧，还处处算计“我”，连妻子让“我”买食用油的最后一个卢布也被他骗去。哥哥的三个女友是纪录片摄制组的三位女性，她们在拍一部科教片，介绍一种养猪的混合饲料，可笑的是，这饲料的名字却是带有乐队性质的“强力和弦”。她们已经人到中年，却依靠傍男人享受生活。她们的这种生活方式到底是因为物质贫乏还是因为精神空虚，我们无从得知，但现代社会的高速发展与人类精神失落和人性扭曲之间的矛盾造就了她们不幸的人生。幸运的是，这三位女性虽然崇尚物质，却不自私，精神也不低下。在“我”遭遇不幸之际，恰恰是她们施以援手，给予体贴和关怀。

作家通过“我”的遭遇，描述了日常生活的各种片段，刻画了在一定程度上自我分裂的形形色色的人物，揭示了现代人在精神和人格上的悖谬，以及他们内心的焦虑和躁动。这两篇看似随意平淡的“生活流”小说，以“片段化”的形式融入了作家的理性思考。对现实真实性的怀疑，对现代社会人性异化的思考和探究，以及对人与人之间关系的追问等，都反映了作者在既定文化历史中的挣扎，是他作为个体的生活经验的内心告白，也是他在新旧交替时代回顾过去、透视当下、探究人性的理性思考。多甫拉托夫并不急于对人物进行道德审判，而是通过“本真叙事”塑造“绝对的真实”，使人物看似不合理的行为合理化，从而探究人性的脆弱，揭示生活的荒诞和人性的本质。作家对人性的缺陷没有批判，而是采取一种宽容和理解的态度。《皮鞋》中，作家对苏联社会体制中任命产生的市长并无恶意的讽刺和羞辱。《冬帽》中，他对哥哥波利亚的自私、世俗和势利也表示理解。总之，在作者眼里，人性的异化既有他自身的性格缺陷，也有来自社会外部的压力，甚至认为更多地源于外部的环境因素。因此，人物内在世界和外部环境的和谐就成了作家追求的社会理想。

在多甫拉托夫笔下，人物的行为在大多数情况下动机和缘由不明，就连人物本身也似乎受了某种力量的控制，不由自主地把人生弄得复杂而又荒诞。正是这种无法说明来由的荒诞道出了后现代社会生活的复杂特征：人类不再是自己命运的主宰者。把握自己成为一种谎言，然而，作品的价值远不止其中表现的残酷现实给人类带来的迷惘、焦虑和痛苦，还在于人类的无所适从和无法表达的痛苦和困惑。

作为著名的俄国后现代主义作家，多甫拉托夫作品的价值还在于他的艺术创新，特别是他在叙事技巧上的创新。和纳博科夫不同的是，多甫拉托夫善于从“每天的现实”（everyday reality）发现人的内心世界的复杂性。纳博科夫认为现实是主观的，真正的现实是建立在作家的主观的艺术想象力之上的，他强调人的内心世界所展现的现实。而多甫拉托夫则认为，世界是荒诞的，人类是忧郁的，因此，他以自身的生活经验为基础，遵从“世界如同文本”的理念，在创作中用“本真叙事”的艺术技巧，把如同照相机式地从生活中获得的生活材料，加工成独特的尖锐的和具有幽默性的文学作品，创造出一种高度文学化的隐喻和寓言。

如果说索罗金、佩列文等俄国后现代主义作家试图反思和超越俄罗斯现代社会的同时，其美学思想多倾向于解构的话，那么，多甫拉托夫的作品则具有建设性的生态美学思想，充分展现了他的平民情怀。他笔下的主人公始终是那些不怎么高尚甚至有些病态的都市小人物，他们的喜怒哀乐深深地渗透着作家的生命体验和生活体验，体现着后现代社会混乱无序的人生世相，抒发了作者对普通人群生存状态的关注和对生命意义的思考和感悟。作家从一个平民知识分子的身份和视角出发，感受外部世界，体验自我和人物情感。他不像西尼亚夫斯基和安德烈·比托夫等人那样，对人物进行居高临下的道德审视，把作品的主题引向对政治体制和意识形态的解构或建构，而是以平视的态度把小人物作为作品主人公，写他们的生活日常和行为方式，“从而避免了传统俄罗斯文学的社会历史和道德审视可能产生的偏激、武断，避免了意识形态主旨对人性的简单化处理。”[①] 从这个角度来说，多甫拉托夫的作品属于建设性的追求。

三、本真叙事和荒诞情节下的身份焦虑

加拿大哲学家查尔斯·泰勒（Charls Talor）认为，会话者（interlocutions）

① 张建华：“俄国后现代主义作家多甫拉托夫”，《外国文学》，2003 年第 6 期，第 4 页。

或交谈伙伴（conversation partners）将我们带入共同的“分辨道德和精神是非的语言”（language of moral and spiritual discernment）之中，这种语言使我们能够分辨人的身份，即何谓“好工匠”、“诚实的人”或什么是真正的“友谊”。他在《自我的根源》写道:“我们常常在同我们关系密切的人对话或者争执的过程中定义我们的身份。即使我们在成长过程中摆脱了某些身份，例如家长的身份，终其一生,我们仍然在和这些身份对话。”[①]自我身份在日常生活的“厚重语言”（thick languages）中得到水乳交融的描述和评价[②]。

作为“第三浪潮”移民作家的代表人物，身份焦虑和乡愁是多甫拉托夫创作的重要主题。移居美国后的创作不仅记述了作家和小说主人公在故国的往事，也抒发了他对故国的记忆和乡愁，表达了作者对历史和现在的反思，同时揭示了异质文化流亡者的身份和文化焦虑。

《外国女人》是作者移居美国后发表的第一部作品。故事发生在20世纪80年代的纽约，小说开头对叙事主人公居住的社区环境和社区里的俄罗斯居民生活状态进行了描述。然后，时光倒流，作者用倒叙手法，着力描述主人公玛露霞·塔塔洛维奇移民美国前后的生活经历。

故事情节：玛露霞出身官宦之家，父母亲虽不是追逐名利之人，但在时代潮流使的影响下，他们成为中层管理者。玛露霞从小就拥有幸福生活该拥有的一切：钢琴、彩电、警卫等。中学毕业后，玛露霞轻松考上了文化大学，倾慕者和追求者不计其数。19岁时，玛露霞疯狂爱上了一位姓采和诺维采尔的犹太人，但一旦和犹太人联姻，她幸福的家庭生活会为此付出惨重的代价。父母亲并不认为自己是持不同政见者，但认为未来的有犹太血统的外孙将成为祸水，给这个家庭带来灾难。于是，他们费尽周折，设法让玛露霞把注意力转到了费多洛夫将军的儿子吉马·费多洛夫身上。由于两人曾经有过一段恋情，没过多久，玛露霞就和将军的儿子结了婚。吉马是一个迂腐之人，婚后不久，玛露霞就对他感到厌倦。无聊之下，玛露霞接二连三、不断地背叛丈夫。没多久，年轻的夫妻就离了婚。玛露霞回归原来的身份——官宦之家的千金小姐。她和不同的男人谈恋爱，先后爱上了著名音乐指挥家喀日丹、著名画家沙拉夫特季诺夫和知名魔术师演员玛比斯，结果他们都先后离他而去。对于玛露霞来说，这些她爱过的男人们，只有喀日丹的离开让她还算体面，因为喀日丹为情所困，用一种奇特的方式自杀身亡（喀日丹被八目鳗鱼咬杀身亡）。

---

① Charles Taylor. *Source of the Self: The Making of the Modern Identity*. Harvard University Press, 1992. p.35.

② Bernard Williams.*Problems of the Self*, Cambridge: Cambridge University Press, 1973.p. 142.

转眼之间，玛露霞已经年近三十。年龄给她带来了焦虑感，她担心再过几年，年龄越来越大，无法生育。就在这时，她的视线里走进了著名的歌舞演员博拉尼斯拉夫·拉祖达洛夫。玛露霞和他登记结婚。他们一起巡回演出，玛露霞充当他的经纪人。没多久，玛露霞发现丈夫背叛了自己，和多人有染。玛露霞开始思考她以后该如何生活。内疚感和羞辱感使她反省悔悟，她不再和外界交往，尽心尽力做个好妻子。一年后，儿子列弗卡出生。然而，这一切并没有使拉祖达洛夫有悔过之心，他以"演员需要激情"为借口，和多名女性保持暧昧关系。绝望之下，玛露霞产生了逃离的念头。跟随苏联解体后的移民大潮，玛露霞带着儿子移民美国。

初到美国，看见黑人，儿子被吓得大哭。纽约的生活给玛露霞带来的是气愤和恐惧，她的生存处境复杂而又尴尬。她首先面临着经济上的巨大压力，其次要应付各种骚扰，不得不频繁地更换工作。在她的眼中，纽约是一个"他者"之城，与她格格不入。"她极力做到漫不经心、自信和灵活，就像身穿破洞毛衣的黑人青年，或者打伞的老妇人。她不想理睬收音机里发出的噪音和地铁里的氨水味。她想就这样简简单单，又充满自信地讨厌这座城市，就像自己讨厌一个人那样……她羡慕那些孩子、乞丐、警察，羡慕那些把自己当作这个城市的一部分的人。"[①] 然而，这里的一切都与她无关。她和生活在纽约皇后区森林小丘 108 号大街的其他俄罗斯侨民一样，是纽约后现代社会里的"多余人"，他们不被邀请参与城市生活的任何活动，也不被期待分享一切。他们的居住地被自然屏障与纽约主流社会隔开（北面是梅多湖，南边是皇后街花园，西边是铁路路基，东边是犹太教堂），就连日常生活也自成一个独立的体系。这个具有"孤岛"特征的封闭空间，就像"俄罗斯在美国的殖民地"，成为苏联移民和美国本土居民疏远甚至隔离的象征。在他们生活的社区里，"有俄国商店、幼儿园、照相馆、理发店。有俄罗斯旅行社，有俄罗斯律师、作家、医生、不动产商人。有俄罗斯土匪、疯子和妓女。"[②] 他们这种封闭性的生活，体现了他们在空间和精神上的边缘性和孤独特征，加剧了移民的身份焦虑。正如霍米巴巴所说：空间位置布局往往反映出少数流散异族在宗主国的边缘身份特征。

玛露霞因为对现实失望而移居美国，但纽约的一切都让她感到陌生和孤独。尽管身在美国，但异质文化空间的无法融入她感到忧愁和失望，她不由自主地陷入对心灵故乡的回忆和怀念中，甚至决定重返俄罗斯，甚至幻想趁前夫来美国演出之际，与他重归于好，回到俄罗斯。可是，就在最后一刻，玛露霞改变了主意。

① Довлатов С. *Собрание сочнений*. Сост. Арьев А., СПБ.: Азбука,2014, с.147-148.

② Ibid, 215.

她带着列弗卡“坚定地从窗边走过”，她坚信，她和儿子的未来“在拐弯的那一边，在纽约街道上冷漠的忙碌中。”[①]

为了改变身份的边缘性，玛露霞强迫自己融入主流社会。在众多追求者中间，她选择拉美裔男人拉法作为自己结婚的对象。拉法没有固定职业，比玛露霞年长 20 岁。玛露霞对他毫无好感，甚至从内心里鄙视他。但他有美国国籍，和他的结合能够帮助玛露霞和列弗卡融入主流社会，缓解身份的边缘性带来的种种危机，缓解她因为边缘身份带来的焦虑，但深层次的文化差异带来的冲突将会如何解决？多甫拉托夫曾经在给友人的信件中表达了这种担心：“玛露霞象征俄罗斯，拉法则是西方的象征。”东西方文化融合、移民的边缘身份和主流社会的相互包容是作者在美国生活十多年之后真切的希望和梦想。

多甫拉托夫在移居美国 5 年后创作了这篇小说。他虽然在美国收获了读者和声誉，但身份的边缘性永远是他无法摆脱的心结。正如他在作品中所言：“移民，意味着你永远是祖国的背叛者”，也意味着“你永远无法成为一个真正的美国人”。在“夹缝”中生存、“灵魂无处安放”的生活经历，让他对移民有了更深刻的理解。

对于作者而言，移民意味着既属于这里，又属于那里，既属于此时，又属于彼时，也意味着他们背井离乡，离开一片土地，又在新的土地上承受着成为异乡客的痛苦。在中篇小说《看不见的报纸》（Невидимая газета, 1984）中，作者聚焦于俄国知识分子在美国的移民生活和遭遇。小说中，作者把在“第三浪潮”中移居美国的苏联人分为四种：政治派、经济派、冒险派和艺术派。前三类都可以很快确定自己的身份和位置，只有属于艺术派的苏联知识分子面临着文化失语和生活危机。骨子里形成的知识分子的高傲使他们无法为生存屈身，从事简单平凡的工作，也羞于接受救济。“我们是作家、画家、编辑、艺术理论家和记者，是有艺术天分的人……不愿意改变职业。更不愿意去靠领保障金生活。我们是一群失败者。”[②]以追求自由和民主为终生目标的苏联知识分子，原本以为美国是自由和民主的天堂，然而，现实击碎了他们的梦想。对他们来说，移民是一个令人苦涩的选择。“我们改变的不是社会体制，不是地理气候，不是经济文化，也不是语言，甚至不是自己的秉性。移民的全部不过是拿一种忧伤代替另一种忧伤。”[③]更重要的是，美国社会价值观和实用主义、享乐主义和投机主义的生活方式无时无刻不冲击着苏联知识分子的传统精神，如坚守信仰、道德伦理等。

残酷的现实使他们清醒地认识到，“美国不是天堂。实际上，和任何地方一样，

① Довлатов С. *Собрание сочнений*. Сост. Арьев А., СПБ.: Азбука, 2014, с. 331.

② Ibid, p.142.

③ Ibid, p.115.

这里什么都有，既有好的，也有坏的……而自由，就像冷漠的月亮，既给猛兽照亮道路，也给猎物照亮道路。”[①]最后，纽约侨民聚集区的这群苏联知识分子找到了最能体现自身价值的事业——创办一份能够体现苏联移民真实生活状态的报纸《镜子》。《镜子》一面世就不同凡响，日销售量达到了 11 000 份。可是，受美国自由主义思想影响的苏联知识分子在工作中追求“民主化”，无论大事小事，都依靠投票解决，尽管编辑部所有成员都无薪奉献，报社的运营依旧入不敷出。一味追求民主不仅妨碍了他们的办事效率，也使他们之间积怨颇深。多甫拉托夫发现，“民主是一种伟大的力量，也是沉重的负担”[②]。在小说结尾，一场意外的大火烧掉了报社，也烧毁了他们成为理想中的“新美国人”（New American）的梦想。

对于多甫拉托夫来说，俄侨聚居区就像一个没有空气的空间。他们无路可退，也无处可逃。他们已经超越了过去的自己，但未来又让他们感到陌生。在第三浪潮中移居美国的苏联知识分子，就像生活在孤岛上，既无法回归，也无路前行。多甫拉托夫在绝笔之作《分支》中表达了同样的主题。

1981 年，“俄罗斯侨民文学：第三浪潮”大会在洛杉矶召开，这是一场由美国俄侨举办的学术会议。作者参加了这次会议，并以此为素材创作了《分支》（Филиал, 1987）。作者采用平行叙事模式，借用主人公达尔马托夫的身份，讲述了他在美国的故事。

小说故事发生在 20 世纪 80 年代中期。45 岁的主人公达尔马托夫是纽约“第三浪潮”电台的编外记者和播音员，工作体面，家庭幸福，妻子温柔体贴，儿女懂事知礼。夏季的一天，他被电台派往洛杉矶参加由持不同政见者举办的“新俄罗斯”学术研讨会，下榻在希尔顿酒店。白天，他带着嘲讽观看警察和持不同政见者之间的争吵，夜里，他在酒店房间里喝着自己最喜欢的酒，思考着生活的荒谬。一天傍晚，有人敲门。进来的是他的初恋女友和前妻达霞。达霞移居美国，从克利夫兰飞到洛杉矶参加研讨会，目的是寻找活动家萨姆索诺夫，因为他曾经答应给她找一份工作。她无依无靠，只好求助于达尔马托夫，甚至要求住进他的房间。

达霞的突然出现打破了达尔马托夫平静无聊的生活，也使他尘封多年的记忆如潮水般涌进脑海，把他的思绪带回了 20 世纪 60 年代的列宁格勒。1960 年 8 月，达尔马托夫考入列宁格勒大学语文系。一次偶然的机会，他邂逅了又高又瘦、

① Довлатов С. *Собрание сочнений*. Сост. Арьев А., СПБ.: Азбука, 2014, с.161.

② Ibid, p.187.

举止优雅的达霞。两人一见钟情，餐厅、动物园、海滩等都留下了他们热恋的身影。然而，达霞出身于富有家庭，生活无忧无虑，要求达尔马托夫和她一起“生活得无忧无虑、快乐幸福。经常下饭馆。天天去做客。”[①]陷入热恋的达尔马托夫开始经常辍学，负债累累，可总是满足不了达霞的欲望，甚至遭到她的嘲弄和讽刺。“我纯洁，天真，是个理想主义者。而她残忍，粗心大意，总是以自我为中心。”[②]由于双方性格和价值观的差异，达尔马托夫整日生活在爱的焦虑中，终于有一天被学校开除。被开除后，达尔马托夫到一个建筑工地做工，他在那里租住了一个20英尺高的房间。达霞搬去和他一起同住，但他们的爱情仍然充满激情和痛苦。最后，一张军事部门的公函打破了僵局，达尔马托夫参军到部队。两人从此再无联系。

80年代的洛杉矶，研讨会正在进行。达霞送给达尔马托夫一只腊肠小狗。他们去比弗利山庄参加社交聚会。晚饭后，音乐响起，作家们开始表演节目，一项谴责斯大林主义的决议在晚会上通过。研讨会即将结束，在听取了16份报告后，选出了未来俄罗斯的政治家。荒唐的是，达霞被选为未来反对党领袖。晚会结束后，达霞和她素不相识的传记作者罗尔德·梅纳维奇一起离开。达尔马托夫带着小狗准备回纽约。临别之际，他向达霞表白。当他正要离开旅馆去机场时，“突然看见了达霞。她跟一个肤色黝黑的土耳其人在一起，那人心满意足地牵着她的手。……达霞从我身边走过，头也不回。”[③]

和纳博科夫的《玛申卡》一样，《分支》的叙事以记述当下和回忆过去两条平行线同时展开，现实与记忆、现在和过去、美国和苏联、现在的“我”和过去的“我”、现在的达霞和过去的达霞等，都被置于两个对立的视角，形成了鲜明的对比。在苏联，我天真纯洁，满怀理想，达霞“个子高挑，身材匀称。穿着进口的深蓝色的短上衣……”可如今在美国，我总是期待发生某种意外发生。被有妇之夫愚弄和抛弃的达霞，怀着孩子，穿着难看的黄色长衫，面容憔悴，和“我”记忆中的形象形成鲜明对比。此时此刻，她陷入了困境，无路可走，也无法在美国生存，只好求助于“我”。

叙事聚焦镜头不断切换。叙事主人公“我”的记忆空间在苏联和美国来回闪换。过去在苏联，达尔马托夫和达霞既是列宁格勒大学的同窗，又是初恋情人。后来，达尔马托夫去服兵役，两人分手。而如今在美国，达霞被伊万抛弃，又被列瓦欺骗。美好的记忆和残酷的现实再次唤醒甚至加重了达尔马托夫对现实

① Довлатов С. Д., Собрание сочнений(т. 4), сост. Арьев А. СПБ:Азбука, 2014. с. 53.

② Ibid, с. 67.

③ Ibid, с. 79.

的失望，他深知，他与达霞之间的爱情早已成为过去，再也没有重归于好的可能。小说中，强烈的时空交错隐含着人物在认知和身份上的错位，是身份错位和身份焦虑的隐喻性描写。

疯狂的爱情、荒唐的行为，达霞和《外国女人》中的玛露霞都选择了一种荒唐甚至荒诞的生活方式。如果说她们的故事属于个体身份错位和身份焦虑的话，那么，《看不见的报纸》和《分支》中"俄罗斯侨民文学：第三浪潮"会议的召开则表达了俄罗斯侨民的集体身份焦虑。在这种身份焦虑影响下，他们的集体行为和想法更趋荒诞。他们在侨民界创办俄语报纸，却运用美国的民主制度方式——投票来进行管理和运营报社。终于发现，"民主是伟大的力量，也是沉重的负担"[①]。《分支》中，苏联移民像在美国国土上建立俄罗斯分支的想法也既具有荒诞性，又充满了讽刺。更加荒诞的是，他们为了表达对女性的"尊重"，竟然推举无家可归、又怀孕待产的达霞担任主席。两个故事的结局也是荒诞，原本打算和前夫重归于好、回归祖国的玛露霞嫁给了自己并不爱的拉美裔男人法拉。她带着儿子"坚定地从窗边走过，消失在拐弯处，消失在纽约街道上冷漠的忙碌中"[②]。而已经接受达尔马托夫表白的达霞，在最后时刻选择了再次流亡，委身于素不相识的土耳其人。两个女人的选择看似荒诞，实际上是她们看透了现实之后的无奈选择。他们深知，她们与男主人公的爱情早已成为过去，再也没有重归于好的可能。

根据小说所述，我们得知，参加"俄罗斯侨民文学：第三浪潮"大会的学者大部分是苏联移民。他们虽然有诸多分歧，但在某些问题上意见"惊人的一致"。他们认为，因种种原因移居境外的苏联公民，是苏联在境外的分支，也应当像它的下辖共和国或其他行政单位一样，按照常规建制，也应该有自己的主席、总理甚至反对派。这种在美国土地上建立苏联下辖单位的想法尽管荒唐可笑，却将作者的的个体身份认同提升到了集体身份认同的范畴，也把隐含在小说中的荒诞性推向了最高潮。更加荒唐可笑的是，达霞这样一个无家可归的女人，一个根本不在场的人，竟然被推选为反对党主席。此时此刻，主人公达尔马托夫已经无力对抗眼前的荒诞场景，他原本打算一醉解千愁，把长期以来积压在内心的愁苦和烦闷全部发泄出来，与现实做一个彻底清算。然而，就在那一瞬间，他突然改变主意，拿起电话，拨了家里的电话号码。情节的突然转折，不仅使已经达到高潮的现实荒诞性得到消解，也使集体身份认同和宏大叙事回归到个体的日常家庭生活片段和本真叙事。

① Довлатов С. Д., *Собрание сочнений* (т. 4), сост. Арьев А. СПБ:Азбука, 2014. с. 187.

② Ibid, 331.

综上所述，无论是女主人公对爱情的追求，还是俄侨创办“看不见的报纸”，抑或他们梦想在美国建立俄罗斯分支，都是追求原始身份的回归。就连达尔马托夫在感到世界荒唐至极的时刻，也选择了回归家庭。因为他知道，只有通过家庭才能与俄罗斯血脉相连，才能延续他的俄罗斯公民身份。正如俄国学者库佐连科所说：“(一个人)失去了祖国后，就只剩下家庭，只剩下俄语，只剩下说过的话。”①

① Закуренко А. Ю. “Сергей Довлатов как рассказчик”, *Литературная критика*, 2005-10-25.

结语

20 世纪 60 年代，俄国后现代主义文学以“异样文学”、“另类文学”和“地下文学”的形式产生，出现了以西尼亚夫斯基、叶罗费耶夫和比托夫为首的后现代主义作家，他们的作品不仅对苏联文学和意识形态带来了一定程度的冲击，也为俄国后现代主义文学的发展奠定了基础。到了 20 世纪 70 年代，苏联社会发展相对稳定，俄罗斯理性文学得到了普遍的发展，后现代主义文学发展比较缓慢。80 年代后期到 90 年代，苏联社会发生剧变给俄罗斯文化带来了危机，话语转型导致了俄罗斯文学的多元化，后现代主义文学成为一种潮流，开始盛行并一度引领俄罗斯文坛。马卡宁、佩列文、索罗金成为享誉国际文坛的俄罗斯后现代主义作家，他们改变了写作方式和写作理念。到了 21 世纪，随着俄罗斯社会渐渐趋于稳定，社会经济复苏，以解构神话和解构乌托邦为主题的俄罗斯后现代主义文学渐渐失去了吸引力和读者的关注，走入困境，渐趋衰落。特别是托尔斯泰娅长篇小说《野猫精》的出版，从文学内部解构了后现代主义准则，标志着后现代主义历史的终结。许多作家把注意力转向了文化、历史和哲学问题。他们突破文学的界限，拓宽文学关注的视野，丰富文学创作的语言，寻找新的出路，获得多维度的文学哲学思维，发现真理的多义性，俄罗斯文学出现了非后现代主义文学的新的文学意识特征。到了 2010 年前后，新俄罗斯文学呈现出老传统与新现象并存、后现实主义文学和后现代主义文学融合、校园化和女性化趋势明显的局面。

最近十年，俄罗斯社会相对稳定，一些作家继承了 19 世纪俄罗斯文学的批判传统，继续充当“先知”、“社会代言人”和“灵魂工程师”的角色，干预社会现实，教育民众，宣扬人道主义。他们吸取后现代主义文学的美学理念和创作手段，以“新现实主义”或“后现实主义”文学的形式继续维持着俄罗斯文学的社会影响和文学水准。与此同时，由于西方大众文化和文学的影响，文学的大众化、世俗化甚至庸俗化，成为新俄罗斯文学的另一个突出特征。此外，女性作家的异军突起是当代俄罗斯文学的另一大特征，众多女性作家步入主流文学，消解了男性占据文坛主流的权威。托尔斯泰娅、乌利茨卡娅、彼得鲁舍夫斯卡娅等老一代女性作家，以及奥尔加·格鲁申、拉拉·瓦彭亚等移居境外的年轻女性作家占据了当代俄罗斯文学的半壁江山。

总之，在经历了苏联解体的社会政治剧烈动荡之后，新俄罗斯文学渐渐回归文学本身，趋于稳定。可以预见，有着巨大文学传统的新俄罗斯文学，在不远的将来，依旧会诞生像普希金、果戈理、托尔斯泰和陀思妥耶夫斯基等一样伟大的作家，走向复兴。

因此，俄国后现代主义文学，在短短的30年之内，就经历了悄然萌生、迅速崛起和急速消疲的历史命运。它的消亡是一种必然，这既源于俄罗斯现实主义文学传统的强大，也源于它自身的缺陷。任何一种文学潮流或文学形态，如果打破规范和禁忌，颠覆一切，虚无一切，都不能长久。首先，颠覆原有的价值体系，构建虚无的、荒诞的、非逻辑的语义体系不是文学唯一的功能和使命，文学的使命还在于建构和创造。和西方后现代主义文学相比，俄罗斯后现代主义文学的思想和艺术建构缺乏智性发展，停留在一种比较封闭的体系之中。其次，后现代主义文学以消解、颠覆和解构为诗学特征。到了21世纪初，俄罗斯社会渐渐稳定，俄罗斯后现代主义解构的对象已经消失，发展的土壤已经不复存在。正因为如此，新俄罗斯文学重新回归到现实主义文学传统，产生了所谓的“后现实主义文学”。

尽管俄国后现代主义文学在历史长河中持续的时间不长，甚至是昙花一现，但它的重要性不言而喻。它不仅填补了苏联解体后俄罗斯文学的空白，折射出特定历史时期人们普遍的自我想象、内在世界的焦虑和欲望，其思想意识和诗学特征也为后来的新俄罗斯文学提供了创作经验。

首先，俄国后现代主义文学的历史起源，深刻影响了它的叙事原则，即突破和超越社会主义现实主义文学和现实主义批判文学。这就不可避免地决定了它要对这两类文学进行讽刺性模拟和戏仿。于是，不管是比托夫的《普希金之家》、西尼亚夫斯基的《和普希金一起散步》，还是叶罗费耶夫的《从莫斯科到佩图什基》等早期的俄国后现代主义小说，还是佩列文、马卡宁、多甫拉托夫等后期的俄罗斯后现代主义小说家，都大量引用俄罗斯和苏联文学经典作品中的句子、情节、故事、人物、观点等，成为俄国后现代主义文学的重要现象，而这一点与西方后现代主义文学的互文策略不谋而合。如《普希金之家》从文本结构到故事情节都使用了互文策略。文本结构与纳博科夫的《微暗的火》有异曲同工之妙，叙述中“不断插入其他相关和不相关的内容——对文本进行注释，从而构成对苏联科学院体制及其所推崇的文学传统的戏仿。具体叙述中，许多章节都是在俄国古典文学名著、名篇、名段的名称下进行的……”①特别是对陀思妥耶夫斯基小说《穷人》和普希金《青铜骑士》的双重模拟和戏仿达到了无以复加的地步。这种互文现象改变了文学叙事和文学批评之间的界限，丰富了文学叙事艺术。

其次，俄国后现代主义文学小说大量使用互文策略，目的是为了突破和超越历史传统的局限性，解构苏联一元意识形态。因此，解构和颠覆不仅是俄国后现代主义文学的另一重要特征，也为后来作家的创作提供了借鉴。苏联解体前后，不仅普希金被拉下神坛，还出现了“反社”和“反俄”小说。即使到了20世纪90年代，“反乌托邦”小说大行其道，特别是佩列文的小说，运用梦幻、拼贴、互文、语言游戏等后现代艺术手段，以超然的态度，通过在作品中表达“反英雄”、“反乌托邦”和“虚空”等主题，解构苏联神话，消解一元意识形态。侨居美国的俄罗斯后现代主义小说家多甫拉托夫与众不同，他采用本真叙事和“碎片化”记忆与荒诞情节的完美结合，描述了现代社会人类荒诞的生存状态和精神诉求，不仅表达了苏联体制下俄罗斯人的生存处境和精神诉求，也描述了苏联解体后俄裔移民在美国的流亡生活及其所处的困境。而托尔斯泰娅的《野猫精》以后现代主义艺术手段解构了俄罗斯后现代主义文学，标志着俄罗斯后现代主义文学的终结。

另外，作为西方后现代主义思潮影响下的产物，杂糅的语言风格是俄国后现代主义小说的另一个重要特征。在叙述中大量夹杂英语“并不是显示主人公对西方物质产品和精神消费的热衷，而是作为一种普遍社会现象的自然表述，因而英语句子一般不是出自人物之口，而是更大范围内的公共现象，叙事者对此持冷漠态度……”特别是佩列文的小说，从标题到每个章节的具体内容都沉浸在英语和俄语互相夹杂的叙事中。如（Generation《П》)《“百事”一代，1999》、Empire V（2006），t（2009），S.N.U.F.F（2011），iPhuck（2017）等。俄国后现代主义作家在作品中大量引进英语，有意破坏单一的叙事语言结构，甚至故意“玷污”语言的纯洁，消解俄罗斯传统文学的审美原则。不仅如此，他们还“把文学的叙述性、情感性和自然化语言，变成评述性、理性化和知识化表述，使传统的文学诗性特征遭遇危机；把不同的语言混在一起，改变了传统俄语文学的神圣性观念；打破了文体的规范，改写了文学文体的存在方式，取消了文学叙述与理论叙述之间的界限。而且，这些行为导致后现代主义文学叙事的意义被缩减到最低程度，只能

① 林精华：“俄国后现代主义文学的基本特征”，《中国俄语教学》，2002年第4期，第39页。

依靠能指符号本身的膨胀和变形显示叙述的意义。”①

作为俄罗斯文学史上的重要文学潮流，俄国后现代主义文学不仅填补了苏联解体后俄罗斯文学的空白，还推动了俄罗斯文学的多元化发展，促进了俄罗斯社会思维方式的深层变革。那么，未来的俄罗斯文学会走向哪里？我们拭目以待。

① 林精华：“俄国后现代主义文学的基本特征”，《中国俄语教学》，2002 年第 4 期，第 42 页。

后记

我与和陈世丹教授的缘分开始于2007年9月。当时，我在中央民族大学攻读比较文学与世界文学专业博士学位，师从郭英剑教授。攻读学位期间，在导师的指引下，除了认真修读课程学分之外，还经常到北京大学、清华大学、北京师范大学和中国人民大学等高校聆听中国文学和外国文学专业知名专家的讲座和与专业相关的课程。导师也经常邀请国内外知名专家来民大讲学，其中就有中国人民大学外国语学院的陈世丹教授。陈世丹老师一直致力于美国后现代主义小说研究，是国内学术界研究后现代主义小说的著名专家。他出版学术著作10余部，主编美国文学等课程教材6部，发表核心期刊论文70多篇，主持“美国后现代主义小说主题与艺术手法论”“美国作家库尔特·冯内古特研究”“多克特罗小说艺术研究”等国家社科基金项目，是学界最优秀的专家和最优秀的博士生导师之一，也是我人生道路上遇到的最善良淳朴、最平易近人和最博学严谨的老师之一。

基于自己俄语专业出身的优势，在导师的指导下，我选择美国俄裔作家纳博科夫作为自己的研究对象。2009年5月，我的博士学位论文开题，导师邀请陈世丹教授等国内纳博科夫研究专家在开题报告会上对我进行指导。纳博科夫创作历程长达50多年，作品繁多，体裁繁杂，并且前20年他用俄语创作，后30多年用英语创作，特别是跨文化创作为他的作品研究增添了复杂性。因此，一段时间内我颇感迷茫。当时，陈老师正在做美国后现代主义小说研究，纳博科夫也是他关注和研究的对象，他的《纳博科夫小说创作的戏仿和游戏》一文揭示了纳博科夫小说的后现代主义艺术手法。他提示我，纳博科夫的小说，尽管用了戏仿、互文和多领域游戏等复杂的后现代艺术手法，但表现的是“超验的现实”，把握住这一点，就很容易找到研究的路径，陈老师还把正在写作尚未出版的相关资料发给我，供我参考。陈老师的提示如醍醐灌顶，让我大受启发。在导师的严格要求和指导下，我顺利完成了博士论文写作。陈老师的淳朴无私、平易近人和治学严谨的精神深深感动了我，之后，我和陈老师有了更多学术上的交流。2011 年，我以“双语作家纳博科夫研究”为题申请教育部人文社科基金项目时，陈老师又给予我耐心详细的指导。2016 年，陈老师申请了中国人民大学“统筹推进世界一流大学和一流学科建设”重大规划项目“西方后现代主义小说总论”（项目批准号: 16XNLG01），邀请我做子课题“俄国后现代主义小说论”，我欣然接受。在此，请允许我向陈老师表示最衷心最诚挚的感谢！感谢陈老师的无私帮助和在学术道路上的指引！感谢陈老师的宽容和理解！

同时，感谢陈老师不辞辛苦为本书撰写总绪论！总绪论洋洋洒洒 5 万字，不仅厘清了后现代主义的概念，并对后现代主义小说的审美特征进行深入系统的论述，为后现代主义文学研究提供了思路和理论指导。

人生无常，情义无价。写作期间，我的女儿备战高考，母亲卧病在床。为照顾准备高考的女儿和生活不能自理的母亲，从城东到城西、从郑州到洛阳的奔波之苦，后来母亲撒手人寰的生死离别之痛，以及过度劳累导致病痛带来的困扰，曾一度使我消沉和绝望。是亲人们的陪伴和照料，才使我顺利完成所有的工作，在此一并感谢。感谢梁先生的无私担当和细心呵护！感谢兄妹们的无私分担！感谢小妹的陪伴和安慰！感谢女儿寒假期间的细心照顾！

人生路上，有了你们，我前行无畏！

2019 年 3 月

郑州龙湾湖畔

图书在版编目（CIP）数据

俄国后现代主义小说论 / 刘文霞著 . —北京：中国人民大学出版社，2019. 9
（西方后现代主义小说总论）
ISBN 978-7-300-27446-1

Ⅰ. ①俄…　Ⅱ. ①刘…　Ⅲ. ①后现代主义–小说研究–俄国　Ⅳ. ①I512.074

中国版本图书馆CIP数据核字（2019）第201739号

西方后现代主义小说总论
总主编　陈世丹
俄国后现代主义小说论
刘文霞　著
Eguo Houxiandai Zhuyi Xiaoshuolun

出版发行	中国人民大学出版社		
社　　址	北京中关村大街 31 号	**邮政编码**	100080
电　　话	010-62511242（总编室）		010-62511770（质管部）
	010-82501766（邮购部）		010-62514148（门市部）
	010-62515195（发行公司）		010-62515275（盗版举报）
网　　址	http://www.crup.com.cn		
经　　销	新华书店		
印　　刷	天津中印联印务有限公司		
规　　格	170 mm × 228 mm　16 开本	**版　　次**	2019 年 9 月第 1 版
印　　张	12	**印　　次**	2019 年 9 月第 1 次印刷
字　　数	208 000	**定　　价**	68.00 元

中国人民大学出版社外语出版分社读者信息反馈表

尊敬的读者：

感谢您购买和使用中国人民大学出版社外语出版分社的 ______________ 一书，我们希望通过这张小小的反馈卡来获得您更多的建议和意见，以改进我们的工作，加强我们双方的沟通和联系。我们期待着能为更多的读者提供更多的好书。

请您填妥下表后，寄回或传真回复我们，对您的支持我们不胜感激！

1. 您是从何种途径得知本书的：

□书店　□网上　□报纸杂志　□朋友推荐

2. 您为什么决定购买本书：

□工作需要　□学习参考　□对本书主题感兴趣　□随便翻翻

3. 您对本书内容的评价是：

□很好　□好　□一般　□差　□很差

4. 您在阅读本书的过程中有没有发现明显的专业及编校错误，如果有，它们是：

____

____

____

5. 您对哪些专业的图书信息比较感兴趣：

____

____

____

6. 如果方便，请提供您的个人信息，以便于我们和您联系（您的个人资料我们将严格保密）：

您供职的单位：______________________________________

您教授的课程（教师填写）：__________________________

您的通信地址：______________________________________

您的电子邮箱：______________________________________

请联系我们：贾乐凯　吴振良　黄婷　程子殊　王琼　鞠方安

电话：010-62515580，62515538，62512737，62513265，62515573，62515576

传真：010-62514961

E-mail：jialk@crup.com.cn　wuzl@crup.com.cn　huangt@crup.com.cn
chengzsh@crup.com.cn　crup_wy@163.com　jufa@crup.com.cn

通信地址：北京市海淀区中关村大街甲 59 号文化大厦 15 层　邮编：100872

中国人民大学出版社外语出版分社